JAN
KONEFFKE

Dudek

JAN
KONEFFKE

Dudek

Geparden
Verlag

Jan Koneffke
Dudek
Jugendroman

Lektorat: Bettina Spoerri
Gestaltung und Satz: Nadja Zela
Umschlaggestaltung unter Verwendung eines Fotos
von Miklós Klaus Rózsa

www.gepardenverlag.ch

Druck und Bindung: Pustet, Regensburg
Printed in Germany

ISBN 978-3-907406-08-3

1. Auflage 2023

MIX
Papier | Fördert gute Waldnutzung
FSC® C014889

Eins

Jemand starrte die beiden Mädchen an. Irgendjemand, der sich auf der anderen Seite des Ufers versteckt hatte. Irgendwer spionierte sie aus. Und sie waren alleine am Baggersee. Kein Mensch hielt sich sonst an der Kiesgrube auf, der sie im Notfall verteidigen konnte.

Ja, Karla bemerkte den Unbekannten, der sie nicht aus den Augen ließ. Er schaute mit einer Gier, bei der sich ihr Nackenhaar aufstellte.

Das passierte am ersten Ferientag, an dem Karla bereits um halb sieben erwachte. Sie tappte ins Bad, um sich auf die Schnelle zu waschen, huschte wieder ins Zimmer, stopfte ein Badetuch, einen Schokoladestängel und ein Buch in den Rucksack. Sie schnappte sich das Mobiltelefon band das schulterlange blonde Haar zu einem Pferdeschwanz und schlich wie ein Dieb die Treppe hinunter ins Erdgeschoss, mit den Sandalen in der Hand. Auf keinen Fall durfte Vater sie bemerken, sonst verbot er ihr wieder den Ausflug zum Baggersee.

Karla nahm den Kellerausgang zur Garage, wo ihr Rad in der Ecke beim Waschbecken lehnte, und lenkte es zwischen den Oldtimerautos zum Tor, das sie vorsichtig anhob. Erst, als sie im Freien war, ließ sie es ins Schloss fallen. Jetzt konnte ihr Vater wach werden.

Sie hatte sich kaum auf den Sattel geschwungen, als er im Schlafanzug auf den Balkon eilte. Karla trat umso heftiger in die Pedale, was den Berg hinunter nicht einmal notwendig war. Sie brauchte keine Minute, bis sie beim Rathaus und Schlossweiher eintraf, die in der Talsenke lagen.

Karla war wütend auf ihren Vater. Erneut hatte er ihr eine schlechtere Zeugnisnote verpasst, als sie eigentlich verdiente. Er war nicht nur Direktor der Schule – er war auch ihr Deutschlehrer. Und um sich nicht dem Verdacht auszusetzen, seiner Tochter vor anderen Kindern den Vorzug zu geben, erhielt sie nie die beste Note. Nicht, dass Karla auf gute Noten scharf war. Sie fand es nur peinlich, die Tochter des Direktors zu sein. Es war peinlich und außerdem ungerecht.

Leider gab es bei ihr in der Gegend keine andere erreichbare Schule. Und ihre Mutter war nicht bereit, sie bei sich aufzunehmen. Allerdings hatte Karla auch keine besondere Lust, bei ihr zu wohnen. Mutter betrieb eine Modeboutique in der Stadt und kam nur am Samstag und Sonntag nach Hause, um sich in der Woche den Weg hin und her zu sparen.

Das war aber nichts als ein Vorwand. In Wirklichkeit waren Karlas Eltern kein richtiges Paar mehr. Mutter hatte einen Freund, und das verheimlichte sie seit ein paar Monaten nicht mehr.

Als Karla von der westlichen Seite des Hanges heranfegte, schwang sich Ivana aufs Rad. Beide strampelten Seite an Seite zum Waldrand hoch, wo sie sich atemlos auf eine Bank fallen ließen.

Karla bemerkte den Kloß in ihrer Kehle und schluckte. Morgen würde Ivana mit dem Flugzeug in die Ferien entschwinden, um den Sommer am Meer zu verbringen, bei den Großeltern an der kroatischen Adria. Und Karla selbst würde sechs Wochen allein sein. Das machte sie neidisch und traurig.

Sie starrte auf den Rathausturm, rote Dachziegelreihen und die Schule am Bach: Das alte Schulhaus mit dem spitzen Giebel, den neuen Flachdachbau und die Turnhalle.

Ivana wurde zappelig, als Karla verbissen schwieg.

»Bist du böse auf mich?«

»Quatsch! Warum sollte ich böse sein?«

»Weil ich weggehe«, sagte sie unsicher.

»Alleinsein macht mir nichts aus.«

Als Karla das sagte, spürte sie, wie sich ihre Kehle weiter verengte. Sie sprang von der Bank und packte den Fahrradlenker.

»Lass uns weiterfahren«, meinte sie schnell.

Ihr war schleierhaft, was in ihr vorging. Bis gestern war *sie* doch von beiden die Starke gewesen. Und jetzt kam sie sich schwächer vor als ihre Freundin.

Vor Monaten hatte sie gesehen, wie man Ivana im Pausenhof mobbte. Ein paar Schüler zogen sie an den Haaren und nannten sie »Jugobraut«, »Knoblauchschlampe« und anderes mehr. Und wenn sie in der Schlange vor dem Schulkiosk anstand, gaben sie ihr Schläge ins Kreuz.

Das hatte sie wieder und wieder beobachtet, ohne dazwischen zu gehen. Sie kannte Ivana ja nicht. Ivana war ein knappes Jahr jünger und in einer anderen Klasse.

Erst als man Ivana vom Rad schubste und sie mit Wucht gegen das Pausenhoftor knallte, ging Karla empört auf den Angreifer los. Um sich zu wehren, war Dennis, das Pickelgesicht, dieser Trottel, zu verdutzt. Ein Schlag vor die Brust reichte aus, und der Widerling landete hart auf seinem Steißbein.

Von diesem Zeitpunkt an ließen sie Ivana in Ruhe. Mit Karla wollte sich niemand anlegen. Sie konnte zur

Furie werden, wenn ihr irgendwer blöd kam, das war auf dem Schulhof bekannt. Und außerdem war sie die Tochter des Direktors!

Sich mit Ivana anzufreunden, war eigentlich nie Karlas Absicht gewesen.

Sie war ohnehin nicht auf Freundschaften aus, ihre Freizeit verbrachte sie lieber allein. Am liebsten im Wald. Im Umkreis von zehn, wenn nicht mehr Kilometern kannte sie jeden Pfad, jedes Versteck, jeden Baum. Und im Klettern war sie unschlagbar.

Ivana lud Karla zu sich in die »Schlossschenke« ein, um sich dankbar zu zeigen. Anfangs lehnte Karla die Einladung ab. Doch Ivana blieb stur, und am Ende nahm Karla an, ohne richtig zu wissen, wieso. Vielleicht aus Mitleid mit der Jüngeren, die ihr verletzlich und einsam vorkam.

Erst mit der Zeit ging Karla auf, dass sie einsamer war als die Tochter von Gastwirt Matijevic. In Ivanas Familie hielt man zusammen und ging liebevoll miteinander um, was sie von ihrem Zuhause seit langem nicht mehr kannte.

So verwandelte sich Karlas Mitleid bald in Neid.

Und als sie kurz vor den Ferien erfuhr, wo Ivana den Sommer verbringen würde, kam sie sich noch einsamer vor. Ja, es machte sie traurig, allein zu bleiben. Und diese Traurigkeit ärgerte Karla.

Ohne ein Wort miteinander zu wechseln, fuhren sie nebeneinander zum Baggersee. Finsteres Dickicht reichte auf der einen Seite bis fast an den Uferrand, auf der anderen fiel eine Wiese zum Wasser hin ab.

Nachts war der Baggersee Treffpunkt von jungen Leuten aus der Umgebung, die abends Feuer anzündeten, bis in die Morgenstunden Partys feierten und sich volllaufen ließen.

»Seltsam«, sagte Ivana, die mit einem Stock in der Brandstelle stocherte, als Karla daneben ihr Handtuch ausbreitete. »In der Asche ist immer noch Glut, jemand hat den Platz erst vor kurzem verlassen.«

Karla schaute sich aufmerksam um.

»Hast du etwa Angst?«, fragte sie kratzig, befreite sich von den Sandalen und ließ sich aufs Handtuch fallen. Es war noch zu kühl, um aus T-Shirt und Hose zu steigen.

Ohne Ivana zu beachten, vertiefte sie sich in ihr Buch. Die Freundin holte den Picknickkorb, den sie aufs Fahrrad geschnallt hatte, trank aus der Apfelsaftflasche und schwieg eine Weile.

»Ich werde zu Hause bleiben«, sagte sie plötzlich.

»Was soll denn jetzt *das* wieder?«, grunzte Karla.

»Ich muss nicht ans Meer fliegen.«

»Meinetwegen?«

»Ich will nicht, dass unsere Freundschaft kaputt geht.«

Karla blinzelte zu den Sonnenstrahlen hoch, die in den Baumwipfeln spielten. Sie wollte Ivana nicht merken lassen, wie nahe ihr ging, was das Mädchen gesagt hatte. Auf die Ferienreise verzichten zu wollen, war ein echter Freundschaftsbeweis. Karla bekam ein schlechtes Gewissen. Ivana in die Enge zu treiben, war total egoistisch gewesen.

»Und deine Großeltern? Die werden doch traurig sein. Nein, nein, du fährst«, sagte Karla bestimmt, »und wir bleiben auch so Freundinnen, okay?«

Zwei

Und in dieser Sekunde passierte es. Ivana wollte ihr um den Hals fallen, doch Karla wich der Umarmung aus.

Das hatte nichts mit der Freundin zu tun. Sie hatte nur eine Bewegung bemerkt, eine Bewegung am anderen Ufer, die ihr irgendwie seltsam vorkam.

Ja, etwas bewegte sich im Dickicht. Oder bildete sie sich das ein? Die andere Seite des Baggersees war schattig und dunkel. Richtig klar erkennen ließ sich nichts.

Ob es ein Spanner war, der sich im Dickicht versteckt hatte? Allerdings passte die Tageszeit nicht. Wer legte sich am Samstag um neun auf die Lauer? Um diese Zeit war auf der Kiesgrubenwiese nichts los, weit und breit kein verknotetes, knutschendes Liebespaar oder Frauen, die ein Sonnenbad ohne BH nahmen.

Außer ihnen beiden war niemand am See.

Was Karla unruhig machte, war dieser Leichenfund. Anfang Oktober, vor mehr als neun Monaten, hatten zwei Wanderer am Kiesgrubenufer – an der Schmalseite, wo es besonders morastig war – eine Gestalt entdeckt. Leblos, verdreht, voller Schlamm.

Am darauffolgenden Tag stand in der Zeitung, die Frau habe mit einem Strick um den Hals auf dem Boden der Wassergrube gelegen, bis das verrottete Seil zerriss und sie an die Oberfläche getrieben worden sei. Man wisse nicht, hieß es von Seiten der Polizei, wer die Tote sei, doch es bestehe kein Anlass, beunruhigt zu sein. Seit dem Mord seien Jahre vergangen und von einem weiteren Verbrechen nichts bekannt. Es handele sich offenbar um eine Einzeltat. Selbst wenn der Schuldige auf freiem Fuß und in der Gegend zu Hause sei, könne man nicht davon ausgehen, dass der Täter ein zweites Mal zuschlagen werde.

Seitdem war am Baggersee nicht mehr viel los, wenn man von einzelnen jungen Leuten absah. Familien, die früher auf der Wiese kampiert hatten, mieden die Kiesgrube, und den Kindern verbot man, an den See zu fahren. Den Mädchen in Karlas Klasse war ohnehin mulmig, wenn sie an den Baggersee dachten, und nur ein paar Halbstarke aus der Schule kamen neuerdings umso begeisterter hin, um nach weiteren Leichen zu suchen. Es galt als Mutprobe, bis auf den Schlammgrund zu tauchen und Dinge zu bergen: Bierflaschen, Spraydosen, Handys.

Ivana sah Karla verunsichert an. Sie sank auf das Handtuch und konnte sich nicht erklären, warum sie abgewehrt wurde. Und Karla hielt lieber den Mund, um sie nicht zu erschrecken, sie war ja nicht einmal sicher, dass sie tatsächlich etwas gesehen hatte.

Wortlos stand sie auf, schlenderte pfeifend ans Ufer und schielte beklommen zum Wald auf der anderen Seite.

Nein, es war keine Einbildung, jemand versteckte sich drüben im Dickicht. Sie war ziemlich sicher, dass es ein Kerl war. Seine Blicke verfolgten sie, brannten sich in ihre Haut.

Karla durfte sich nichts anmerken lassen. Cool bleiben, Ruhe bewahren, das war jetzt das Wichtigste. Wenn es notwendig würde, hatten sie genug Zeit, sich auf ihre Fahrräder zu schwingen und zu fliehen.

Sie hob einen passenden Kiesel vom Boden und schleuderte ihn über den Baggersee. Der Stein sprang mehrfach über die Wasserfläche, ehe er unterging.

»Wow«, sagte Ivana, »das musst du mir beibringen.« Die Freundin schälte sich aus den Jeans, kreuzte die Arme, zog sich das T-Shirt über den Kopf und beugte sich wieder zu dem Picknickkorb, um nach der Sonnencreme zu suchen.

Karla klaubte erneut einen Kiesel vom Boden.

Leichte Rechtsbeugung, lockeres Spiel aus dem Handgelenk, dann verharrte sie für Sekunden in der Wurfhaltung und blinzelte, als ob sie ein Ziel treffen wollte. Das war nur ein Vorwand, in Wirklichkeit suchte sie das andere Ufer ab. Und wieder bemerkte sie eine Bewegung, eine schwache Bewegung im Schilf, registrierte das schleppende Schaukeln und Schwanken der Halme.

Dann erkannte sie plötzlich eine Gestalt. Jemand versteckte sich in einem Boot, das verlassen im Schilfgras lag. Karla sah sie nur kurz, als verschwommenen Umriss.

Gegen ihren Willen stieß sie einen Schrei aus und ließ den Stein aus der Hand fallen.

Jetzt bewegte sich das Schilfgras stärker, und die fremde Gestalt glitt ins Wasser, um halb schwimmend, halb watend ans Ufer zu kommen, wo sie eilig im Dickicht verschwand.

»Was ist?«, rief Ivana, »was hast du?«

Karla starrte noch immer zur anderen Seite, ohne Ivana zu antworten.

»Nichts«, sagte sie, als sie sich wieder gefangen hatte, »nichts, nur ein Tier.«

»Ein Tier?«

»Eine Ratte, ein Marder, was weiß ich.«

Ivana biss sich auf die Lippen und schaute die Freundin zweifelnd an.

»Ja, nur ein Tier«, wiederholte Karla heftig.

Von ihrer energischen Stimme beruhigt, sprang Ivana

zum Handtuch und packte den Picknickkorb aus: Schnitzel, Koteletts, harte Eier, Salami, Tomaten, Karotten, duftendes Brot, das frisch aus dem Ofen der »Schlossschenke« kam, und schließlich der Kirschstreuselkuchen, den sie noch warm aus der Folie wickelte. Ivanas Mutter war an diesem Tag bereits ab halb vier auf den Beinen gewesen, um die Mädchen mit allem zu versorgen.

Karla konnte es sich wieder mal nicht verkneifen, ihre Freundin heimlich zu beneiden. Ivana hatte liebevolle Eltern, einen erwachsenen Bruder, mit dem sie sich bestens verstand, und einen Haufen Verwandte am Mittelmeer. Doch die Eifersucht legte sich bald. Erstens schmeckten die Sachen zu gut, die Ivana vor ihnen ausgebreitet hatte, und zweitens war sie innerlich noch ganz mit der Entdeckung der Gestalt am anderen Kiesgrubenufer beschäftigt. Aber darüber wollte sie erst richtig nachdenken, wenn sie ab morgen allein war. Jetzt schlug sie sich lieber mit Ivana den Magen voll und räkelte sich in der Vormittagssonne. Bald trafen zwei junge Paare ein, die Federball spielten und jauchzend ins Seewasser rannten.

Der Tag verging heiter und unbeschwert. Karla spürte nichts mehr von der Niedergeschlagenheit, die sie in den vergangenen Stunden beherrscht hatte. Selbst als sie beide abends um sieben Uhr aufbrachen, weil Ivana noch packen und am anderen Morgen schon zeitig am Flughafen sein musste, versetzte ihr das keinen Stich.

Um Baumwurzeln herum, die aus dem Erdboden buckelten, holperten sie auf ihren Rädern zum Weg hoch und flitzten danach mit fliegenden Haaren nach Hause. Und als sie vor der Schlossschenke ankamen, wo beide vom Rad sprangen und sich zum Abschied umarmten, war Karlas Neid auf Ivana restlos verflogen. Es machte ihr nicht das Geringste aus, dass ihre Freundin ans Meer reisen durfte und sie in den kommenden Wochen allein blieb.

Karla stemmte sich in die Pedale. Von weitem erkannte sie die Garage, die sperrangelweit offenstand und hell erleuchtet war, ein blauweißer Fleck zwischen Hecken- und Baumschatten.

Es war bereits viertel vor neun. Zehn Meter vom Haus entfernt, stieg sie vom Sattel. Sie kramte im Rucksack, bis sie ihr Handy fand, das sie am Morgen auf stumm gestellt hatte.

Zwanzig Anrufe ihres Vaters!

Nicht schwer zu erraten, was los wäre, wenn er sie entdeckte. Bestimmt würde es wieder ein Donnerwetter geben. Seit Karla mit ihrem Vater allein lebte, konnte er sich nur noch schlecht beherrschen, war ständig missmutig, reizbar und ruhelos.

Sie bemerkte ihren Vater, wie er an einem Oldtimer arbeitete, als sie ihr Fahrrad zum Gartentor schob. Oldtimer waren seine Leidenschaft. Er beugte sich tief in den Motor und nahm sie nicht wahr.

Karla schlich sich um die Garage und von der Terrasse aus mogelte sie sich ins Haus, rannte ins Zimmer und rief ihren Vater an.

»Wo steckst du, zum Teufel?«, schrie er in sein Handy, kam aus der Garage und fuhr sich erregt ins Haar, ohne an seine öligen Finger zu denken.

»Bei meiner Freundin Ivana.«

»Komm endlich heim, es wird dunkel.«

»Ich bleibe die Nacht über bei den Matijevics ...«

»Das kommt nicht in Frage!«

»... und du kannst bis Mitternacht an deinen Oldtimern schrauben.«

Karlas Vater war eine Sekunde verwirrt.

»Von wegen, du ahnst ja nicht, was ich zu tun habe. Ich erledige nichts als Papierkram, mein Kind.«

Dass er schwindelte, fand sie erleichternd. Jetzt war sie mit ihm quitt. Sie stellte das Handy aus, warf sich aufs Bett, auf dem sie sofort einschlief.

Drei

Gegen Viertel vor sieben schlug Karla die Augen auf. Als erstes dachte sie an Ivana, die wahrscheinlich schon auf dem Frankfurter Flughafen war. Mit einem flauen Gefühl im Magen starrte sie an die Zimmerdecke, bis sich das Telefon meldete. Sie streckte den Arm aus und schnappte es sich vom Boden.

»Schade, dass wir heute nicht wieder zum Baggersee fahren können«, schrieb Ivana, »es war toll mit dir, Karla. Ich knuddel dich.«

Karla kuschelte sich in ihr Bettzeug und spürte, wie das flaue Gefühl verebbte. Es war wirklich seltsam mit ihr. Bis vorgestern war sie sich sicher gewesen, es würde ihr ohne Ivana beschissen gehen. Und heute? Heulendes Elend? Von wegen! Selbst eine gescheite Antwort für Ivana fiel ihr nicht ein. Sie schrieb nur »Guten Flug« und drückte auf Senden.

Wieder schlich sie sich die Treppe hinab ins Erdgeschoss, barfuß und mit den Sandalen in der Hand, um unbemerkt aus dem Haus zu kommen. Im Wohnzimmer stieß sie auf ihren Vater. Im schmutzigen Blaumann lag er auf dem Sofa und schnarchte mit sperrangelweit offenem Mund, auf dem Sofatisch stand eine Batterie Bierdosen.

Nur keinen Lärm machen – verkatert war Karlas Vater erst recht unausstehlich.

Zugegeben, er hatte es nicht gerade leicht in letzter Zeit. Sie dachte nicht gern an den Streit ihrer Eltern, als Mutter beim Mittagessen erklärt hatte, sie habe sich in einen anderen Mann verliebt. »Er arbeitet im Forstamt«, hatte sie hinzugefügt, als sei das ein Grund, sich zu verlieben.

Vater war das Besteck aus der Hand gefallen. Klirrend landete es auf dem Teller. Seltsamerweise hatte er keinen Mucks von sich gegeben. Erst als Mutters Handy sich meldete, kam er in Fahrt, sprang auf und war eine Sekunde vor Mutter beim Telefon, das auf dem Sofatisch lag. Er hatte das Handy gepackt und weit ausgeholt, um es gegen das Fenster zum Garten zu schleudern. Zuerst hatte die Scheibe nicht mehr als ein Loch in der Mitte gehabt, um das sich ein knackender Strahlenkranz bildete, bis es auf einmal in tausend Splitter zerbrach. Die Splitter waren auf die Terrasse vorm Wohnzimmer geprasselt, wo das Telefon seelenruhig weiter klingelte.

Es tat Karla weh, wenn sie sich an das harte Gesicht ihrer Mutter erinnerte und an den Zusammenbruch ihres Vaters, als sie das Haus verließ und sich ihr Wagen mit durchdrehenden Reifen entfernte. Er war auf den Teppich gesunken und hatte lautlos, mit bebenden Schultern, geweint.

Im April war es zum Waffenstillstand gekommen und eigentlich blieb alles beim Alten: Mutter spielte, nicht anders als in der Vergangenheit, der Nachbarschaft heile Familie vor. Das beruhigte ihren Vater, zumindest ein bisschen. Er hatte Angst vor dem Gerede und Klatsch in der Schule.

Karla war froh, als sie wieder zur Kiesgrube sausen konnte. Draußen wurde ihr langsam klar, warum ihr Neid auf Ivana verflogen war und sie an keinem Abschiedsschmerz litt. Um zu trauern, war Karla zu aufgeregt. Und ihre Aufregung hatte mit dem Jungen zu tun, den sie gestern auf der anderen Kiesgrubenseite entdeckt hatte. Ja, es war die Gestalt eines Jungen gewesen, die vom Rand des verrotteten Ruderboots geglitten und eilig ans andere Ufer geschwommen war, wo sie im Dickicht verschwand.

Eigentlich war »schwimmen« nicht das passende Wort. Er hatte sich anders im Wasser bewegt, mehr wie ein paddelndes Tier, das sich an Land rettet.

Von dem Jungen schien keine Gefahr auszugehen. Er wirkte eher schreckhaft und scheu als bedrohlich.

Klar, absolut sicher war Karla sich nicht, sie hatte den

Jungen ja nur aus der Ferne gesehen. Vielleicht machte er bloß einen harmlosen Eindruck und erwies sich am Ende als scheußlicher Typ. Dass er ein seltsamer Vogel war, stand jedenfalls fest. Wer sonst würde das tun, sich im Schilf verkriechen, um nach Mädchen zu spähen. Sie musste unbedingt rausbekommen, was mit dem Jungen los war.

Als sie beim Baggersee eintraf, verging ihr jedoch der Mut. Sie war allein auf der Wiese, und er würde mit ihr tun können, was er wollte. Zaudernd stieg Karla vom Sattel.

Sie schob ihr Rad bis zum Liegeplatz, wo sie den gestrigen Tag mit Ivana verbracht hatte – die Badetuchrechtecke waren als Abdruck im Gras noch deutlich zu sehen – und stocherte kurz mit dem Stock in der Brandstelle, die nur aus kalter, zerfallender Asche bestand. Lauernde Augen am anderen Seeufer entdeckte sie nicht. Sie legte das Fahrrad ins Gras und schlenderte ans Wasser.

»Lass das Versteckspiel sein. Denkst du, ich weiß nicht, wo du dich verkrochen hast?«

Keine Antwort, kein Schwanken der Schilfhalme.

»Du bist ein Feigling, wenn du dich nicht zeigst.«

Nichts. Sie lief wieder zum Liegeplatz, legte den Rucksack ab, zerrte ihr Badetuch heraus und breitete es aus.

Sich auszuziehen und im Bikini aufs Handtuch zu legen, verkniff sie sich sicherheitshalber. Selbst ihre Sandalen behielt sie an. Das Handy legte sie griffbereit neben sich. Ihr Vater hatte schon wieder sieben Mal versucht, sie zu erreichen.

In diesem Moment tat er ihr irgendwie leid. Bestimmt hatte er zigmal versucht, Ivanas Eltern anzurufen, aber niemand hob ab. Kein Wunder, die Eltern waren ja mit Ivana zum Frankfurter Flughafen gefahren.

»Schlimm, dein Kater?«, zog Karla den Vater auf, als er sich meldete. Er war zu erleichtert, um gleich zu begreifen.

»Wie«, stammelte er, »warst du etwa zu Hause?«

»Und ob. Und mein Vater war leider nicht ansprechbar. Na ja, dreizehn Dosen Bier sind ja auch keine Kleinigkeit.«

Karlas Vater schwieg eine Weile, dann fragte er:

»Und wo bist du jetzt?«

»An der Kiesgrube.«

Es war besser, wenn Vater Bescheid wusste. Ganz sicher würde er nicht an den Baggersee kommen, um seine Tochter nach Hause zu holen. Ohne Auto bewegte er sich nicht vom Fleck. Und mit dem Auto durfte man die Waldwege bis zum See nicht benutzen.

»Am Baggersee?«, tobte er, »hab ich dir das nicht …«

»… strengstens verboten«, beendete Karla den Satz, nachdem sie auf den roten Button getippt hatte.

Vier

Eine Stunde verging, es tat sich nichts. Karla hockte allein auf der Wiese und hob immer wieder den Blick vom Buch, um zum Schilfgras am anderen Ufer zu spähen.

Es war ein absolut windstiller Julitag, der noch heißer als der vorangegangene zu werden versprach. In Hose und Bluse fing sie bald an zu schwitzen. Aber sie wagte es nicht, sich allein im Bikini auf das Handtuch zu legen. Und von anderen Badebesuchern war weit und breit nichts zu entdecken.

Irgendwann packte sie ihre Sachen zusammen und legte sich in den Schatten. Und als der Zeiger ihrer Armbanduhr auf die Zehn ruckte, kam ihr der ganze Kiesgrubenausflug idiotisch vor. Wie war sie nur auf die Idee gekommen, sie würde dem Jungen wiederbegegnen?

Sie dachte an ihre Freundin, die bald auf dem Zagreber Flughafen landete. Karla musste schlucken.

Nein, es war besser, nach Hause zu radeln. Karla erhob sich, nahm ihr Handtuch und verstaute es im Rucksack. Dabei stieß sie auf einen Schokostängel, den sie da vergessen hatte. Sie befreite die bereits halb flüssige Schokolade von der Verpackung und öffnete ihren Mund. Zum Zubeißen hatte sie keine Gelegenheit. Rund zwanzig Meter von ihr entfernt stand plötzlich der Junge. Karla erschrak. Er streckte einen Arm zu ihr aus. Dabei sagte er nichts, bettelte nur mit den Augen.

Karla hatte nicht das Geringste gehört, er war wie aus dem Nichts vor ihr aufgetaucht. Doch allmählich legte sich der erste Schreck. Er wirkte scheu und hatte eindeutig Angst vor ihr.

»Du hast Hunger, nicht?«, fragte sie.

Er gab keine Antwort, als ob er sie nicht verstanden hätte.

»Du machst einen hungrigen Eindruck.«

Der Junge war auffallend mager und steckte in völlig verlotterten Sachen. Sein kariertes Hemd war teilweise zerrissen, seine Hose viel zu kurz und voll verkrustetem Dreck. Schuhe oder Sandalen hatte er keine an, als ob er immer nur barfuß liefe. Die Zehen waren schwarz.

Ansonsten war er durchaus hübsch und musste ungefähr so alt wie sie sein. Er hatte auffallend lange Wimpern, volle Lippen und schwarzes Haar, das ihm bis auf den Hemdkragen fiel. Allerdings war die Mähne zu schmutzig, als dass sich richtig erkennen ließ, ob das Haar eher fein oder dicht war. Der Junge bewegte sich nicht vom Fleck, sondern stierte sehnsuchtsvoll auf die Schokolade.

»Meinetwegen. Ich kann ja zu dir kommen.«

Er zuckte zusammen, als Karla einen Schritt auf ihn zu machte, und als sie noch einen Schritt machte, lief er weg. Er rannte bis zum Waldrand, wo er stehenblieb und sich umdrehte.

»Was soll dieser Eiertanz?«, schimpfte sie lachend, »ich kann dir nichts geben, wenn du abhaust.«

Sie musste sich schlauer anstellen und behutsamer vorgehen. Karla legte den Schokoladestängel vor sich ins Gras, dann schlenderte sie langsam ans Seeufer. Im Nu war der Junge bei der Nussschokolade und verschlang sie rasend schnell. Dann floh er in den Wald.

»Nichts zu danken«, versetzte Karla, als sie wieder zum Rucksack und ihrem Fahrrad lief. Einerseits war sie erleichtert: Von diesem Jungen ging keine Gefahr aus und ihre Neugier war mehr als berechtigt gewesen. Andererseits war sie enttäuscht, dass er gleich wieder geflohen war. Karla war sicher, dass er an diesem Tag nicht mehr auftauchen würde. Dazu war er zu scheu.

Sie entschied sich, den Rest des Tages in ihrem Baumhaus zu verbringen. Wer es erbaut hatte, wusste sie nicht. Zwei Jahre zuvor hatte sie es in der riesigen Buche entdeckt. Es war nicht verfallen gewesen, nur voller Spinnweben,

Laub und Insektenleichen und Tierexkrementen auf dem Boden. Karla hatte es eine Zeit lang beobachtet, bis sie sich sicher war, dass man es nicht mehr nutzte, hatte alles geputzt und es wohnlich eingerichtet.

Bis heute war die Bude noch niemandem aufgefallen. Wandervereine und Langlaufskifahrer kamen nicht in diese entlegene Gegend und den Forstmeistern schien sie entgangen zu sein. Von Karlas Schulkameradinnen ganz zu schweigen. Die trafen sich lieber nachmittags am Schlossweiher, wo sie kicherten, tratschten und heimlich rauchten. Sie fanden nichts langweiliger als den Wald.

Das Baumhaus war Karlas Geheimnis. Selbst Ivana hatte sie nichts davon verraten. Sicherheitshalber, sie wusste ja nicht, ob die Freundschaft Bestand haben würde. Wenn sie zerbrach, war es besser, ein Schlupfloch zu haben, von dem niemand wusste.

Karla hatte das Baumhaus nicht mehr besucht, seit sie jeden Tag mit ihrer Freundin verbrachte. Gedankenversunken schob sie das Fahrrad zur Buche, lehnte es an den Stamm und kletterte hoch in die Astgabel.

Es schien alles in Ordnung zu sein. Das Sicherheitsschloss steckte in seinem Metallring, aber es war nicht leicht, es aufzubekommen. Rost hatte das Eisen zerfressen. Endlich ließ sich der Holzverschlag aufziehen.

Der Eingang war niedrig, Karla musste den Kopf einziehen. Alle Dinge im Baumhaus waren an ihrem Platz. Das tragbare Radio, das auf dem Wandbrett stand, begann vor sich hin zu dudeln, als sie es anschaltete, und an der Gitarre, die an einem Haken hing, war im kalten Winter keine einzige Saite gerissen.

Freilich war alles mit Staub bedeckt und der Teppich roch muffig. Karla konnte sich unmöglich auf dem feuchtkalten und stellenweise schimmligen Fetzen ausstrecken. Er musste erst mal an die Sonne und richtig trocknen.

In den Ast, der von außen ins Baumhaus drang, um an der anderen Seite wieder ins Freie zu wachsen, hatte sie eine Vertiefung gehauen, die ihr als eine Art Schaukelsitz diente. Karla kam sich im Baumhaus, umgeben von rauschendem Buchenlaub, schwebend leicht vor.

Achtlos stierte sie auf das Plakat an der Wand mit der glutrot im Wasser versinkenden Sonne über einem glitzernden, ruhigen Meer. Zuerst dachte sie an ihre Freundin, die mittlerweile in Umag sein musste. Nein, ihr Neid auf Ivana war wirklich verflogen. Karla wettete mit sich selbst, dass sie in den kommenden Ferienwochen etwas Besonderes erleben würde, etwas Spannenderes als Badeurlaub am Meer – auch wenn es sich um das Mittelmeer handelte, an dem sie noch nie gewesen war.

Fünf

Als sie ein Sonnenstrahl kitzelte, erwachte Karla auf ihrem muffigen Teppich im Baumhaus. Es musste früher Morgen sein. Ihr taten sämtliche Knochen weh und mit diesem Schimmelmief, der aus dem Teppich stieg, kam sie sich selbst ganz müffelig vor.

Ihr Vater würde außer sich ein. Seine Tochter, die erst an den Baggersee ausfliegt und in der kommenden Nacht nicht nach Hause kommt … hoffentlich war er nicht zur Polizei …

Das musste sie dringend verhindern. Sie schaltete ihr Handy ein. Leider hatte es keinen Empfang. Nichts wie los! Sie packte den Rucksack und kletterte in den Baum, von wo aus sie sich beeilte, das Sicherheitsschloss der Bretterhütte zu verriegeln, dann stieg sie hinab zu ihrem Fahrrad.

Auf dem Weg in den Ort bremste Karla plötzlich. Sie musste ihren Vater beruhigen, sonst ging er wirklich noch zur Polizei und meldete sie als vermisst. Es dauerte, bis er abnahm, unruhig trat sie von einem Bein auf das andere.

»Hi, ich bin's. Mir ist nichts passiert, keine Sorge.«

An seiner verschlafenen Stimme merkte sie, dass er keine Sekunde beunruhigt gewesen war. Offenbar hatte er gar nicht nachgeschaut, ob seine Tochter im Bett lag, als er nachts von wer weiß wo nach Hause gekommen war. Er schien zu denken, sie habe erst vor ein paar Minuten das Haus verlassen. Also zwitscherte sie nur ein »Ciao, Papa« und kehrte zur Kiesgrube zurück.

Sie hatte erwartet, dass von dem Jungen weit und breit nichts zu sehen war. Wenigstens war es ein angenehm warmer Tag. Summend breitete Karla das Badetuch aus und pellte sich rasch aus den muffigen Sachen. Vor dem verwahrlosten Jungen hatte sie keine Angst mehr.

Karla lief ans Seeufer, um mit den Zehenspitzen zu testen, ob das Wasser noch kalt war. Es war genau richtig, irgendwo zwischen lau und erfrischend. Nichts wie hinein! Sie schwamm ein paar Runden, legte sich auf den Rücken und linste zum Himmel hoch. Auch der Himmel in Umag war sicher nicht blauer.

Erst als sie sich wieder zur Wiese umdrehte, bemerkte sie den Jungen, der sich an ihrem Rucksack zu schaffen machte. »He, was tust du da?«, rief sie, worauf er sich ängstlich und sprungbereit aufrichtete. Na klar, er hatte wieder Hunger. Und nach dem Erlebnis von gestern dachte er wahrscheinlich, dass es in ihrem Rucksack etwas zu essen gab.

Karla hatte diesmal aber nichts dabei. Und auch sie war hungrig, merkte sie jetzt. Seit gestern Vormittag hatte sie nichts Richtiges mehr zu sich genommen, außer einer Rolle weicher Kekse, die sie im Baumhaus entdeckt hatte. Und der Magen des Jungen war zweifellos leerer als ihrer. Sein Gesicht war förmlich verzerrt vor Gier.

Als Karla am Ufer ankam, nahm der Junge Reißaus. Er rannte zum Waldrand, wo er aber wieder stehenblieb. Aus sicherer Entfernung schaute er zu, wie sie sich fröstelnd in ihr Badetuch hüllte.

Um ihn anzulocken, beugte sie sich zu dem Rucksack hinunter. Sie hatte sich nicht getäuscht. Vorsichtig näherte er sich, Schritt für Schritt, blieb aber sofort stehen, wenn sie in seine Richtung sah. Aus etwa zehn Metern Abstand starrte er schließlich voller Sehnsucht auf ihre Hand, die aber leer war, als sie aus dem Rucksack zum Vorschein kam.

»Ich habe leider nichts«, sagte Karla und hob bedauernd die Schultern.

Anfangs schien er sie nicht zu verstehen. Oder er wollte es nicht. Vielleicht verstand er kein Deutsch? Doch dann regte er sich.

»Hu … hungich«, versetzte er mit einem Keuchen.

Das Sprechen schien ihn anzustrengen.

Ohne den Jungen aus den Augen zu lassen, zog Karla Hose und T-Shirt an.

Er tat ihr leid. Selbst aus der Entfernung bemerkte sie seinen Geruch. Und er hatte absolut nichts auf den Rippen. Als sie den Rucksack zuband und sich wieder aufrichtete, hatte sie bereits einen Plan.

»Ich fahre nach Hause und hole uns was zu essen. Du gehst nicht weg, okay?«

Er antwortete nicht, vielleicht hatte sie zu schnell gesprochen. Sie streckte den Arm aus und zeigte auf ihr Fahrrad und vom Rad in die Ferne.

»Nach Hause fahren«, sagte sie, »was zu essen holen von daheim …?« Sie spielte ihm mit Gebärden vor, wie sie den Rucksack auspacken, Sachen zum Essen vor sich in der Wiese ausbreiten und sich in den Mund stecken, kauen und schlucken würde. Es war nicht leicht, dem Jungen ihre Absicht verständlich zu machen. Als Karla schließlich auf die Armbanduhr zeigte, starrte er nur auf das runde Ding an ihrem Handgelenk, halb neugierig und halb verwirrt.

»Ach, du Scheiße … der hat keinen Schimmer, was Uhren sind.«

Mit heftigem Nicken versetzte er: »Scheiße.« Dieses Wort war dem Jungen offenbar vertraut.

Unsicher wollte er wissen: »Scheißuhh?«

Gegen ihren Willen brach Karla in Lachen aus.

»Leider braucht man sie, die Scheißuhren«, sagte sie, »zum Beispiel, wenn wieder Scheißschule ist und man um acht aufstehen muss.«

»Schu ... schu ... schule?«, entgegnete er mit einem Stirnrunzeln.

Karla staunte. Der Junge hatte noch nie eine Schule besucht? Er war echt zu beneiden. »Du kannst dir nicht vorstellen, was dir deine Eltern erspart haben. Scheinen ja echt coole Leute zu sein.«

Ratlos schaute der Junge sie an. Er konnte mit der Bemerkung nichts anfangen, die Karla jetzt selbst ziemlich dumm fand. Beneidenswert war der verhungerte Junge in seinen verdreckten Klamotten ganz und gar nicht. Und seine Eltern waren ganz sicher nicht cool, wenn sie den Jungen derart verwahrlosen ließen. Nicht einmal etwas zu essen bekam er von ihnen!

Und wenn Karla sich irrte und er gar keine Eltern hatte? Wenn er sie verloren hatte? Wenn er halb verwildert, allein und verlassen im Wald hauste?

Sechs

In einer Rekordzeit von dreißig Minuten sauste Karla von der Kiesgrube nach Hause.

Im Korridor rief sie nach ihrem Vater und war erleichtert, als sie keine Antwort erhielt. Vermutlich war er im Schulhaus, wo er Verwaltungsaufgaben erledigte. Oder er bummelte in einem Oldtimer, dem knallgelben Käfer Cabrio oder dem schaukelnden Citroën aus den 1960er Jahren, von Dorf zu Dorf. Diese Spazierfahrten ohne Ziel, die sich über Stunden ausdehnten, waren, seit Mutter einen Liebhaber hatte, seine einzige Leidenschaft.

Karla riss den Kühlschrank auf, um nachzusehen, was sie an Essbarem im Haus hatten. Sie blickte ins Leere: nicht mehr als ein halbvolles Senfglas, zehn Bierdosen, eine Tube Tomatenmark und ein schlapper Kopfsalat.

Absolut nichts hatte Vater besorgt, keine Butter, keinen Aufschnitt, von Joghurt ganz zu schweigen. Im Seitenfach lagen drei Eier, die Karla beschnupperte, sicherheitshalber – sie schienen in Ordnung zu sein.

Sie setzte Wasser auf, um die Eier zu kochen. In der Zwischenzeit eilte sie in den Keller, um sich in den Regalen nach Salzgurken, Salzstangen, Honig und Heringsfilets umzuschauen. Auf den meisten Dosen, die sie in die

Hand nahm, war das Haltbarkeitsdatum schon abgelaufen. Also würde sie erst einmal einkaufen gehen müssen.

Sie hetzte zurück nach oben, um den Topf mit den Eiern vom Herd zu nehmen, die inzwischen sicher hart wie Beton waren. Im Flur prallte sie fast gegen ihren Vater. Er ließ sich auf den Stahlrohrstuhl vor der Garderobe fallen, um sich von seinen Schuhen zu befreien.

Karla heuchelte Wiedersehensfreude.

»Alles in Ordnung, Papa?«

Sie wollte zum Topf laufen, der auf der Herdplatte rumpelte, und schlug einen Bogen um ihren Vater. Doch er beugte sich blitzschnell vor, um sie am Arm zu packen.

»Ich sperre dich in dein Zimmer ein, wenn du meine Verbote nicht ernst nimmst«, schimpfte er.

Um ruhig zu bleiben, war Karla zu angespannt. Sie musste dem Jungen etwas zu essen bringen und hatte keine Zeit.

»Es ist überhaupt nichts zum Essen im Haus«, fauchte sie, »statt mir zu drohen und dich zu besaufen, solltest du lieber im Supermarkt einkaufen gehen.«

Das brachte ihren Vater noch mehr auf die Palme.

»Du bist ein verzogenes Biest!«

»Und du bist ein von Mutter betrogener Ehemann, der seinen Frust an der Tochter auslässt!«

Das war zu dicht an der Wahrheit, um ihrem Vater nicht wehzutun. Wieder versuchte er, Karla zu packen. Sie rannte ins Freie und wollte zu ihrem Fahrrad springen. Aber das war verschwunden.

Atemlos holte er sie in der Einfahrt ein. Er grinste, und warum, war nicht schwer zu erraten. Er hatte ihr Fahrrad weggeschlossen.

Das versetzte Karla noch mehr in Wut. Sie musste zum Baggersee, dringend. Und ihr Vater hatte nichts anderes im Kopf als seine Erziehungsprinzipien. Ihm zu erzählen, was los war, kam nicht in Frage. Weder auf ihn noch auf Mutter war mehr Verlass. Seitdem sie getrennt waren, wollte sich Karla beweisen, auf eigenen Füßen zu stehen und Schwierigkeiten allein zu bewältigen.

Voller Verzweiflung warf sie sich gegen ihren Vater und trommelte schreiend gegen seine Brust. Auf einen solchen Ausbruch war er nicht vorbereitet.

»Ist ja gut«, versuchte er sie beruhigen.

Karla hatte den Eindruck, er wolle nachgeben. Doch Frau Ziegler verhinderte das. In diesem Augenblick trat sie aus dem Nachbarhaus.

Ihr Erscheinen veranlasste Karlas Vater, durchzugreifen. Einen Familienskandal vor der Nachbarschaft konnte er sich als Direktor nicht leisten. Er musste zeigen, wer der Chef war. Also packte er Karla am Handgelenk und zog sie mit sich zurück ins Haus.

Im Korridor zeigte er sich wieder sanfter. »Ist ja gut, Karla, wenn du versprichst, nicht zum See zu fahren. Wir sollten uns wieder vertragen, was meinst du? Wir machen uns schick und gehen heute Abend aus. Ich bestelle einen Tisch bei Familie Matijevic und wir schlagen uns beide den Magen voll. Ist das eine Idee?«

Karla war zu verbittert, um Frieden zu schließen. Sie rieb sich das schmerzende Handgelenk, lief wortlos in ihr Zimmer im ersten Stock und warf sich heulend auf ihr Bett.

Sie hasste ihren Vater. Er machte alles kaputt.

Am See wartete der verhungerte Junge, und wer nicht zur Kiesgrube kam, war sie. Bei der Erinnerung an seine Magerkeit presste es Karlas Kehle zusammen.

Irgendwann schlief sie ein, voll hilfloser Wut, und erwachte erst wieder, als Vater vor ihrem Zimmer stand und fragte, ob sie sich nicht zum Ausgehen chic machen wolle. Chic machen! Allein das Wort!

Erfolglos drückte er die Klinke. Karla hatte die Tür vorsorglich abgeschlossen.

Als sich ihr Vater zurückzog, setzte sie sich mit dem Laptop im Schoß aufs Bett, um Ivana in ihre Begegnung am Baggersee einzuweihen.

Sie fand zwei Nachrichten von ihrer Freundin. Die erste hatte sie mit dem Mobiltelefon verschickt: »Sitze im Auto von meinem Onkel. Hat mich am Flughafen Zagreb mit Blumen empfangen. Schnuppere bereits in der Ferne das Meer.«

In der anderen Nachricht schilderte sie das Hallo bei der Ankunft im Großelternhaus und den Festschmaus im Garten mit Bergen von Grillfleisch. Großvater Matijevic hatte beim Kauen einen Goldzahn verloren. Karla kicherte, als sie das las. Sie stellte sich Ivanas Cousinen vor, die vielen Onkel und Tanten und anderen Verwandten, wie sie auf allen Vieren im Gras herumkrochen, um die Goldkrone wiederzufinden.

Sie klickte auf »Antwort« und schrieb zurück, ohne sich um ihren Vater zu scheren, der wieder vor der Tür stand. Ob er allein in die Schlossschenke gehen solle, wollte er wissen und ging wieder weg, als sie nicht antwortete.

»Ich hatte echt Angst, als er aus dem Nichts vor mir auftauchte«, teilte Karla der Freundin mit. »Unverhofft steht dieser Wilde da. Das war meine erste Idee: Sicher haust er allein im Wald, lebt von rohem Kaninchenfleisch, Beeren und Pilzen, wenn nicht von Insekten und anderem ekligen Zeug. Heutzutage ein Wilder im Wald, kann das sein? Und richtig wild wirkt er eigentlich nicht. Ein Wilder ist nackt oder hat einen Lendenschurz und steckt nicht in Hochwasserhosen und einem halb zerrissenen, scheußlich karierten Hemd. Mir ist nicht klar, was ich machen soll. Zur Polizei gehen möchte ich nicht. Mir wird richtig schlecht bei dem Gedanken, dass sie den Jungen am Baggersee einfangen, ich meine, so einfangen wie man ein scheues und schreckhaftes Tier einfängt. Eigentlich scheint er nur hilflos zu sein.«

Sie reckte sich. Im Zimmer war es jetzt halbdunkel. Sie las ihre Nachricht von Anfang bis Ende durch, wollte auf Senden klicken und – ließ es sein.

Sie schaltete den Laptop aus und schlich sich ins Erdgeschoss, wo sie ihren hungrigen Magen beschwichtigte, indem sie die harten Eier verschlang. Dann stahl sich Karla in ihr Zimmer zurück und setzte sich auf ihr Bett.

Nein, es war besser, noch nichts zu verraten. Ivana war zu weit weg, die hatte ganz andere Sachen im Kopf. Erst wollte Karla herausfinden, was mit dem Jungen los war, woher er kam. Und sie nahm sich fest vor, ihm zu helfen. Erst musste sie etwas zu essen besorgen, bei Gelegenheit andere Klamotten.

Mit diesem Entschluss schlief sie ein.

Sieben

Am nächsten Tag musste sie sich zur Geduld zwingen, bis sie endlich zur Kiesgrube aufbrechen konnte. Karla wollte zuvor in den Supermarkt, der erst um neun öffnete. Ihr restliches Taschengeld reichte, um Brot, Marmelade und Milch zu besorgen, plus preiswertem Aufschnitt und einem Glas Erdnusscreme.

Im ersten Stock hatte sie freie Bahn. Sie hörte, wie sich Vater im Erdgeschoss Kaffee kochte, zum Briefkasten schlurfte, um seine Zeitung zu holen. Karla flitzte ins Bad, wo sie ausgiebig duschte. Sie wusch sich die Haare und trocknete sie mit dem Föhn, bis sie wieder schön füllig wirkten.

Sie fand ihr Aussehen in Ordnung, selbst ohne Schminke und trotz der blonden Blässe. Mit Ivanas von einem Schwall schwarzer Haare umrahmtem, olivbraunem Gesicht konnte sie zwar nicht mithalten, aber alles in allem war sie mit sich zufrieden. Ihre Nase war gerade und nicht zu breit, der Mund zwar klein, doch die Lippen voll, vor allem hatte sie keine Pickel wie so viele ihrer Schulkameradinnen.

Unten machte ihr Vater auf gute Laune und pfiff zu der Musik aus dem Radio. Karla war nicht scharf auf eine

Begegnung mit ihm. Sie hatte Wichtigeres zu tun, als sich mit ihrem Vater auszusprechen. Und genau das hatte er sicher vor. In letzter Zeit konnte er sich nicht entscheiden, ob er streng oder nachsichtig sein wollte. Mal spielte er den Unerbittlichen, mal wirkte er auffallend weich. Karla mochte das nicht.

Sie tappte in ihr Zimmer und klappte den Laptop auf, um ihrer Freundin zu schreiben, die sich bestimmt schon wunderte, dass Karla noch nicht geantwortet hatte.

Doch Karla fiel absolut nichts ein. Wenn Ivana von dem Jungen nichts erfahren sollte, musste sie irgendwas Dummes erfinden, und das war ihr unangenehm. Sie kaute verdrossen am Daumennagel, bis ihre Armbanduhr Viertel vor neun zeigte und sie sich zum Supermarkt aufmachen konnte.

Karlas Vater nahm seine Lesebrille ab und nestelte sie verlegen ins Etui, als seine Tochter im Erdgeschoss auftauchte. Er machte einen hilflosen Eindruck, so als wüsste er nicht mehr, was er mit ihr anstellen solle. Er räusperte sich: »Deine Mutter will wissen, ob du nicht eine Woche zu ihr in die Stadt kommen möchtest.«

»Um den Forstmeister kennenzulernen?«, schnaubte Karla. »Ich kann mir Spannenderes vorstellen.«

Sie schnallte sich ihre Sandalen um.

Vater, der seine Jacke vom Haken nahm, konnte es sich nicht verkneifen, zu grinsen.

»Soll ich uns heute Mittag bekochen?«, rief er ihr noch hinterher, als sie schon aus dem Haus rannte. Karla verneinte nur stumm mit dem Kopf.

Im Supermarkt stießen sie beinahe zusammen. Er hatte sich offenbar gleich nach ihr aufgemacht und natürlich das Auto genommen. Jetzt stand er vor dem Regal mit den Marmeladen und tippte sich unsicher mit einem Finger ans Kinn. Den Einkauf alleine zu machen, war er nicht gewohnt. Zum Glück war er viel zu konzentriert, um sie zu bemerken, und Karla beeilte sich, zu verschwinden.

An diesem Tag war es kühler. Bei dem Grau-in-Grau war nicht mit viel Sonne zu rechnen. Heute kam sicher kein Mensch an den Baggersee, nicht einmal ein Liebespaar oder so, der sie und den Jungen stören konnte.

Gut gelaunt traf sie an der Kiesgrube ein, voll kribbelnder Spannung und Vorfreude.

Doch auch nach zwei Stunden zeigte sich der Junge nicht, ihre Stimmung verdüsterte sich. Sie winkte ans andere Ufer, sie tanzte und schmetterte Coldplay-Songs aus voller Kehle. Von dem Jungen war aber weit und breit nichts zu entdecken. Um den Baggersee blieb alles still. In der Ferne klopfte ein Specht, eine Elster flog schackernd von Wipfel zu Wipfel, sonst nichts.

Selbst als sie ihre Mitbringsel vor sich ins Gras kippte, einen Kanten vom Brot abbrach und ihn mit Hingabe kaute, ließ sich der Junge nicht blicken.

Karla hatte den Jungen am Tag zuvor versetzt, es war nur logisch, wenn er weitergezogen war, um anderswo Nahrung zu finden. In sie hatte er nach ihrem leeren Versprechen, bald wieder zum See zurückzukehren, wohl kein Vertrauen mehr.

Sie versetzte dem Rucksack einen grimmigen Tritt. Er flog in die Luft, leicht und leer, wie er war, und landete rund zehn Meter von ihr entfernt auf dem Wasser. Ihr blieb keine andere Wahl, als zu dem Rucksack zu schwimmen, der bei dem Wind immer mehr in die Mitte des Sees trieb.

Sie zog sich schnell aus und rannte ins Wasser. Gott sei Dank war sie beim Kraulen unschlagbar. Schleunigst machte sie kehrt, da sah sie drei Typen bei ihren Sachen.

Karla kannte die älteren Schüler, die sie vom Ufer aus feixend beobachteten. Sie wohnten in einem Nachbarort und besuchten dieselbe Schule. Auf dem Pausenhof wich man den dreien besser aus, wenn man keinen Streit haben wollte. Sie waren in der Elften und hatten entschieden mehr Kraft als Karla. Mit einem allein würde sie fertig werden – aber gegen den Dreiertrupp hatte sie keine Chance.

Trotzdem durfte sie keine Schwäche zeigen. Sie pfiffen und johlten, als Karla den See verließ, stierten sie hemmungslos an.

»Euer erster Bikini, was?«, sagte sie bissig.

Leider musste sie erst ihre Sachen anziehen, bevor sie das Rad nehmen und abhauen konnte. Und die Scheusale standen im Halbkreis um ihre Klamotten.

»Ist das nicht das Töchterchen des Direktors? Und ob sie das ist«, höhnte derjenige, der in der Schule »Killer« genannt wurde, der schlimmste von ihnen. Er war der Sohn eines Bauunternehmers, den ein Gericht im vergangenen Winter zu Gefängnis verurteilt hatte. Karla wusste nicht, warum Killers Alter vier Jahre hinter Gitter verbringen musste. Klar war nur, dass die Firma bankrott war. Und offenbar musste die Mutter die Villa verkaufen, in der die Familie wohnte, so hatte sie es jedenfalls in der Schule gehört. Dass er Stress hatte, merkte man Killer an.

»Ja, das ist sie«, bejahten die anderen zweistimmig, der eine ein langer Dünner mit Spitznamen »Stinkie«, der andere, Dennis, ein dummer, gemeiner Kerl. Vor dem hatte Karla Ivana beschützt. Beide waren Killers ergebener Anhang.

Was in der Schule von Vorteil war, konnte – ganz allein am Ufer der Kiesgrube – ein Manko sein. Als Tochter des Direktors war sie ein rotes Tuch, das die drei Verlierer so richtig in Fahrt brachte. Karla musste sich forsch und energisch geben, sonst leckten die Mistkerle Blut. Ohne zu zaudern, bewegte sie sich auf die Bande zu. Beeindruckt von dieser Entschlossenheit machten sie Platz, als sie Hose und T-Shirt anzog.

»Ich wette, du willst uns zum Picknick einladen«, brach Killer das Schweigen und zeigte auf das Brot, die Leberwurst, den Aufschnitt und die Erdnusscreme im Gras. »Nett von dir, ich hab riesigen Hunger.«

Er nahm die Verpackung mit dem Aufschnitt hoch. Als Karla sich reckte, um sie wieder an sich zu reißen, verlor sie das Gleichgewicht. Sie taumelte in seine Arme. Killer packte sie hart an der Schulter und stieß sie zu Stinkie, der boxte sie weiter zu Dennis. Bald flog sie wehrlos von einem zum anderen.

Stürzen durfte sie auf keinen Fall – was passieren würde, wenn sie sich nicht mehr auf den Beinen halten konnte, wollte sich Karla lieber nicht vorstellen.

»Macht Spaß«, feixte Dennis und rotzte sie an. Mit

einem schmerzhaften Stoß vor die Brust boxte er sie zu Stinkie. Auch Stinkie und Killer sammelten Schleim in der Kehle, mit dem sie Karla bespuckten.

Doch plötzlich ließen die drei von ihr ab. Stinkie ging in die Knie, fasste sich an den Hinterkopf und war aschfahl im Gesicht. Als er seine Hand wieder hob, um mit ihr zum Waldrand zu zeigen, war sie voll Blut. Verwirrt drehten Killer und Dennis sich um. Im selben Moment sah Karla einen Kiesel anfliegen, der Killer am Schulterblatt traf. Vor den Bäumen erkannte Karla den Jungen, der erneut ausholte, um die Steine in seiner Hand zu schmeißen. Er traf, auch auf große Entfernung.

»Leute, den machen wir fertig«, schrie Killer. Sie rannten los, um den Jungen zu fangen, der weitere Steine schleuderte. Das zwang sie, wieder und wieder in Deckung zu gehen.

Lauf weg, Junge, lauf, sonst erwischen sie dich, dachte Karla. Auch für sie war es das Beste, sich zu verziehen. Bestimmt kamen die drei zurück, wenn sie den Jungen nicht einfangen konnten.

Eilig schnallte sie ihre Sandalen um, schwang sich aufs Fahrrad und holperte los in Richtung Forstweg.

Beim Abzweig zum Kiesgrubentrampelpfad standen drei Mofas. Falls die Bande es aufgab, den Jungen zu verfolgen, würden sie Karla mit diesen Maschinen, die sie auf Tempo frisiert hatten, blitzschnell einholen. Leider hatte sie das Taschenmesser bei Leberwurst, Aufschnitt und Erdnusscreme im Gras liegengelassen und sonst nichts dabei, um die Reifen aufzuschlitzen. Karla drehte sich ständig auf ihrem Sattel um, bis endlich die braunroten Dachziegelreihen vor ihr auftauchten.

Acht

Am anderen Tag, als sie zur Kiesgrube strampelte, benutzte sie Schleichwege, um ans Ziel zu kommen, was anstrengend und hinderlich war. Mit dem Vorderrad blieb sie in Sandhaufen stecken und prallte gegen Wurzeln, die sich aus dem Boden wölbten, von den Ästen ganz zu schweigen, die ihr immer wieder ins Gesicht schlugen. Allerdings war es sicherer, als den bequemeren Forstweg zu nehmen, wo die drei ihr auflauern konnten. Dass die Typen auf Rache aus waren, konnte sie sich an zwei Fingern ausrechnen.

Auch an der Kiesgrube sah sie sich vor. Es war besser, sich nicht am Ufer niederzulassen, wo man sie von weitem erkennen konnte. Karla hockte sich auf einen Baumstumpf am Waldrand. Sollte der Junge am See sein, würde er sie finden.

Heute hatte sie sich aus dem Kühlschrank daheim bedient, der diesmal voller leckerer Sachen gewesen war. Zuerst legte sie ein Geschirrtuch ins Gras, breitete frische Wurst und Eier aus und stellte die Thermoskanne mit heißem Kakao hin. Dann holte sie Weißbrot hervor und Butter, die in der Sonne sofort zu schmelzen begann. Karla beeilte sich, sie in den Schatten zu schieben.

Rund eine Stunde verging, ohne dass sich etwas tat, dann tauchten die drei Typen wieder am Baggersee auf und jagten auf ihren knatternden Mofas ans Ufer.

Karla versteckte sich schnell hinter dem Holzstapel, der auch ihr Fahrrad verbarg. Hoffentlich sprangen den dreien nicht der Rucksack und die Warmhaltekanne am Waldrand ins Auge.

Endlich verschwanden sie wieder und preschten in Richtung Forstweg. Es wurde still und nur noch die blauen Benzinschwaden hingen in der Luft.

Karla verließ das Versteck – und sah plötzlich den Jungen, der nicht weit weg auf der Wiese stand. Sie stieß einen spitzen Schrei aus. Er hob beide Arme, um sie zu beruhigen, und stammelte mit einem schiefen Grinsen: »Bi … bin … ich.«

Karla entspannte sich wieder. »Kannst du dich nicht anmelden?«, schimpfte sie heiter.

Das schien er nicht zu verstehen: »A … a … anmelden?«

Sie bewegte sich rasch auf den Jungen zu, um ihn zu dem bereitstehenden Picknick zu schieben. Aber sie hatte vergessen, wie scheu er war. Mit Panik in den Augen wich er zurück.

»Nicht weglaufen«, sagte sie schnell, »ich tu dir doch

nichts.« Er atmete stoßweise und folgte in sicherem Abstand. Was hat der Junge Schlimmes erlebt?, fragte sie sich.

Sie schlenderte pfeifend zu Wurst, Konserven und Eiern im kniehohen Gras, hockte sich auf den Baumstumpf und wartete. Zaudernd setzte der Junge einen Fuß vor den anderen, bis er direkt vor dem Geschirrtuch stand und seine Hand zu den Eiern ausstreckte.

»Hey, ehe man sich bedient, fragt man: ›Darf ich?‹«

Eigentlich sollte das ein Scherz sein, der allerdings völlig daneben ging. Er schaute sie derart verunsichert an, dass sie sofort hinzufügte: »Klar, darfst du … ist doch logisch«.

Der Junge wiederholte strahlend: »Du … du … daffst«.

Karla war fassungslos, als er ein Ei in die Hand nahm und es von allen Seiten aufmerksam betrachtete. Statt es zu schälen, wiegte er es auf dem Handteller und hielt es gespannt an sein Ohr. Offenbar hatte er noch nie ein Ei gesehen.

Seine Begeisterung steckte Karla an. Auch sie nahm ein Ei in die Hand, das sie ernsthaft und aufmerksam mit den Fingern umschloss, als sei es das erste Ei in ihrem Leben. Es lag wunderbar glatt in der Hand.

»Was hast du? Willst du es nicht essen?«

»Ka … kaputtmachen?«, fragte er zweifelnd.

»Ja, klar, man isst die Dinger.«

»Di ... di ... dinge?«

Mit dem »r« schien er nicht richtig klarzukommen.

»Eier«, verbesserte sie sich. »Wir nennen sie Eier, verstehst du?«

»Eie«, sagte er freudig und wollte hineinbeißen.

»Nicht mit der Schale. Du musst es erst schälen!«

Neugierig schaute er zu, wie sie es vormachte, Salz auf das Ei streute und in die Spitze biss.

Trotz seines nicht zu verkennenden Heißhungers musste der Junge erst alles genau betrachten, bevor er sich das Ei in den Mund steckte. Mit Andacht roch er an der Butter, der Leberwurst und der Kirschmarmelade. Mal wollte er mit seinen Fingern im Fleischsalat graben, mal seine Zunge ins Erdnusscreme-Glas stecken, was Karla in letzter Sekunde verhinderte. Willig und aufmerksam ließ er sich zeigen, wie man die Creme mit dem Messer aufs Brot schmiert, und machte es tollpatschig nach. Er hatte noch nie im Leben ein Messer benutzt – es war unglaublich!

»Da ... danke«, murmelte der Junge, als er satt war. Mit behaglichem Grunzen warf er sich ins Gras und nickte ein. Auch Karla merkte, wie angenehm schwer sie sich fühlte, und machte es sich in rund drei Metern Abstand von ihm bequem. Sie brauchte kaum länger, um einzuschlafen.

Erst beim Motorenradau, den die Dreierbande verursachte, schreckte sie auf. Erneut fuhren sie Kreise am Ufer.

»Psst«, machte sie, als sich der Junge bewegte. Beide pressten sich flach auf den Boden und horchten. Im kniehohen Gras waren sie schwer zu entdecken. Nur wenn die Typen bis zum Waldrand kamen, schwebten sie beide in ernster Gefahr.

Endlich drehten die Mofas ab und das Knattern verlor sich erneut in der Ferne.

»Wo wohnst du denn?«, wollte Karla wissen, als sie sich in der Mittagsluft rekelte. Der Junge wirkte ratlos und schwieg, als ob er die Frage nicht verstehen würde.

»Bei dir muss man echt mit Adam und Eva anfangen. Wo bist du daheim?«

Sie kramte ihr Tagebuch aus dem Rucksack und klappte es auf. Neugierig beugte der Junge sich vor. Klar, wenn er nie eine Schule besucht hatte, musste er Karlas Handschrift beeindruckend finden.

Sie zeichnete Kiesgrube, Waldrand und Wiese und dann zwei Strichfiguren, die nebeneinander im Gras lagen.

»Das sind wir, du und ich, an der Kiesgrube.«

Ob der Junge begriff, was sie meinte?

»Du daffst«, sagte er heiser und riss ihr den Stift aus der Hand, den er wieder von allen Seiten betrachtete, als wenn er ein Zauberstab wäre. Er schien zu glauben, dass es der Stift sei, der die Zeichnung machte. Karla zwang sich zur Geduld.

»Diese zwei sind wir beide, verstehst du?«

Er hatte es offenbar endlich begriffen.

Schließlich kritzelte sie ihren Ort auf das Blatt, mit Schulhaus, Schloss, Giebelreihen und Rathausturm sowie der Villa am Hang, in der sie wohnte.

»In diesem Haus bin ich daheim.« Karla zeigte erst auf sich und dann auf die Villa.

»Da ... da ... heim«, rief der Junge und nickte.

»Und wo bist du daheim?«, frage sie noch einmal.

Wieder wirkte der Junge verunsichert.

Mit einem Seufzer startete sie den nächsten Versuch. Karla legte die rechte Hand auf ihre linke, als wären sie ein Kissen, schmiegte den Kopf drauf, schloss beide Augen und schnarchte.

»Daheim schlafe ich. Und wo hast du deinen Schlafplatz?«

Er gab keine Antwort, machte sie lediglich nach, legte

die rechte Hand auf seine linke und schmiegte die Wange auf das Kissen, nicht ohne zu schnarchen, als ob er ein lustiges Spiel mit ihr spielen wollte.

»Kannst du nicht ernst bleiben?«, schimpfte sie, heftiger, als sie beabsichtigt hatte. Karla erschrak, als der Junge sich duckte und mit einem Wimmern den Arm vors Gesicht hob, wie um einen Schlag abzufangen.

»Keine Angst. Ich tu dir nichts.«

Es dauerte, bis er seinen Arm wieder sinken ließ. Im Schneidersitz wiegte er sich vor und zurück. Mit einem Mal wirkte er abwesend, in sich versunken, ein Verhalten, das Karla befremdete.

Vielleicht hatte er nie ein Zuhause besessen oder erinnerte sich nicht mehr an sein Daheim. Vielleicht wollte er sich ja auch nicht erinnern.

Aber aufgeben kam für Karla nicht in Frage. Sie war entschlossen, dem Jungen zu helfen, und deshalb musste sie seine Geschichte erfahren.

»Ich heiße Karla – und du?«

»Karla«, sagte sie nochmals und klopfte an ihre Brust. Er antwortete zwar nicht, strengte sich aber sichtlich an. Zwischen seinen Brauen entstand eine Falte.

»Du … du … Dudek«, versetzte er schließlich mit einem Strahlen.

Das konnte nicht sein. Dudek, das war doch kein Name. Offenbar hatte er sie nicht verstanden.

»Karla«, sagte sie wieder und klopfte sich an die Brust.

»Dudek«, sagte der Junge und klopfte an seine.

Er war begeistert von seiner Entdeckung.

»Du Kalla, ich Dudek«, beteuerte er, als er Karlas zusammengekniffene Lippen bemerkte.

»Meinetwegen. Ich werde dich Dudek nennen«, sagte sie zweifelnd, packte die Reste des Picknicks zusammen und wickelte sie in das Geschirrtuch. Danach stopfte sie alles in ihren Rucksack.

»Komm!«, sagte sie, und als sie zum Fahrrad aufbrach, folgte der Junge gehorsam.

Sie wollte dem Jungen eine Stelle im Wald zeigen, die sicherer war als das Kiesgrubenufer, wo sie Gefahr liefen, mit den drei Typen zusammenzutreffen. Der Platz zwischen zackigen Felsen, verborgen von Brombeerhecken und Brennnesseln, war ihnen aber sicher unbekannt. Karla war der Schlupfwinkel umso vertrauter. Er war nur zu Fuß zu erreichen. Die drei Angeber mit ihren frisierten Maschinen waren viel zu bequem für irgendwelche Fußmärsche.

Der Junge blieb an Karlas Seite. Scheu wirkte er jetzt nicht mehr, nur in sich versunken. Ab und zu hob er den Kopf, um sie anzustrahlen. »Du Kalla, ich Du ... Dudek«, sagte er wieder.

Als sie die zackigen Felsen erreicht hatten, zeigte Karla zu der tiefstehenden Sonne am Himmel.

»Das ist die Sonne.«

»So ... Sonne«, echote er.

»Bald geht sie unter.«

»U ... u ... unte ...« Anfangs begriff er nicht, was das Wort bedeutete. Man merkte es seinem Gesicht an, wie er sich den Kopf zerbrach. Doch plötzlich schien er verstanden zu haben. Er wiederholte das Wort mit Begeisterung: »Unte!«

»Wir treffen uns an dieser Stelle, okay?«

»Kalla und Dudek!« Im Nu warf er sich auf den Boden, zog die Knie an und schmiegte sein Ohr an die Hände. So blinzelte er zu ihr hoch.

»Du wartest auf mich. Hast du verstanden?«

»Dudek waten.«

Neun

Karla verriet ihrem Vater lieber nichts von Killer und seinen beiden Vasallen. Wenn sie von dem Vorfall am Baggersee spräche, würde sie aus Versehen den Jungen erwähnen. Aber sie wollte nicht, dass er von ihm erfuhr. Der Junge war ihr Geheimnis. Und auch was Killer anging, würde sie schon alleine zurechtkommen.

In den kommenden Tagen wurde sie von ihrem Vater in Ruhe gelassen. Er fragte nicht mehr, was sie vorhatte, ob sie zum Baggersee fuhr oder was sie ansonsten trieb. Er machte auch nicht mehr den Vorschlag, mittags zu kochen oder mit ihr in der Schlossschenke essen zu gehen.

Dafür ging er im Supermarkt einkaufen und der Kühlschrank war jeden Tag voll genug, um den Jungen im Wald und sie selbst zu versorgen. Dass sich der Kühlschrank im Nu wieder leerte, machte Karlas Vater offenbar nicht misstrauisch. Er schien zufrieden zu sein, dass sie ordentlich aß.

Außerdem war er von einer auffallenden Lockerheit, wie er sie sonst nie an den Tag legte. In den letzten Wochen und Monaten, seit der Trennung von der Mutter, war er besonders verbissen gewesen. Es war absolut neu, dass er pfiff oder sang, wenn er sich sein Gesicht mit

Rasierschaum einseifte, in der Dusche stand oder sich seine Krawatte band. Und selbst in den Ferien hatte Karla nie erlebt, dass er zwei Stunden im Schaumbad verbrachte.

An einem Vormittag, als Vaters Laptop im Wohnzimmer auf der Kommode stand, fand sie den Grund. Eigentlich hatte Karla es sich schon gedacht. Sie streifte den Bildschirm nur mit einem kurzen Blick, da sprang ihr das Logo der Website ins Auge: Zwei Herzen, die sich miteinander verbinden. Ein Partnerschaftsinstitut. Sie trat näher heran, um den Text zu entziffern, der ihren Vater offenbar interessiert hatte: »Uschi, 40, alleinstehend, sucht einen Mann mit Geschmack, kulturell interessiert, nicht zu jung, nicht zu alt und romantisch veranlagt.«

Sie fand eigentlich nicht, dass ihr Vater »romantisch veranlagt« war. Und sie bezweifelte, dass er Geschmack besaß, wenn sie sich vor Augen hielt, wie er sich anzog. Sein Schuldirektor-Grau war abscheulich, nicht besser verhielt es sich mit seiner Cordhosen-Freizeitkluft. Natürlich verstand sie, dass er sich umschaute, und es war ja nur gut, wenn er besserer Laune war. Allerdings hoffte sie sehr, dass er nicht daran dachte, seine neue Bekanntschaft mitzubringen.

Es war nicht die erste Trennung ihrer Eltern. Schon vor vier Jahren hatte Mutter gemeint, es mit Vater nicht mehr auszuhalten, und hatte sie beide, Karla und ihn, verlassen. Und nach einer gewissen Zeit war er mit einer Freundin nach Hause gekommen. Kaum hatte Karla sich an sie gewöhnt, hatten die Eltern sich wieder zusammengerauft – bis zu dieser letzten Trennung vor einigen Monaten.

Dass ihre Mutter sich mit einer Modenschau für Samstag und Sonntag entschuldigt hatte, war Karla nur recht, und selbst Vater schien eher erleichtert als verstimmt.

Von seiner guten Laune ermutigt, bettelte sie ihn um Geld an. Sie brauche zwei Hunderter, sagte sie frech, als er am Samstagvormittag endlich das dampfende Bad freigab und in einer Rasierwasserwolke zum Schlafzimmer schlappte. Sein lustiges Pfeifen brach schlagartig ab.

»Das kann nicht dein Ernst sein. Zweihundert? Am Ende verlangst du einen Tausender, kleine Madame.«

»Kleine Madame« – woher hatte er das? Er sprach ja nicht Französisch. Karla hasste es, wenn er sie so nannte. Er durfte nicht wissen, wozu sie das Geld brauchte. Sie wollte dem Jungen neue Sachen zum Anziehen besorgen, Sandalen und einen Pullover. Nachts konnte es kalt werden und er hatte nichts als sein zerrissenes Hemd am Leib, das außerdem widerlich stank. Von seinen zerstochenen und blutenden Füssen ganz zu schweigen.

Vater war geiziger als die Sahara mit Regen! Wegen der Knausrigkeit, die er nie ablegen konnte, hatten Mutter und er sich andauernd gestritten. »Ich bin keine Kuh, die man melken kann« – mit diesem Spruch hatte er sie zur Weißglut gebracht. Karla wettete, dass er ihn gleich wieder aufsagen würde. Doch diesmal irrte sie sich. Er öffnete zwar seinen Mund, sagte aber kein Wort.

»Es ist wegen Anita. Sie gibt einen Sommerball. Und ich habe nichts Passendes anzuziehen.«

»Du willst auf den Sommerball deiner Cousine? Ich denke, die kannst du nicht ausstehen!«

Das stimmte, sie mochte Anita nicht. Die war bereits neunzehn und eine ziemliche Angeberin. Anita behandelte Karla, als sei sie ein dummes, ahnungsloses Kind vom Land. Klar, ihre Cousine lebte in Frankfurt und hatte erfolgreiche Eltern, die sich dumm und dusselig verdienten. Karlas Onkel war irgendein hohes Tier bei der Bank und Tante Barbara Managerin bei der Lufthansa.

Vater lag richtig, wenn er ihr nicht glaubte. Trotzdem schien er bereit, Karlas Schwindelei zu schlucken. Und mit Sicherheit würde er nicht bei der Tante nachfragen. Barbara hatte Mutter zur Trennung ermutigt – Vater und sie waren nicht gut aufeinander zu sprechen.

»Gibst du mir nun Geld oder gibst du mir keins?«

»Ist ja gut«, sagte ihr Vater und tappte ins Schlafzimmer, wo er als erstes den Vorhang aufzog. Das Doppelbett, von praller Sonne beschienen, war nur auf seiner Seite unordentlich, auf der anderen spannte sich das Bettzeug schön straff und glatt. Als rechnete er Nacht um Nacht mit Mutter – doch die nächtigte an den Wochenendtagen, wenn sie zu Besuch kam, immer nur auf dem Sofa im Wohnzimmer.

Vater setzte die Hornbrille auf, kramte seine Brieftasche aus dem Jackett auf der Stuhllehne und entnahm ihr zwei Hunderterscheine. »Ach was«, meinte er seufzend und griff noch einmal in seine Geldbörse, »ich gebe dir dreihundert. Du sollst dich bei unseren Verwandten ja nicht blamieren!«

Karla staunte: In dieser Sahara regnete es doch!

Zehn

Auf Schleichwegen strampelte sie zu dem Gebirgsbach, der in verschlungenen Windungen ins Nachbartal sprudelte. Dort sprang sie vom Rad und schob es zwischen kniehohen Laubhaufen bis zu den zackigen Felsen.

Als sie Dudeks Namen rief, kam er aus seinem Versteck. Die von Brombeerranken verborgene Mulde war circa vier Meter tief und bot Schatten und Schutz, wenn es regnete.

Karla konnte nicht sagen, warum sie den Jungen nicht im Bauhaus unterbrachte, obwohl das sicherlich lauschiger als das Felsversteck war. Wahrscheinlich, weil er ihr doch noch nicht ganz geheuer war. Und selbst Ivana hatte sie nicht von ihrem Baumhaus erzählt …

Karla hatte dem Jungen eine Wolldecke für den steinigen Boden mitgebracht. Sie war fleckig und stank nach Benzin (Karla hatte sie aus der Garage geklaut), doch das schien ihn nicht zu stören. Wusste er eigentlich, was ein richtiges Bett war, so ein bequemes, weiches?

Dudek war hungriger als eine Wolfsmeute. Was sie auspackte und auf der Decke ausbreitete, verschlang er in atemberaubendem Tempo. Im Nu war das Glas mit der

Erdnusscreme leer, die er sich mittlerweile flink mit dem Messer aufs Brot schmierte. Und im Handumdrehen pellte er alle sechs Eier ab, um sie sich in den Mund zu schieben. »Du daffst«, sagte er, goss sich Milch in den Becher und trank ihn in einem Zug aus.

»Am Montag besorge ich dir neue Sachen zum Anziehen. Nagelneue Klamotten. Du wirst echt super aussehen, Dudek!«

Er wirkte verdutzt, als sie an seinem Hemd zupfte.

»Das ist ein Hemd.«

»He … he … hemd«, machte er sie nach.

»Und das eine Hose.«

»Ho … hose.«

»Und Hose und Hemd sind Klamotten.«

»Kalmotten … kalmotten«, kam über Dudeks Lippen, die von einem Milchbart umrahmt waren.

»Montag?« Er zeigte auf Karlas Sandalen. Sie seufzte. Er wusste offenbar nicht mal, was Montag bedeutete. Eigentlich wusste er gar nichts.

Karla zog ein zerknittertes Foto aus dem Rucksack, mit Vater und Mutter am Ostseestrand, wo sie vor ewigen Zeiten in Urlaub gewesen waren. Karla war auf der Aufnahme knappe acht Jahre alt und stand am Meeressaum zwischen den Eltern, die sie beide an den Händen hielten.

Mit riesigen Augen und bebenden Lippen starrte der Junge auf das Foto. Karla war nicht klar, was ihn verwirrte. Vorsichtig drehte er es in den Fingern. Er untersuchte die andere Seite, roch am Papier, das er horchend ans Ohr presste. Sie musste lachen, was Dudek offenbar nicht mitbekam, so ernst versunken betrachtete er das Bild.

»Wer ist das? Was meinst du?« Sie streckte den Finger aus und zeigte auf das Kind im Bikini. Doch an ihm schien der Junge überhaupt nicht interessiert. Was seine Neugier erregte, war das Meer. Voller Schaumkronen dehnte es sich bis zum Horizont.

»Das ist die Ostsee, das Meer.«

»Meeh«, wiederholte der Junge, der sich eine Locke ins schmutzige Haar drehte. »Meeh gooß?«, wollte er von ihr wissen.

»Und ob. Riesengroß«, sagte Karla.

Mit strahlenden Augen zeigte Dudek zum Fahrrad. »Meeh bingen!« Er sprang auf die Beine.

Karla konnte den Jungen nicht rechtzeitig bremsen, er schwang sich bereits auf den Sattel. Offensichtlich hatte er genau beobachtet, wie das mit dem Fahrradfahren ging. Barfuß trieb er die beiden Pedale an. Trotzdem kam er nicht weit. Schlingernd verlor er das Gleichgewicht, kippte zur Seite und landete auf einem Felsstein. Blut schoss aus der Nase. Mit verschmiertem Gesicht trat er gegen das scheppernde Blech.

»Lass das!«, schimpfte sie, »das ist mein Rad!« Karla scheuchte den Jungen zur Mulde im Felsen zurück, wo er sich auf der Wolldecke ausstreckte. Er stierte zur Decke und wehrte sich nicht, als sie sein dick aus dem Nasenloch quellendes Blut mit einem Taschentuch abwischte. Im Nu war es rot getränkt und sie brauchte ein neues.

»Meeh bingen … Meeh«, wiederholte er bockig, und so, wie er es mit tiefem Schmerz in der Stimme sagte, musste Karla fast weinen. Er betrachtete sie voller Dankbarkeit, als sie erklärte, ans Meer zu kommen, sei eine Kleinigkeit. »Wir kaufen zwei Fahrkarten und dampfen los!«

»Dampfen los«, sagte Dudek und strahlte.

Endlich ging es dem Jungen wieder besser. Sie hockten zusammen im Schneidersitz auf seiner Wolldecke und lehnten sich gegen die Felswand. Diesmal hatte sie mehr Erfolg mit dem Foto von der Ostsee.

»Wer ist das, was meinst du?« Sie zeigte erneut auf sich.

»Kalla«, sagte er, ohne zu zaudern.

»Ja, das bin ich, als ich noch kleiner war. Und die zwei links und rechts von mir sind meine Eltern. Meine Mutter Bettina und Erich, mein Vater.«

Es war schwer zu begreifen, was mit Dudek passierte. Er riss Karla das Foto aus der Hand. Voller Hingabe starrte er auf Karlas Mutter. Als er feuchte Augen bekam, war Karla umso verwirrter. Liebevoll streichelte er mit seinem Daumen das Glanzpapier. »Mu … Mu … Mutte«, versetzte der Junge mit heiserer Stimme. Danach betrachtete er Karlas Vater, den er auffallend unwillig musterte. Erst knurrte er laut, schließlich schlug er mit der Hand auf die Aufnahme ein. Eilig nahm Karla dem Jungen das Foto ab, bevor es völlig zerknitterte.

Mit einem Mal beruhigte der Junge sich wieder. Karla war ratlos. Dudek konnte ihren Vater unmöglich kennen. Oder waren die beiden sich schon mal begegnet? Doch auch wenn ihr Vater als Schulleiter streng oder unangenehm werden konnte, hatte er solch einen Hass nicht verdient.

»Kennst du meine Eltern?«, fragte sie behutsam. Es dauerte eine Weile, bis er die Frage verstand. Als er verneinte, war Karla erleichtert. »Und deine Eltern? Wo leben deine Eltern, Dudek?«

Jetzt tat er, als wenn er nicht wüsste, was sie meinte. Er stierte ins Leere und wiegte sich vor und zurück.

Karla ließ aber nicht locker. »Deine Eltern, wo leben sie?« Richtig feindselig starrte der Junge sie diesmal an. Trotzdem gab sie nicht nach. Um Dudek zu helfen, blieb ihr keine andere Wahl. Sie musste wissen, was passiert war. »Deine Eltern, wo leben sie?«, fragte sie stur.

Die Stirnfalte zwischen seinen Augenbrauen zeigte, dass er angestrengt nachdachte. Er schien mit einer Antwort zu ringen. Oder er plagte sich mit der Erinnerung – es tat weh, das mitanzusehen. Endlich deutete er auf das Foto.

»Elten Kalla?«

»Ja«, sagte sie nickend.

»Dudek keine«, versetzte er nach einer Pause.

»Unsinn, das gibt es nicht. Jeder hat Eltern. Es gibt niemanden auf der Welt, der keine Eltern hat.« Er zog seinen Kopf ein, biss sich auf die Lippen. »Dudek keine«, beteuerte er.

Karla legte einen Arm um die Schulter des Jungen. Und Dudek nahm ihre Hand und streichelte sie.

Es vergingen Minuten, bis sie seine Antwort begriff. Dudek schloss von dem Foto auf das Wort »Eltern«. Er musste meinen, Eltern seien zwei erwachsene Menschen, die ein Kind liebevoll an der Hand halten. Und Dudek besaß keine Eltern, die Schutz boten.

Auf dem Heimweg machte sie eine Pause in ihrem Baumhaus und betrachtete lange das Meer-Plakat an der Bretterwand. Warum war der Junge so begeistert gewesen, als er auf dem Foto die Ostsee entdeckte? Stammte er aus einer Gegend am Meer? Karla fasste einen Entschluss. Er sollte der erste sein, dem sie erlaubte, ihr Baumhaus kennenzulernen, der erste, der dort wohnen durfte. Mit dem Plakat an der Wand konnte Dudek sich vorstellen, am Meer zu sein, wenn er im Baumhaus war, hoch in der Luft, zwischen raschelnden Wipfeln. Ihr Plan brachte Karla richtig in Stimmung. Sie sprang so heftig auf die Beine, dass die Bretter bedrohlich zu schlingern begannen.

Elf

Am anderen Tag, als Karla das Rad wieder zu den Felsen schob, stand der Junge bereits auf der Spitze, um nach ihr Ausschau zu halten, und winkte mit kindlicher Freude. Er kletterte mit einem Tempo zu ihr hinab, dass er ins Straucheln kam und zwischen den Felsen in die Tiefe rutschte. Dreckig, mit schlenkernden Armen kam er auf sie zu und linste zum Rucksack auf dem Gepäckträger. »Hungich«, sagte er und bettelte sie mit den Augen an.

Karla, die sich beeilt hatte, um den Jungen nicht warten zu lassen, war ganz verschwitzt. Das brachte sie auf die Idee, mit Dudek im nahen Gebirgsbach zu baden. Als sein Hunger besänftigt war, brachen sie auf. Sie lotste ihn zu der Stelle im Wald, wo sich das klare Gebirgswasser aus einer Spalte im Felsen in ein Becken ergoss. Um richtig schwimmen zu können, war das Becken zu schmal, ungefähr zwanzig Badewannen groß. Das Wasser war allerdings umso erfrischender und mit der schlammbraunen Kiesgrube nicht zu vergleichen.

Erst als sie am Rand standen und sie sich von ihrem T-Shirt befreien wollte, kriegte sie plötzlich einen Schreck: Sie hatte überhaupt kein Badezeug dabei. Unsicher drehte sie sich zu dem Jungen um, der seine schmutzigen

Zehen ins Wasser tauchte, mit einem Quieken, als wenn er ein kleines Kind wäre.

Nur von außen betrachtet hatte Dudek ihr Alter, innerlich war er viel kindlicher. Ja, er erinnerte mehr an einen verspielten Hund. Und vor einem verspielten Hund musste sie sich nicht genieren.

Karla zog sich nackt aus und sprang gleich darauf in das Felsbecken. Bibbernd strampelte sie in der eiskalten Wanne und klatschte mit ihren Armen auf das spritzende Wasser, was den Jungen, der vom Rand aus zusah, zum Jauchzen brachte. Er machte nach, was sie vorgemacht hatte, und beeilte sich mit dem Ausziehen. Dudek war absolut frei von Verlegenheit, anders als Karla, die sich wegdrehte, als er sich auszog.

Er konnte nicht schwimmen, bemerkte sie wieder. Das hatte sie schon vor sechs Tagen am Baggersee erkannt, als er von dem verlassenen, im Schilfgras verborgenen Boot aus in panischer Eile ans Ufer gepaddelt war. Dudek, der Wasser schluckte, spuckte und hustete, umkreiste Karla mit wild rudernden Armen und unsicher glotzendem Blick.

Es dauerte, bis er Vertrauen fasste und sich tollend und tobend im Becken bewegte oder als toter Mann auf dem Wasser lag, was er von Karla abgeschaut hatte. Wie

Holzscheite trieben sie ruhig umeinander und schauten zu den schattigen Wipfeln und Sonnenflecken hoch.

»Ich bringe dich bald ans Meer«, sagte Karla leise und mit einem Glucksen erwiderte er: »Dampfen los.«

Sie verließ das Becken als erste und half dem Jungen mit der Hand, aus dem Wasser zu klettern. Als er vor ihr stand, keuchend und nackt, zeigte er keine Spur von Verlegenheit oder Scham und Karla verkniff es sich nicht mehr, ihn eingehend zu mustern. Er war noch magerer, als sie sich vorgestellt hatte, grauenhaft mager an Armen und Beinen, von den vorstehenden Rippen ganz zu schweigen.

Doch es war etwas anderes, was sie entsetzte. Von den knochigen Schultern bis zu den fleischlosen Schenkeln war Dudek mit blutig verkrusteten Striemen bedeckt. Sie umkreiste den Jungen mitleidig und fassungslos, strich mit ihren Fingern behutsam um seine Narben.

Dudek begriff ihr Verhalten nicht. Mit ihren Berührungen machte ihn Karla nur neugierig. Neugierig auf sie, die nackt und nass vor ihm in der Sonne stand.

Schlagartig verlor sich das unschuldig kindliche Strahlen aus seinem Gesicht. Er begann sie mit sich zu vergleichen, betrachtete Karla mit forschender Aufmerksamkeit und einer Mischung aus Anspannung, Scheu und Neugier.

Sie warnte den Jungen und stieß seinen Arm weg –

vergeblich, er war zu vertieft, um sich stoppen zu lassen. Vielleicht hatte er keine Ahnung über den Unterschied zwischen Frau und Mann und womöglich noch nie ein weibliches Wesen gesehen, das nackt war. Sie musste über seine Entdeckerlust lachen, trotz aller Beklommenheit, die sie empfand.

»Du daffst!« Blitzschnell tatschte er auf Karlas Brust.

Sie war tief erschrocken, sauer, sie wusste nicht, was, und konnte sich nicht mehr beherrschen. Karla verpasste dem Jungen eine Ohrfeige, so dass er sich durch die Wucht ihres Schlags auf sein Hinterteil setzte. Im Nu raffte sie ihre Sachen zusammen und rannte, bis sie die Felsen erreichte, wo sie in ihre Klamotten stieg. Sie packte ihr Fahrrad am Lenker und schob es zum Baumhaus.

Gefolgt war der Junge ihr nicht, das erleichterte sie. Ob er allein von dem Bach zum Versteck fand, war Karla im Augenblick egal. Sie war nur geschockt. Und als sie den Eingang zum Baumhaus erreicht hatte, heulte sie einfach los.

Zwölf

Um dem Jungen neue Sachen zum Anziehen zu kaufen, stieg Karla am nächsten Vormittag in den Regionalzug. Im Dorf gab es kein Bekleidungsgeschäft mit großer Auswahl. Außerdem konnte sie vor der Verkäuferin keine Kleidung aussuchen, die für einen Jungen bestimmt war. Es würde sich blitzschnell im Ort herumsprechen. Nein, in der Stadt gab es bessere Läden, und vor allem kannte man sie da nicht.

Karla hockte versunken im leeren Bahnwagen. Durch ihre Flucht vom Gebirgsbach zum Baumhaus hatte sie Dudek nicht mehr Bescheid sagen können, dass sie heute etwas anderes vorhatte und nicht kommen würde. Bestimmt wartete er schon auf sie. Andererseits brauchte sie dringend eine Pause. Noch immer steckte Karla der Schock in den Knochen, selbst wenn der Junge nichts Böses beabsichtigt hatte. Seine Neugier war die eines Kindes gewesen, eines Kindes, das irgendwer grausam misshandelt hatte. Als sie sich an seine Striemen erinnerte, presste es Karla die Kehle zusammen.

Sie stierte halbblind in die Landschaft aus Kornfeldern, bewaldeten Hängen und Fachwerkorten, die vor dem schmierigen Fenster vorbeiglitt. Der Zug hielt in jedem Kaff. Es verging eine Ewigkeit, bis sie den Dom auf dem Berg und den glitzernden Fluss im Tal entdeckte.

Bei ihren Besorgungen passte sie genau auf, Mutters Modeboutique nicht zu nahe zu kommen. Ihre Mutter hatte Erfolg mit dem Laden, der sich in einer Gasse der Altstadt befand und vor allem Touristinnen anzog. Karla konnte sich vorstellen, was sie erwartete, wenn sie ohne Vorwarnung in Mutters Boutique auftauchen würde, sie hatte es schon ein paar Mal erlebt.

Mutter freute sich immer aufrichtig, hatte jedoch nie Zeit. Sie ging mit Karla ins hintere Zimmer, wo sie ihr einen Orangensaft eingoss und die Keksdose öffnete, die auf dem Tisch stand – zwischen Bestellzetteln, Rechnungen und Quittungen –, und unterhielt sich mit ihr. Doch sie wurden immer gleich unterbrochen, sei es von einer jungen Verkäuferin, die sich nicht auskannte und Karlas Mutter um Hilfe rief, sei es vom dudelnden Telefon. Weil sie mit weiteren Störungen rechnete oder eigentlich andere Dinge im Kopf hatte, hörte die Mutter ihr bloß zerstreut und halbherzig zu. Meistens schickte Mutter sie schließlich ins Kino, in eine Eisdiele oder in ein Café, um sie los zu werden, mit fünfzig Euro, die sie ihr zusteckte. Karla war jedes Mal tieftraurig, wenn sie aus dem Laden trat, nicht mal der Geldschein konnte sie trösten.

Nach zwei Stunden hatte Karla alle Besorgungen erledigt und schlenderte mit ihren Tüten zur Eisdiele »Adria«. Von einer roten Markise beschattet, hockte sie an einem runden Tischchen und verschlang zwei Schalen Pistazieneis, was sie an Ivana erinnerte. Sie griff zum Handy vor sich auf der Tischplatte, um eine Nachricht zu simsen. Seit vorgestern hatte sich Karla nicht mehr bei ihrer Freundin gemeldet, trotz der täglichen Nachrichten, die sie aus Umag erhielt. Karla schilderte ihre Begegnung am Baggersee mit den drei üblen Typen aus der Schule – den Jungen erwähnte sie nicht.

Karla stockte der Atem, als sie ihre Nachricht verschickt hatte und wieder aufschaute. Vor sich auf dem Platz entdeckte sie ihre Mutter, die mit einem Fremden am Arm um den Brunnen herumlief und geradewegs auf die Eisdiele zusteuerte. Beide schmiegten sich eng aneinander und lachten.

Auf keinen Fall wollte Karla von ihrer Mutter erkannt werden. Sie drehte den Kopf halb zur Seite und schob sich die Hand ins Haar, um ihr Gesicht zu verdecken. Die zwei ließen sich an einen Tisch in der Sonne nieder. Ihre Mutter saß mit dem Rücken zu ihr.

Mutters Begleiter war etwas größer als Vater und machte einen sportlichen Eindruck. Außerdem hatte er rote Haare und auffallend abstehende Ohren. Karla legte das Geld für ihr Eis auf den Tisch, um die Bedienung nicht rufen zu müssen. Unbemerkt erhob sie sich von ihrem Stuhl und lief über den Platz Richtung Bahnhof.

Als sie mit Kopfhörer im Ohr und Handy im Schoß wieder im Bummelzug saß, kam sie sich plötzlich vergessen und einsam vor. Sie hatte nur noch den Jungen im Wald – und er hatte keinen anderen Menschen außer ihr.

Am anderen Tag brach sie schon gegen sieben Uhr auf, um Dudek die neuen Klamotten zu bringen. In Jeans, beigem Hemd und azurblauem Kaschmirpullover, der zu seinem nachtschwarzen Pferdehaar passte, würde er bestimmt eine gute Figur machen. Außerdem hatte sie Boxershorts, T-Shirts, Sandalen und Socken besorgt.

Als sie ankam, war es Viertel vor acht, mehr als zwei Stunden vor der gewohnten Zeit. Dass der Junge noch nicht auf den Felsen stand und sie erwartete, war also nicht verwunderlich. Sie packte den Rucksack aus, der prallvoll mit Fressalien war, und danach die Tüten, die seine neuen Sachen zum Anziehen enthielten.

Karla rief seinen Namen, aber Dudek zeigte sich nicht. Sie streifte beunruhigt das Dickicht zur Seite. Die Nische im Felsen war leer.

Mutlos ließ sie sich auf die Decke fallen. Um klar zu denken, war sie viel zu benommen. Ob sie den Jungen verscheucht hatte? Erst der Schlag ins Gesicht und dann gestern der Schock, als sie nicht bei den Felsen erschienen war. Ob er in seinem Kinderverstand kombiniert hatte, dass sie nicht mehr zurückkommen würde?

Dumm hatte sie sich verhalten, saudumm. Nicht anders als eine beleidigte Gans, die einen aufdringlichen Schulkameraden bestrafen will. Karla war niedergeschlagen.

Sie hockte beklommen auf der Decke und lauschte, stieg zur Felsspitze hoch, um sich umzuschauen – ohne Erfolg. Von dem Jungen war nichts zu entdecken. Sie wartete knappe drei Stunden, bevor sie zu ihrem Fahrrad zurückkletterte.

Dreizehn

Am anderen Tag preschte sie wieder los. Als sich der Wald öffnete, klopfte ihr das Herz bis zum Hals. Sie entdeckte den Jungen auf der Spitze der Felsen. Vor der noch niedrig am Horizont stehenden Sonne war seine Gestalt als Schattenriss erkennbar.

Karla war viel zu erleichtert, um noch auf der Hut zu sein. Sie stellte sich auf die Zehenspitzen, winkte und jubelte: »Dudek! He, Dudek!«

Als sich die Gestalt auf dem Felsen zu ihr umdrehte, erstarrte sie. Dieser kleine, massive, breitschultrige Kerl mit dem bulligen Kopf war kein anderer als Killer, der seine Finger zur Hilfe nahm, um einen gellenden Pfiff auszustoßen, mit dem er die anderen beiden benachrichtigte.

Mit einem Mal wurde ihr klar, warum Dudek verschwunden war. Er war in seinem Versteck nicht mehr sicher gewesen, deshalb hatte er sich aus dem Staub gemacht. Sie konnte nur hoffen, dass ihn die drei nicht erwischt hatten.

Doch im Moment hatte sie keine Zeit, sich um Dudek zu sorgen. Karla musste weg, bevor die Typen sie übel zurichteten. Sie packte ihr Fahrrad, als sie zwanzig Schritte entfernt den pickeligen Stinkie entdeckte. Grinsend schlenderte er auf sie zu. Von der anderen Seite kam Dennis und Killer sprang von dem Felsen, um Karla weiter unten den Fluchtweg abzuschneiden. Bergab zu fahren, auf diesem steilen und holprigen Abhang war halsbrecherisch. Bei der Geschwindigkeit, die sie erreichen würde, ließ sich das Fahrrad nicht mehr kontrollieren. Und das Gras war zu nass, um bremsen zu können.

Doch ihr blieb keine andere Wahl, als den steilen Weg zu nehmen. Stinkie schlenderte jetzt nicht mehr. Er versuchte Karla vom Sattel zu stoßen. »Neeeiiin!« schrie sie und raste los. Viel konnte sie nicht erkennen bei dem wahnwitzigen Tempo und wilden Geruckel, die Landschaft verschwamm zu tanzenden Flecken aus Himmel und Gras. Und unten, am Ende des Abhangs stand Killer.

Doch Karla war fest entschlossen, sich von ihm nicht stoppen zu lassen. Sie hielt auf Killer zu, der keine Anstalten machte, zur Seite zu gehen. Den Lenker herum zu reißen, konnte sie sich nicht erlauben, sie würde auf ihr Gesicht fallen.

Sechs, sieben Meter trennten sie noch, vier, drei... Dann warf sich Killer fluchend zur Seite.

Den schlimmsten Teil hatte sie hinter sich. Karla umklammerte mit aller Kraft den Lenker, um vor dem ersten Felsen nach rechts zu schwenken, dort, wo sie, wieder im

Wald, auf den Trampelpfad rollen und vor den Dreien endgültig Reißaus nehmen konnte.

Als sie nach rechts bog, kam sie ins Schlingern und krachte mit ihrem Pedal gegen einen Stein. Einen winzigen Augenblick lang glaubte sie, dass es vorbei sei, doch dann hatte Karla das Fahrrad wieder unter Kontrolle. Killer und die zwei anderen waren außer Sichtweite, als sie es wagte, sich umzudrehen. Wahrscheinlich rannten sie bereits zu ihren Mofas, um sie zu verfolgen, was Karla aber nicht besonders beunruhigte. Auf dem Trampelpfad konnten sie sie nur schlecht verfolgen. Karla stieg ab, hob das Rad auf ihre Schulter und schlug sich seitwärts ins Dickicht.

Vor dem Baumhaus, in dem sie sich ausruhen und zur Besinnung kommen wollte, stieß sie auf den Jungen. Er saß auf dem Erdboden, lehnte am Baumstamm und war wohl vor Erschöpfung eingeschlafen. Karla war schleierhaft, wie er ihr Schlupfloch entdeckt hatte.

Sie stapfte durchs raschelnde Laub auf den Jungen zu, der von ihren Schritten geweckt wurde. Er sprang auf die Beine und wollte davonrennen. Sein Gesicht war verschwollen, ein Augenlid ganz blau, Blut klebte an einer Braue. Als er Karla erkannte, blieb er stehen.

»Diese Schweine«, versetzte sie voller Wut und umarmte den Jungen, der nichts als ein trockenes Schluchzen ausstieß. »Kalla«, sagte er, »Kalla …«

Im Baumhaus bemerkte der Junge als erstes das Plakat mit dem Meer. Minutenlang starrte er auf das Bild. Abwesend kaute er an dem Schnitzel, das Karla ihm reichte, kleine Brocken fielen aus seinem Mund auf den Teppich. Sie schob den Jungen zum Ast in der Ecke und rollte den muffigen Teppich zusammen, um ihn zum Trocknen vor dem Bretterhaus auszubreiten. Dabei stieß sie versehentlich an die Gitarre. Als die Saiten erklangen, zuckte Dudek zusammen.

»Was ist?« Er lief zu dem Instrument an der Wand, traute sich aber nicht wirklich heran, trotz seiner Neugier.

»Das ist eine Gitarre.« Lachend nahm sie das Instrument vom Haken und legte die Finger aufs Griffbrett, um einen Akkord zu spielen. Karla beherrschte nicht mehr als zehn Griffe, die aber ausreichten, um sich beim Singen zu begleiten. Sie fand ihre Gitarrenschrammerei eher peinlich, im Singen war sie jedoch nicht schlecht.

Klar, vor dem Jungen musste sie sich nicht anstrengen. Er hatte noch nie eine Gitarre gesehen und bestimmt auch kein anderes Musikinstrument. Selbst Singen schien dem Jungen nicht vertraut zu sein. Wieder riss er den

Mund auf und lauschte mit einem Gesicht wie ein Kleinkind. Sie unterdrückte ein Lachen. Der Kitzel im Zwerchfell verflog, als sie einen Schimmer in seinen Augen entdeckte: Dudek weinte. Karla brach ab, halb verwirrt, halb betroffen.

»Nicht«, bat der Junge, der sich die Tränen abwischte.

»Soll ich weitersingen, Dudek?« Er nickte.

Karla stimmte erneut »Yellow Submarine« an. Bald sang der Junge mit, lauthals und ziemlich falsch, wobei er sich wild hin und her wiegte. »Weitesinge«, bettelte er, als sie fertig waren.

»Und was wird aus dem Teppich?«, versetzte sie und warf das muffige Ding über einen Ast vor dem Baumhaus.

»Du daffst«, sagte Dudek und beugte sich vor, um nach Karlas Gitarre zu greifen, dann hielt er sie verkehrt herum vor seinen Bauch. Anfangs verstand er nicht, warum sie stumm blieb, bis er den Irrtum begriff und sie umdrehte, mit den Saiten und dem Schallloch nach vorn. Vorsichtig riss er die obere Saite an, streifte alle sechs mit seinem Daumen. Eine Weile klimperte er vor sich hin, erst leise, bald aber immer lauter. Er sang eine grausliche Melodie, doch seine Stimme klang angenehm.

Karla fielen die neuen Kleider ein, die sie für ihn besorgt hatte. Eilig kletterte sie hinunter zu ihrem Rad. Der

Stoffbeutel klemmte trotz Holpertour noch auf dem Gepäckträger.

Wieder oben im Bretterhaus, packte sie Jeans und Pullover aus, ohne von dem Jungen beachtet zu werden, den nichts anderes mehr interessierte als die Gitarre.

»Du machst mich echt sauer. Ich kaufe dir tolle Klamotten zum Anziehen und du lässt mich total abblitzen.« Dudek hob seine Arme zum Schutz vors Gesicht. Jedes Mal, wenn sie schimpfte, egal ob im Scherz oder Ernst, schien der Junge einen Schlag zu erwarten. Als sie ihn streichelte, beruhigte er sich aber schnell wieder.

Ohne verlegen zu werden, zog er sich aus, um T-Shirt und Boxershorts anzuprobieren, stieg in die Jeans und zerrte sich das Leinenhemd und den Pullover über den Kopf.

»Und? Ist das nicht besser als dein verdrecktes Zeug?« Karla zeigte zu dem schmuddeligen Haufen am Boden. »Gefallen dir die Sachen?«

Er sagte nichts, nickte nur und griff nach der Gitarre. Dudek war vollkommen vernarrt in das Instrument. »Raus aus dem Pullover«, sagte sie lachend, »den ziehst du nur an, wenn es kalt ist, okay?« Karla legte den Pullover zusammen und verstaute ihn in dem Regal in der Ecke. Auf den drei wackligen Brettern lag allerlei Krimskrams: Haargummis, klebrige Bonbons, leere Cremetuben, Comichefte, zwei Stapel mit zerlesenen Romanen, Nagelfeile und Schere, ein Weltatlas. »Wie heißt?«, fragte Dudek. Er meinte das Instrument.

»Gitarre«, erwiderte sie.

»Gi… Gi… Gitalle.«

»Nein, Gitarre. Du musst endlich lernen, das R zu rollen. Es muss aus dem Rachen kommen, Dudek.« Doch er kriegte nicht mehr als ein Fauchen zustande. »Versuch es mit Gurgeln«, versetzte sie lachend.

Das war ein Tipp, der dem Jungen nicht weiterhalf. »Guggeln?«, wollte er wissen, »was ist?«

Sie legte den Kopf in den Nacken und gurgelte mit dem Kakao aus der Warmhaltekanne.

»Dudek auch guggeln«, meinte er aufgeregt, setzte die Kanne an und trank einen Schluck. Er gurgelte nicht nur, gleichzeitig versuchte er auch eifrig, das R zu rollen, und im Nu war das neue Leinenhemd voller Kakaoflecken. Doch er wusste jetzt immerhin, wie man das R rollte. Dudek legte den Kopf wieder in den Nacken, als wenn er gurgeln wollte, schloss die Augen und sagte: »Gitarre«.

Karla lobte den Jungen, er strahlte sie an. »Und ich heiße Karrrr-la, nicht Kal-la.« Wieder warf Dudek den Kopf in den Nacken und sprach ihren Namen aus, zum ersten Mal absolut richtig. Danach brachte sie ihm einen Akkord auf dem Griffbrett bei, den er im Nu hinbekam. Er stellte sich geschickt an beim Greifen. Und er vergaß nicht, wo er die Finger platzieren musste, was Karla am Anfang ständig passiert war.

Als sie den Teppich vom Ast zerrte, klimperte er dazu versunken auf dem Instrument, ohne auf den Gedanken zu kommen, ihr zu helfen. Es war anstrengend, den Fetzen ins Baumhaus zu wuchten, und als es ihr endlich gelungen war, musste sie Dudek vom Boden hochscheuchen. Er stand auf, lehnte sich an die Wand und betrachtete Karla stumm. »Fertig, Dudek. Du kannst es dir wieder bequem machen.«

Irgendwie wirkte er komisch erregt. »Willst du nicht weiterspielen?«, wollte sie wissen.

»Ich nicht Dudek«, versetzte er plötzlich keuchend.

»Du meinst, Dudek ist nicht dein richtiger Name?« Karla war nicht besonders erstaunt. Von Anfang an hatte sie mit dem Namen gehadert.

»Nicht mein Name«, bejahte er lebhaft.

»Und wie heißt du richtig?« Sie platzte vor Neugier.

Er legte den Kopf in den Nacken und gurgelte, ohne ihr gleich eine Antwort zu geben.

»Du ... drrrek«, sagte der Junge erregt.

Ihr blieb die Spucke weg: »Wie bitte?«

»Du … drrrek«, wiederholte er, dieses Mal, ohne den Kopf in den Nacken zu legen.

Karla starrte den Jungen verständnislos an. Auch dieses »Dudrek« war kein richtiger Name und er betonte das Wort auf der Schlusssilbe, was die Sache nur umso beklemmender machte. Sie fragte sich, ob es in Wahrheit zwei Worte waren und am Ende »Du Dreck« heißen sollte? Ihr schauderte. Hatten die Eltern den Jungen andauernd als »Dreck« beschimpft und nun war er der Auffassung, dass das sein Name sei?

»Das kann nicht stimmen«, bemerkte sie grimmig.

»Ich heißen ›Du Dreck‹«, widersprach ihr der Junge und stierte beleidigt auf seine Zehen, die schwarz aus der Jeanshose ragten.

Um den Jungen auf andere Gedanken zu bringen, packte sie schnell die Sandalen aus. Karla kniete sich nieder und zog sie dem Jungen an, der keine Spur von Begeisterung zeigte. »Jetzt hast du Schuhe, wie ich.«

Er drehte sich missmutig weg und sank in den Schaukelstuhl des Baumhauses.

Vierzehn

In diesen Tagen begegnete Karla ihrem Vater gar nicht mehr. Wenn sie morgens ins Bad tappte, schlief er noch tief und fest, und wenn sie bei Anbruch der Dunkelheit heimkehrte, brannte nirgendwo Licht. Offenbar war er bis Mitternacht mit seiner neuen Bekannten zusammen. Karla malte sich aus, wie die beiden im Oldtimer-Cabrio spazierenfuhren, zwischen nachtblauen Bergen, bei dudelndem Radio. Sie fand es peinlich, sich an seiner Seite eine andere Frau vorzustellen als Mutter – peinlich und unangenehm. Doch man konnte auch nicht sagen, dass er seine Tochter vergaß. Er kochte Essen vor, das noch warm auf dem Herd stand, wenn sie nach Hause kam, oder schrieb Zettel, die an dem Korkbrett befestigt waren: »Im Kühlschrank ist Bohnensuppe«, »Alles in Ordnung?« oder »Soll ich etwas Besonderes einkaufen?«

Erst an einem Vormittag zeigte er sich mal wieder, gerade als sie dabei war, sich ihre Sandalen umzubinden. Verschlafen und kurzsichtig stierte er Karla an.

»Morgen«, sagte er heiser und rieb sich die Stirn. Sie wollte losziehen und sich nicht aufhalten lassen.

»Hi«, sagte sie abweisend, mit einer Hand auf der Klinke.

»Kannst du mir nicht eine Minute dein Ohr leihen? Bitte.«

»Wenn's unbedingt sein muss.«

»Sag mal, was treibst du den ganzen Tag?«, wollte er wissen. »Ich kriege dich nie zu Gesicht. Ich hoffe, du bist nicht am Baggersee.« Der Baggersee schien seine fixe Idee zu sein.

Karla stellte sich kampflustig vor ihren Vater. »Und du?«, fragte sie, »jede Nacht bist du außer Haus. Willst du mir sagen, wo du dich herumtreibst?«

Aber das wollte er natürlich nicht. Hilflos griff er sich in die strubbeligen Haare. »Ich möchte nur sichergehen, dass du dich vorsiehst.«

»Sonst noch was?« Karla wandte sich um.

»Willst du mir nicht dein Kleid zeigen?«, fragte er hastig.

»Mein Kleid?« Es dauerte einige Sekunden, bis Karla begriff, was er meinte. Er wollte das Ballkleid in Augenschein nehmen, das sie sich angeblich besorgt hatte. Jetzt brauchte sie dringend eine glaubhafte Ausrede. »Ja, ganz richtig, das Kleid«, sagte Karla, die sich mit der Hand vor die Stirn schlug, »es ist … na ja … es ist jetzt bei Mutter«.

»Du hast deine Mutter besucht?«

Aus reiner Verzweiflung schaltete Karla auf Angriff. »Darf ich das nicht mehr?«, versetzte sie schroff.

»Sicher darfst du das«, stammelte er, »ich habe absolut nichts gegen deine Besuche bei Mutter, im Gegenteil.«

Sie verstand seine Antwort absichtlich falsch und sagte: »Im Gegenteil? Was soll das heißen? Bist du mich leid? Soll ich besser zu Mutter ziehen?«

Karlas Rechnung ging auf. »Natürlich nicht«, seufzte ihr Vater und sank auf den Klappstuhl, der vor der Garderobe stand. Von dem erfundenen Frankfurter Sommerball und ihrer vermeintlichen Anschaffung war keine Rede mehr.

»Alles klar. Ich muss los«, rief sie munter und gab ihrem Vater einen Kuss auf die Stirn.

Als sie mit dem Fahrrad zur Schlossschenke sauste, winkte ihr Herr Matijevic von der Terrasse zu, wo er gerade die Sonnenschirme aufspannte. Sie hob den Arm, um seinen Gruß zu erwidern, und entdeckte Ivanas Bruder Ivo. Ivo schien auf dem Großmarkt gewesen zu sein. Aus dem VW-Bus vorm Eingang der Gastwirtschaft schleppte er Kisten mit Lauch und Tomaten ins Haus.

Ivo ähnelte seinem Vater sehr. Er war breitschultrig, stark, hatte richtige Pranken und Augen, die auffallend sanft wirkten. Wenn er nicht an der Tankstelle arbeitete, half er in der Gastwirtschaft seiner Eltern aus.

Karlas Nachricht, dass sie von Killer verfolgt wurde, hatte ihre Freundin in Umag beunruhigt, weshalb sie gleich ihren Bruder informiert hatte. »Du musst ihn nur anrufen, wenn er dir helfen soll«, hatte sie Karla gesimst. Dass Ivana besorgt war, rührte Karla. Aber sie schämte sich auch, ihrer Freundin nicht alles verraten zu haben. Und weil sie zu Ivana nicht aufrichtig gewesen war, konnte sie von Ivo doch schlecht verlangen, ihr zu helfen, fand sie. Sie drehte den Kopf weg, verwirrt und verlegen, als Ivo sie mit einem Nicken grüßte. Doch dadurch kam Karla sich nur noch mieser vor.

Sie konnte den Jungen bereits aus der Ferne erkennen. Breitbeinig stand er im Eingang des Baumhauses, zwischen Sonnenflecken, Schatten und flirrendem Laub, und erleichterte sich mit einem Strahl in die Tiefe. Dabei schien es Dudek vor dem Abgrund zu schwindeln, er kniff beide Augen zusammen und schwankte. Karla war froh, als er wieder im Baumhaus verschwand.

Was seinen Namen anging, hatten sie sich geeinigt. Sie durfte ihn weiter »Dudek« nennen, ohne dass er sauer wurde. Er war viel zu sehr mit anderen Dingen beschäftigt. Als Karla im Baumhaus ankam und den Picknickkorb abstellte, hockte er bereits wieder mit der Gitarre im Schoß auf dem Teppich und spielte den Griff, den er von ihr gelernt hatte. Auf Karlas Gruß: »Hallo Dudek«, erwiderte er nichts als: »Lied … ich will Lied lennen«.

»Willst du nicht erst was essen?« Sie packte zwei Pappteller, Eier und Schnitzel aus.

»Nein«, antwortete Dudek, »will Lied lennen!«

»Das heißt ›lerrrnen‹, nicht ›lennen‹, okay?«

Karla brachte dem Jungen »Yellow Submarine« bei, das er erstaunlich schnell auf die Reihe bekam und danach endlos oft wiederholte. Dabei sang er nur La-la-la. Seine Ausdauer begann sie zu nerven. »Wenn du keinen Hunger hast, esse ich eben allein.« Auf dem Hinterteil rutschte sie zu der Apfelsinenkiste, die ihnen im Baumhaus als Tisch diente.

Endlich legte der Junge das Instrument weg und setzte sich auf die andere Seite der Kiste. Gierig machte er sich über die Eier und Schnitzel her.

»Eie gut«, brummte Dudek, als er sie verschlungen hatte. Danach nahm er das Messer aus Plastik, stach damit in das Glas mit Erdnusscreme und schmierte sie auf ein Brot. »Ednusskeem«, meinte er kauend und rieb sich den Bauch. Karla zog beide Brauen hoch, was er bemerkte. »Errrdnusskrrrem«, sagte er mit einem Strahlen.

Er war blendender Laune, das musste sie ausnutzen. Sie wollte endlich erfahren, was der Junge erlebt hatte.

»Dudek«, fragte sie wieder, »wo bist du daheim?« Mit einem Mal wurde er panisch. Er biss sich auf die Lippen und machte ein finsteres Gesicht.

»Warum willst du es nicht sagen? Hier kann dir nichts passieren. Mein Baumhaus ist sicher.«

Das gute Zureden half nichts, der Junge blieb stumm, drehte nur seinen Kopf zur Seite und starrte auf das Poster.

»Wann wir ans Meer dampfen?«, wollte er wissen. Karla stand auf, um den Atlas zu holen, und zeigte ihm auf einer Karte, wo sie waren. »Das ist Deutschland, verstehst du? Wir beide sind Deutsche.«

»Deutsche«, sagte er mit einem zaghaften Nicken.

»Deutschland ist riesig, ein riesiges Land. Na gut, im Vergleich zu Amerika oder Russland ist es eher klein.«

»Rrrruss-land.« Eifrig rollte der Junge das R.

Was Dudek verstand oder nicht verstand, war schwer zu sagen. Er folgte ihrem Finger, der sich auf der Karte vom Westerwald bis an die Nordsee bewegte, umschlang seine Knie mit den Armen und wiegte sich vor und zurück.

Irgendwann hockten sie nebeneinander im Eingang, wo sie sich von der Nachmittagssonne bescheinen ließen, kauten Schokolade, blinzelten in das helle Licht und baumelten mit den Beinen.

»Ich Deutscher, in Deutschland daheim«, sagte Dudek.

»Willst du mich auf den Arm nehmen? Dass du kein Eskimo bist, war mir klar«, knurrte Karla.

Es war idiotisch zu glauben, er würde sich über sie lustig machen.

»Daheim dunkel«, verriet er mit zitternder Stimme. Sie hielt die Luft an und wagte nicht, sich zu bewegen. Erzähl, dachte sie fieberhaft, sag mir, wo du daheim bist und wer dich misshandelt hat!

»Daheim dunkel, nur dunkel«, sagte er leise und lehnte sich an sie, als wenn er ihren Schutz suchte. Auf seiner Stirn standen Schweißperlen.

Mehr sagte er an diesem Nachmittag nicht. Und sie begriff, es war sinnlos, den Jungen weiter zu drängen. Er scheute sich vor der Erinnerung an ein Zuhause, das grauenerregend gewesen sein musste. Sie musste Geduld mit ihm haben, viel Geduld.

Fünfzehn

Wieder daheim, rief sie bei ihrer Mutter an, die gerade ihre Tageseinnahmen abrechnete.

Karlas Mutter war nicht bei der Sache. Als erstes entschuldigte sie sich bei Karla, dass sie am Samstag und Sonntag verhindert sei und nicht wie üblich nach Hause kommen würde. Und jetzt müsse sie rasch ihre Kasse in Ordnung bringen. »Können wir ein andermal telefonieren?«

Als sich Karla nicht abwimmeln ließ, war sie jedoch gleich alarmiert. »Ist was passiert?«, fragte sie. »Kommst du mit deinem Vater nicht klar?«

»Alles in Ordnung«, entgegnete Karla, »ich wollte dich lediglich bitten, mit mir auf das Fest von Anita zu gehen.«

»Anita gibt wieder ein Fest?«

»Nein, ich glaube nicht.«

Karlas Mutter war leicht verwirrt.

»Und warum ... sag mal, machst du dich über mich lustig ...?«

»Nein«, sagte Karla, »du sollst mir nur mit einer kleinen Lüge aushelfen, die Vater beruhigt.«

Ihrer Mutter war unwohl bei der Sache. »Du meinst,

falls er fragt, bin ich mit dir zusammen bei deiner Cousine in Frankfurt?«

»Ich wusste, dass ich auf dich zählen kann. Danke.«

»Karla, das geht mir zu schnell. Ich will erst wissen, was du vorhast, mein Kind.«

»Das sage ich dir, wenn du wieder mal zu Hause bist«, versicherte Karla mit munterer Stimme. »Jetzt solltest du erst deine Kasse in Ordnung bringen.« Sie schmatzte einen Kuss in die Leitung und legte auf.

Karlas Vater schien eher erleichtert, zwei ruhige Wochenendtage zu haben, ohne Verstimmungen und Feindseligkeiten – wenn Mutter nach Hause kam, gab es meistens Krach. Und außerdem hatte er »sturmfreie Bude«! Karla war sicher, dass er nun plante, für diese Zeit seine neue Bekanntschaft ins Haus zu holen.

»Soll ich dich zum Bahnhof fahren, Karla?«

Vater stand mit einmal mehr verstrubbeltem Haar auf der Treppe. Neugierig musterte er Karlas Koffer, in dem sie Bananen und Mineralwasser, Kartoffel- und Fleischsalat, Brettspiele, Feldstecher und einen Lederball, der den Deckel verräterisch ausbeulte, verstaut hatte. Lauter Dinge, um sich mit dem Jungen die Zeit zu vertreiben.

»Den kann ich aufs Rad schnallen«, wehrte sie ab, »und das Rad lass ich am Bahnhof.«

»Lass es dir aber nicht klauen.«

Bevor sie aus dem Haus stürmte, sagte sie ihm noch, wann sie vorhätte, wieder nach Hause zu kommen. Karla wollte auf keinen Fall aus Versehen bei ihrer Rückkehr mit seiner Freundin zusammentreffen und hoffte, er würde die Frau rechtzeitig wieder wegbringen.

Auf dem Weg in den Wald dachte Karla an andere Dinge. Bei der Vorstellung, in dieser Nacht mit dem Jungen alleine zu bleiben, war ihr ein bisschen mulmig. Beim gemeinsamen Baden im Bach hatte sie ja erlebt, wozu Dudek imstande war. Selbst wenn er keine ekligen Absichten hatte, konnte es heikel und unangenehm werden. Um Grenzen zu kennen, war der Junge zu wild. Sie musste sich vorsehen und durfte nichts falsch machen. Das war eine knifflige Aufgabe.

Vom Eingang des Baumhauses jauchzte der Junge ihr zu und kletterte eilig herunter. Vor Wiedersehensfreude umschlang er sie mit seinen langen Armen, die irgendwie tollpatschig wirkten.

Sie verbrachten den glutheißen Mittag im Baumhaus, das sich im Schutz der Bäume nicht aufheizte. Karla musste dem Jungen einen neuen Akkord zeigen, den er im Handumdrehen lernte. Er klimperte begeistert auf der Gitarre.

Als eine Saite riss, war er erstaunt und verwirrt. »Kaputt?«, fragte Dudek.

»Ja, leider.«

Sie hockten im Schneidersitz nebeneinander. »Heil machen!«, verlangte er grimmig.

»Das kann man nicht flicken. Ich muss eine neue Saite besorgen. Das geht erst am Montag.«

Der Junge vergaß nichts, wenn er es kapiert hatte, er wusste inzwischen genau, was ein Wochentag war. Freilich musste er sich mit den Fingern behelfen. »Samstag…«, murmelte er, »Sonntag… Montag. Drei Tage?« Dem Jungen waren drei Tage entschieden zu lang. Schlagartig verfinsterte sich sein Gesicht und er packte Karlas Gitarre, als wenn er sie an die Wand werfen wollte.

Karla schrie: »Bist du wahnsinnig? Wirst du das wohl sein lassen?«

Bei ihrem Schrei zuckte Dudek zusammen. Er rutschte in eine Ecke, wiegte sich vor und zurück und schien vollkommen in sich versunken. Ratlos stand Karla auf, hängte das Instrument an seinen Platz vor der Wand, setzte sich in den Eingang und hielt ihr Gesicht in die Sonne.

Wie er da im Schneidersitz auf ihrem Teppich saß, weggebeamt und mit pendelndem Kopf, tat ihr der Junge furchtbar leid.

Mit drei Schritten war Karla beim Bretterregal, zog ein Buch aus dem Stapel und las ihm im Stehen einen Absatz vor. Als er neugierig und erstaunt zu ihr aufsah, ließ sie sich neben ihm nieder. Dudek lauschte reglos. Bis er aus seiner Versteinerung erwachte, verging eine lange Zeit.

»Hund«, sagte der Junge mit flatterndem Atem, und verkrallte sich in ihrem Arm.

An der Stelle im Buch war es um zwei Hunde gegangen, die Tommy, den Helden, verfolgten.

Das Wort »Hund« schien der Junge zu kennen. Und nach der Panik zu urteilen, mit der er ihr seine Finger ins Fleisch bohrte, hatte er schlechte Erfahrungen mit Hunden gemacht!

Karla klappte das Buch zu, um Dudek zu schonen, dem das aber nicht gefiel. »Weitesingen! Weitesingen!«, bettelte er.

»Das heißt lesen, nicht singen«, gluckste sie.

»Lesen«, echote er.

»Vorlesen ist anstrengend, ich kann nicht mehr.«

»Du darfst?« Dudek griff kurzerhand nach dem Buch,

das er von allen Seiten betrachtete. Er presste es an sein Ohr und horchte, klappte es schließlich auf, fetzte Seite um Seite um, wilder und immer wilder, als wenn er irgendwas suchen würde. »Wo sind Hunde? Und Tommy, wo?«, fragte er ratlos.

Auch was ein Radio war, wusste er nicht. Als sie es im Laufe des Nachmittags anstellte, zitterte er vor Erregung und lauschte entgeistert den Stimmen, die vom Bretterregal kamen. Wieder und wieder drehte er sich beunruhigt um, als wären die quasselnden Leute im Baumhaus. Es machte ihn wahnsinnig, dass niemand zu sehen war.

Karla holte den tragbaren Apparat vom Regal und stellte das staubige Ding auf den Fußboden. Der Junge wich ängstlich zur Seite.

»Das ist ein Radio. Es tut dir nichts.«

»Und wo sind Leute?«

»Weit weg von uns.«

Dudek schien halbwegs beruhigt zu sein, auch wenn er weiter vermied, dem Apparat zu nahe zu kommen, so als ob er dem Radio – und Karlas Antwort – nicht trauen konnte.

Als es gegen Abend nicht mehr so heiß war und etwas Wind aufkam, spielten sie in der Talsenke Fußball. Wenn

Karla das Leder zum Tor dribbelte, das sie mit zwei Stecken im Boden markiert hatten, schaffte es Dudek nie, ihr den Ball abzunehmen. Sie stellte sich absichtlich ungeschickt an, bis er mit dem Ball unmittelbar vor dem Tor stand. Doch er schoss trotzdem daneben, bekam schließlich einen Wutanfall und warf sich schreiend auf den Waldboden.

Als die Sonne untergegangen war, saßen sie nebeneinander im Eingang des Baumhauses. Es war eine angenehm milde und klare Nacht, voller blitzender Sterne. Man konnte sogar deutlich den Milchstraßenschleier erkennen. Karla reichte dem Jungen ihren Feldstecher. »Den weißlichen großen Stern nennt man Orion. Und die sieben da« – sie lenkte den Feldstecher in seinen Fingern zur anderen Seite – »das ist der Große Wagen.«

Dudek presste den Feldstecher an seine Augen.

»Stern? Was ist?«

»Was die Sonne ist, weißt du?«

»Ja, Sonne jetzt weg. Montag aufgehen«, sagte er.

»Morgen ist Sonntag«, entgegnete Karla, »pass auf: Unsere Sonne ist auch ein Stern. Und was du da überall am Himmel siehst, das sind lauter Sonnen. Um heller und größer zu sein, sind sie zu weit weg. Ich meine, zu weit von der Erde entfernt. Nur nachts ist das Licht der Sterne bei uns zu sehen.«

»Erde … Und Erde? Was ist?«

Bald lehnte er sich gegen Karla und schlief ein. Es dauerte, bis sie den Mut hatte aufzustehen, um sich von seinem Gewicht zu befreien. Doch er wachte nicht auf. Selbst als sie den Jungen vom Eingang weg zu dem Teppich zog, stellte Dudek sein Schnaufen und Schnarchen nicht ein. Karla rollte die Schaumgummimatte, die sie sich schon vor Tagen besorgt hatte, am Boden aus und streckte sich misstrauisch an seiner Seite aus.

Im Freien zu schlafen, war sie nicht gewohnt. Sie blieb lange wach. Ihr fehlte das Bett mit der weichen Matratze, und außerdem war es unangenehm, in Kleidern zu schlafen. Ganz zu schweigen vom Rascheln und Schurren im Wald. Nur der Sternenhimmel, den sie im Eingang erkannte, beruhigte sie. Er flirrte, als wenn er ihr zuzwinkern würde.

Mitten in der Nacht riss sie ein gellender Schrei aus dem Schlaf. Der Junge saß aufrecht und zappelte mit seinen Armen, als würde er mit jemandem ringen.

»Was ist los, Dudek? Sag mir, was ist!« Er starrte sie an, ohne sie zu erkennen. Er schien noch zu schlafen, trotz seiner Erregung. Ein silbriger Schein drang vom Eingang ins Baumhaus, der seine sperrangelweit offenen Augen beschien – Augen, die blind wirkten oder wie in sich gekehrt – und sein Haar, das klatschnass an der Stirn klebte. Karla sprach ruhig und leise auf Dudek ein, bis er sich wieder auf dem Teppich ausstreckte, einen Seufzer ausstieß, die Beine zum Bauch zog und weiterschlief.

Als sie am nächsten Morgen spät aufwachte und sich auf die Ellenbogen stützte, war Dudek mit dem Radio beschäftigt. Er hatte es komplett in seine Einzelteile zerlegt. Karla war rätselhaft, wie er es aufbekommen hatte, ohne sie dabei zu wecken. Kleine Schrauben, verwickelter Draht, Plastikschalter und Metallgitter, alles lag verstreut auf dem Boden.

»Das darf nicht wahr sein.« Mehr brachte Karla nicht heraus. Ihre Stimme klang wie ein verrosteter Eimer.

Dudek schaute von Karla zu den Radioteilen und wieder zurück. Von Schuldbewusstsein war keine Spur zu erkennen, er wirkte nur niedergeschlagen. »Leute nicht finde«, versetzte er kleinlaut. »Wo?«

»Es gibt keine Leute im Radio, Dudek.«

Karla sprang hoch, um zum Eingang zu tappen und sich zu strecken. Die Sonne stand bereits am Himmel, trotzdem war es noch angenehm frisch.

Dudek hockte vor dem Haufen aus Draht und Metallteilen. Bei der traurigen Miene, die er zog, brauchte er dringend eine Aufmunterung. Karla sprang in seine Ecke und kitzelte ihn. Dudek fauchte und strampelte, bis das Baumhaus besorgniserregend schwankte.

Karla hielt schlagartig inne und horchte. Im selben Moment wurde ihr klar, dass sie mit dem Jungen eng umschlungen auf dem Fußboden lag. Blitzschnell rollte sie sich zur Seite.

Sechzehn

Als Karla heimkehrte, hörte sie eine weibliche Stimme aus dem Wohnzimmer.

Das war nicht die Stimme von Frau Ziegler, der Nachbarin, auch nicht die Stimme der alten Frau Braun, die Vaters Vorgängerin an der Schule gewesen war und ihn bisweilen besuchte. Nein, die Stimme war dunkler. Unangenehm klang sie nicht. Nur was sie sagte, erschreckte Karla. »Ob das deine reizende Tochter ist, Erich?«

Sie hatten die Haustür gehört. Sich heimlich aufs Zimmer verziehen, ging nun leider nicht mehr.

Es fiel ihr nicht leicht, nett und höflich zu sein. Wenn die Beziehung ihres Vaters zu dieser Frau enger wurde, war es sicherlich nur eine Frage der Zeit, bis sie zu ihnen ins Haus ziehen wollte. Sie aber wollte nicht schon wieder mit einer Freundin ihres Vaters zusammenleben.

Andererseits wollte sie Vater nicht alles vermasseln. Er war in letzter Zeit guter Laune gewesen. Außerdem war sie kein trotziges Kleinkind mehr. Wenn die beiden taten, was sie wollten, hatte Karla das Recht, es genauso zu tun.

Ihr Vater trat in den Flur, um sie abzufangen. »Wir haben Besuch, mein Schatz«, sagte er verkrampft, »Frau Heimann ... sie möchte dich kennenlernen.«

Karla schlurfte ins Zimmer, wo die Freundin seines Vaters auf dem Sofa saß. Sie hatte lange braune Haare, die ihr auf die Schultern fielen, und knallrote Lippen. Ihr Gesicht war eher herb, aber nicht hässlich. Allerdings hatte sie Falten um Augen und Mundwinkel, möglicherweise war sie sogar älter als Vater.

Karla streckte der Frau die Hand entgegen und begrüßte sie mit einem »Hi, Uschi!« Das war der Name, den sie auf der Website der Single-Vermittlung gelesen hatte.

»Uschi? Wieso Uschi?«, fragte seine Bekannte entgeistert. »Ich heiße Stephanie. Wer ist denn Uschi?«

»Keine Ahnung«, entgegnete Vater. Er war ebenso ratlos wie sie.

Karla, die sich ohne Absicht vertan hatte, musste innerlich grinsen. »Entschuldigung«, sagte sie, »weiß nicht, wie ich auf den Namen komme ...«

Stephanie Heimann beruhigte sich wieder. »Und du musst Karla sein«, meinte sie mit einem Augenaufschlag aus zu langen, unechten Wimpern. »Was ich von deinem Vater nicht alles erfahren habe ... pausenlos redet er von dir ... und ihr habt ein herrliches Haus, muss ich wirklich sagen!« Sie zeigte zum Wandkamin und schwenkte mit dem Arm zur Terrasse.

Vater wippte nervös von einem Bein auf das andere.

»Wir haben einen Braten im Ofen, mein Liebes. Stephanies Kochkunst ist nicht zu verachten. Du hast doch bestimmt Hunger und willst mit uns essen.«

Das war keine Frage, das war eine Feststellung. Karla hasste es eigentlich, wenn sie bevormundet wurde. Trotzdem ließ sie ihren Vater nicht ins Leere laufen. Sie konnte etwas Warmes im Magen vertragen, und außerdem flehte er sie mit den Augen an. Es schien ihm absolut wichtig zu sein, dass sie mitzog. Sie trottete neben den beiden zum Tisch, wo Vaters Freundin den Stammplatz von Mutter einnahm. Die Frau redete viel, selbst beim Kauen und Schlucken, und erzählte von ihren eigenen Kindern, die längst außer Haus waren, und der Bibliothek, die sie leitete.

Nein, der Braten war nicht zu verachten. Karla nahm sich ein zweites Mal, lobte das Essen, ihr Vater war sichtlich erleichtert.

»Willst du mich nicht duzen?«, schlug Stephanie Heimann vor, als sich Karla erhob, um nach oben zu gehen.

Karla blieb unschlüssig neben dem Esstisch stehen. »Nein«, versetzte sie trocken, »das möchte ich lieber nicht.« Es ging ihr einfach alles zu schnell.

Vater kramte ein Taschentuch aus seiner Hose und schnäuzte sich laut in den Stoff.

»Hm …«, räusperte sich seine Freundin verlegen.

»Gute Nacht«, sagte Karla und eilte zur Treppe.

Endlich war sie im Zimmer. Sie warf sich aufs Bett. Sie brauchte Ruhe und musste allein sein, um zur Besinnung zu kommen.

Was Dudeks Geschichte anging, machte sie keine Fortschritte und das beunruhigte sie. Ob es an seinem mangelnden Wortschatz lag, dass er nicht redete? Oder wollte er einfach nur alles vergessen?

Karla holte Papier und einen Stift vom Schreibtisch. Sie lehnte sich an die Wand, um auf den Knien zu notieren, was sie inzwischen wusste:

1. Bei Dudek daheim war es dunkel … Was konnte das heißen? Ein Haus oder Zimmer, das nie einen Sonnenstrahl abbekam? Oder stammte er aus einem Tal, wo es selbst im Hochsommer schattig blieb? Solche Talsenken gab es viele … Wo, verdammt, war es ausschließlich dunkel, nicht nur bei Nacht? Mitten im Wald zum Beispiel. Sie kannte mehrere Stellen, die geradezu unheimlich finster waren. Aber wer baute sich an so einer Stelle ein Haus?

2. Er liebte seine Mutter. Er hatte die Mutter von Karla gestreichelt oder besser die Frau auf dem Foto am

Meer. Sie hatte ihn offenbar an seine Mutter erinnert. Er hatte sie mit einer Sehnsucht betrachtet, die man nur hat, wenn der Mensch, den man liebt, weit, weit weg ist. Oder – es schauderte Karla, als sie sich das vorstellte – lebte die Mutter von Dudek nicht mehr?

3. Er hasste den Vater. Das war bei dem Foto auch deutlich zu merken gewesen, als es der Junge vor Widerwillen beinahe zerfetzt hatte, obwohl der Mann auf dem Bild Karlas Vater gewesen war. Dass er seinen Vater verabscheute, war nicht erstaunlich, wenn der ihn »Du Dreck« genannt hatte. Auf keinen Fall war das sein richtiger Name.

Dudek hatte wahrscheinlich noch nie eine Schule besucht. Und seine Panik vor Hunden? Und dieser Eifer, mit dem er ans Meer wollte? Und diese Wildheit, das Unwissen? Selbst Fußball spielen konnte er nicht.

Karla wusste nicht, wie sie Dudek helfen sollte. Auf Dauer im Baumhaus zu leben, ging ja nicht. Irgendwann würde es regnen und kalt werden … und wenn erst die Schule wieder anfing, hatte sie keine Zeit mehr, um jeden Tag Essen zum Baumhaus zu bringen und sich dem Jungen zu widmen.

Karla legte den Zettel beiseite und seufzte. Als sie sich auszog, roch sie an ihren Kleidern – Wald, frische Luft, altes Laub, der Baumhausmuff und leichter Schweißgeruch, der von dem Jungen stammte, falls sie sich das nicht nur einbildete –, und in der Dusche, wo sie in die Hocke ging und sich dem prasselnden Wasserstrahl überließ, fragte sie sich, was sie und den Jungen eigentlich verband. Normal mit ihm reden konnte man nicht. Mit Dudek Probleme besprechen zu wollen, wie sie und Ivana das taten, war aussichtlos. Trotzdem kam sie sich in seiner Gegenwart beschwingt vor, es wurde ihr irgendwie warm ums Herz, wenn sie zusammen waren. Und sie verstand nicht, warum …

Siebzehn

Am nächsten Morgen, als Vater im Schulhaus war, machte Karla das Rad ihrer Mutter fertig. Sie pumpte die Reifen auf, schmierte die Kette, flickte den Leitungsdraht zwischen Dynamo und Vorderlicht und säuberte die Speichen.

Der Junge umkreiste das Fahrrad begeistert, als Karla beim Baumhaus auftauchte und sagte, das sei nun seins. »Ans Meer dampfen!«, jubelte er.

Anfangs stellte er sich furchtbar ungeschickt an. Er begriff das mit dem Gleichgewichthalten nicht, kam keine drei Meter weit, ohne zur Seite zu kippen und hinzufallen, sodass sein Gesicht und alles in kürzester Zeit voller Schrammen und blauer Flecken war. Trotzdem blieb er beharrlich und ausdauernd. Die Klingel hatte es ihm besonders angetan.

Einmal hatte Karla das Gefühl, in der Ferne den Lärm von Mofas zu hören, und sie hielt Dudeks Hand auf der Klingel fest, um in den Wald zu horchen. Nein, sie hatte sich wohl getäuscht. Außerdem hatte sie von Killer und seiner Bande weit und breit nichts mehr gesehen; wer weiß, was sie trieben. Vielleicht hatte Killers Mutter die Villa in der Zwischenzeit ja auch schon verkauft und war mit ihm woanders hingezogen.

Als er das Fahren endlich beherrschte, fegten sie auf dem Forstweg zur Kiesgrube, von wo aus sie auf einen engeren Pfad bogen, der zu der verfallenen Burg anstieg, einer von Brombeeren und Nesseln überwucherten Ruine. Sie kletterten auf die Mauer, unter der sich der Wald ausbreitete. Die Baumwipfel flirrten im Sonnenlicht, ein Raubvogel kreiste am tiefblauen Himmel.

Plötzlich klingelte Karlas Mobiltelefon und auf dem Display leuchtete Ivanas Nummer. Karla war bester Laune, das merkte die Freundin am anderen Ende sofort. »Dir scheint es gut zu gehen«, sagte sie neidisch.

»Wir haben herrliches Wetter«, antwortete Karla, »und wie ist es bei dir? Tolle Stimmung am Meer?«

Das Wort »Meer« in den Mund zu nehmen, war keine gute Idee. Im Nu heulte der Junge los: »Ans Meer dampfen!« Karla hielt Dudek erschrocken den Mund zu und machte: »Psst!«

Etwas musste Ivana trotzdem gehört haben.

»Ist jemand bei dir?«

»Nein, niemand.«

»Ich wette, das war eine Jungenstimme.«

»Unsinn, ich kann diese Macker an unserer Schule nicht ausstehen, das weißt du doch.«

»Es gibt ja noch andere als die auf der Schule.«

Leider konnte sich Dudek nicht bremsen. Bei dem Wort »Macker« begann er zu kichern. »Macker und Hacker und Kacker und Zacker und ...« In letzter Zeit hatte er es dauernd mit solchen Wortspielen. Karla sprang auf und entfernte sich eilig.

»Das ist ein Junge«, beharrte Ivana. »Ja, aus meinem Radio«, erwiderte Karla, »lass mich in Frieden mit deiner bescheuerten Eifersucht.« Eine verdrossene Pause entstand und Karla hörte aus der Ferne das Rollen der Brandung.

Ivana war gar nicht zufrieden in Umag. Offenbar war das Wetter wolkig und kühl, Haifischwarnungen hielten die Freundin vom Baden ab, und ein Cousin, der ein Schwarm von Ivana gewesen war, wurde von Tag zu Tag zudringlicher. »Und ich darf niemandem sagen, dass er mich dauernd betatscht. Er ist das Lieblingskind in der Familie, und wer irgendwas gegen Mino vorbringt, kriegt es mit den andern zu tun. Weißt du, ich würde am liebsten nach Hause kommen ...«

»Gute Idee«, sagte Karla erfreut. Doch im nächsten Moment bekam sie Zweifel, ob es wirklich so eine gute Idee war. Was sollte sie mit Dudek machen, wenn Ivana vorzeitig zurückkam? Irgendwie widerstrebte es Karla, sie einzuweihen und mit dem Jungen zusammenzubringen.

Außerdem konnte sie sich ja nicht zweiteilen, stundenlang mit der Freundin am Baggersee faulenzen und gleichzeitig Dudek im Baumhaus besuchen …

»Was ist los, Karla? Hallo? Hörst du mich noch?«, rief Ivana und riss sie aus ihren Gedanken.

»Du musst diesem Mino eben klar machen, dass es dich nervt, wie er sich aufführt«, schimpfte Karla.

»Dem kann man nichts klar machen«, seufzte Ivana, »der hält sich für absolut unwiderstehlich.«

Irgendwann merkte Karla, dass sie allein war, von Dudek war weit und breit nichts mehr zu sehen. »Tut mir leid, ich muss Schluss machen, lass uns ein andermal …«, sagte sie keuchend und klappte ihr Handy zu.

Karla rief seinen Namen, er gab keine Antwort. Mit einem Sprung von der Burgmauer landete sie im Dickicht. Sie musste den Pfad finden, der zu der Stelle im Wald führte, wo sie ihre Räder versteckt hatten. Das Dickicht stach ihr in Arme und Hals und sie rutschte auf matschigem Klopapier aus. Eine Wolke aus Fliegen stieg auf, dicke schillernde Schmeißfliegen, und der Ast, an dem Karla sich festhielt, brach. Schreiend sauste sie auf ihrem Hintern bergab, bis sie mit den Sandalen gegen ihr Fahrrad stieß.

Voller Ekel betrachtete sie ihr verschmiertes Kleid und die zerstochenen Beine. Dudeks Fahrrad lehnte an seinem Platz neben ihrem, nur von dem Jungen fehlte weiter jede Spur. Wieder rief sie seinen Namen – vergeblich. Aus der Ferne kam nichts als ein heiseres Bellen. Karla stand auf, horchte angestrengt … Wieder hörte sie dieses Hundebellen.

Sie ahnte, was los war. Bestimmt hockte der Junge aus Angst vor der knurrenden Bestie auf einem Baum und traute sich nicht, seinen Platz zu verlassen. Karla folgte dem Bellen, das lauter wurde, und kletterte wieder den Hang hoch.

Gerade als Karla den Hund vor der Mauer erreichte, traf auch die Besitzerin ein. Das Tier war nicht groß, hatte Schlappohren, ein Kurzhaarfell und wirkte eher nervig als unheimlich. Die Besitzerin war Mitte zwanzig, trug hautenge Jeans und ein verschwitztes T-Shirt, das sich um Busen und Fettringe spannte. Sie beugte sich vor, um den Hund an die Leine zu nehmen, und betrachtete dabei Dudek, der sich ängstlich an die Burgmauer presste: »Machst du dir vor meiner Mimi ins Hemd, Kleiner?« Sie drehte sich feixend zu Karla um und kommentierte: »Das ist ja vielleicht ein Angsthase.«

Karla lief zu dem Jungen, der am ganzen Leib zitterte.

»Und ihr Biest ist verzogen«, fauchte sie.

»He, he, nicht so patzig«, versetzte die Frau.

Karla scherte sich nicht um den knurrenden Köter und sein Frauchen. Mit dem zitternden Jungen an der Hand machte sie einen Bogen um beide und tauchte ins Dickicht ab.

Es dauerte, bis sich Dudek erholt hatte und bereit war, wieder aufs Fahrrad zu steigen. Karla wollte sich nur noch schleunigst von ihrem eklig versifften Kleid befreien und ein Bad nehmen, um den Gestank loszuwerden. Trotz der schlechten Erfahrungen beim letzten Mal fuhr sie mit dem Jungen zu dem Gebirgsbach.

Dudek schien befangen, als sie vor dem eisblauen Felsbecken eintrafen. Was vor ein paar Tagen passiert war, hatte der Junge wohl nicht vergessen. Karla war dieses Mal schlauer gewesen; unter dem Kleid hatte sie einen Bikini an. Als er merkte, dass sie den Bikini nicht auszog, setzte auch er sich in T-Shirt und Boxershorts neben sie, während Karla ihr dreckiges Kleid auswusch.

Es war alles anders als vor einer Woche – Dudek war nicht mehr das Kind, das mit Jauchzern ins Wasser sprang. Er wirkte verlegen und fremd, und er passte auf, ihr beim Schwimmen ja nicht zu nahe zu kommen. Karla tat so, als würde sie es nicht merken, und bespritzte den Jungen mit Wasser, doch Dudek zog sich auf den Beckenrand hoch, als ob er beleidigt wäre. Er wandte sich ab und stocherte mit einem Stock in der Erde.

Achtzehn

»Bei Stephanie hast du einen Stein im Brett«, sagte Vater und legte die Zeitung beiseite. Mit marmeladeverschmiertem Kinn saß er am Frühstückstisch vor seinem Krümelteller. Karla, die barfuß vom Kühlschrank zum Herd lief und Milch in den Topf goss, erwiderte nichts. »Könntest du dich mit ihr anfreunden?«

»Keine Ahnung«, entgegnete Karla und gähnte. Um an die Zukunft zu denken, war sie noch zu verschlafen.

Vater stocherte mit einem Finger im Becher, in dem die Schalen seines Frühstückseis knackten und knirschten. »Stephanie macht sich Sorgen um dich«, sagte er, »sie meint, du wärst einsam, und mir wirft sie vor, mich nicht genug um dich zu kümmern. Ich muss gestehen, da hat sie recht. Du bist dauernd auf Achse und ich habe nicht die geringste Idee, was du eigentlich treibst … ich meine, ob du Drogen nimmst oder wer weiß was.«

Karla stellte den Topf mit einem Knall auf den Herd. Es ärgerte sie, dass er sie nicht in Ruhe ließ. Und wer gab Vaters Freundin das Recht, sich in ihren Familienkram einzumischen? »Das mit den Drogen kannst du vergessen. Hat dich Stephanie auf die bescheuerte Idee gebracht?«

»Nein«, erwiderte Vater zerknirscht, »das war meine.«

»Und? Kannst du Einstiche in meinen Armen erkennen?« Sie zerrte verdrossen den Ärmel des Nachthemds hoch. Vater betrachtete Karlas Arm mit einem Stirnrunzeln. Erst jetzt sah sie, dass er ziemlich zerstochen war – von Dornen natürlich, nicht von Injektionsnadeln.

»Was meinst du, wir sollten vielleicht eine Woche am Meer verbringen …«

»Mit Stephanie, nehme ich an …«

»Wenn du das nicht willst, fahren wir eben zu zweit, nur du und ich.«

Karla drehte sich zu dem Topf um, aus dem die kochende Milch auf den Herd floss. Es zischte, stank eklig verbrannt und sie riss beide Fenster auf. Schlagartig war sie hellwach.

Es war ja nur gut, wenn ihr Vater mit seiner Bekannten für einige Tage ans Meer fuhr. Dann konnte sie Dudek mit zu sich nach Hause nehmen und hatte den ganzen Tag für ihn Zeit.

»Keine Lust, in der Sonne zu schmoren«, sagte Karla. »Um ehrlich zu sein, ich bleib lieber daheim.«

»Allein? Nein, das kann ich nicht machen.«

»Wieso nicht? Ich bin ja auch sonst oft allein. Wegen mir kannst du gerne mit Stephanie fahren …«

Pfeifend schlenderte sie mit dem Honigmilch-Becher in der Hand aus der Küche und ließ ihren Vater auf seinem Hocker am Kaffeetisch sitzen.

Später, als sie aufbrach, fand sie Vaters Zeitung auf dem Boden. Sie wollte sie einstecken – Zeitungspapier im Baumhaus konnte man immer gebrauchen. Da fiel ihr Blick auf eine Meldung: »Misshandlungen in Kinder- und Jugendheim. Ex-Direktor und drei Erzieher verantworten sich vor Gericht.« Karla wurde es schlecht, als sie den Artikel las. Schreckliche Zustände waren es gewesen, die die Kinder hatten ertragen müssen.

Am Abend fragte sie ihren Vater, den sie vor dem Fernseher antraf. »Ich kann dir dein Essen warm machen«, bot er an. »Nein danke. Ich habe schon bei Ivanas Eltern gegessen«, behauptete Karla. Sie setzte sich neben ihn ins Sofa. Auf der Heimfahrt hatte sie sich überlegt, wie sie ihn möglichst unauffällig fragen könnte.

»Hast du von dem völlig verwilderten Jungen gelesen, den sie neulich im Wald gefunden haben.« – »Völlig verwilderter Junge? Nein.« – »Er kann noch nicht einmal richtig sprechen. Und man weiß nicht, wo er herkommt.« – »Ach ja? Das ist an mir vorbei gegangen«, erwiderte ihr Vater halb zerstreut und mit Blick auf den Wetterbericht.

»Was passiert denn mit so einem Jungen?«, wollte Karla wissen.

»Na, man wird ihn ins Heim stecken, denke ich.«

»In eines dieser Kinder- und Jugendheime, in denen die Kinder misshandelt werden?«

Ihr Vater nahm die Fernbedienung und schaltete den Fernseher aus. »Ach ja, die Meldung von heute Morgen. Die habe ich auch gesehen«, meinte er, »aber das Heim war ein Sonderfall. In den meisten werden die Kinder gut betreut.« Er betrachtete sie von der Seite. »Wollen wir nicht etwas spielen, Karla? Wenn wir schon einmal zusammen zu Hause sind. So wie früher, Backgammon oder Halma.«

Karla biss sich auf die Unterlippe. Erst wollte sie sagen, eigentlich sei sie aus diesem Alter heraus. Andererseits war es schlauer, ihn von dem Gespräch über den Jungen abzulenken. »Okay«, sagte sie, »spielen wir eine Runde.«

Während des Brettspiels mit Vater dachte sie nur an Dudek und nahm sich fest vor, alles zu tun, damit er auf keinen Fall ins Heim kommen würde.

In den kommenden Tagen machte sie mit dem Jungen Ausflüge in die Umgebung. Sie ernteten Himbeeren an sonnigen Stellen im Wald, die sie aßen und sich gegenseitig ums Kinn schmierten, oder sie sammelten nach einem Platzregen Schnecken ein, ließen sie zu einem Rennen antreten und feuerten sie mit Gejohle und Gepfeife an. Wenn die beiden an einem Ausflugslokal vorbeikamen, deckte sie Karla mit Limonade und Eis ein, die sie später auf einem Holzstoß am Waldrand verzehrten. In die Gastwirtschaft mitnehmen konnte man Dudek nicht, dazu war er viel zu verängstigt und menschenscheu. Auch in Ortschaften fuhren sie nie. Karla befürchtete, auf Dudeks Eltern zu treffen, die vielleicht irgendwo in der Gegend wohnten. Und wenn Dudeks Eltern sie zufällig entdeckten, nahmen die garantiert ihre Verfolgung auf, um den entflohenen Jungen wieder einzufangen.

Bald aber glaubte sie nicht mehr, dass Dudek in einem der Dörfer und Kleinstädte in der Umgebung daheim war. Es schien, als habe er nie eine menschliche Siedlung betreten. Wenn sie vom Waldrand aus auf einen Ort schauten, begaffte er alles, Verkehr, Leute, Baustellen, als ob er solche Dinge noch nie gesehen hätte. Kannte der Junge nichts anderes als den Wald?

Am Ende der Woche begann es zu regnen und das widrige Wetter erlaubte keine Ausflüge mehr. Karla kam schon klatschnass vor dem Baumhaus an. Beide waren sie schlecht gelaunt. Dudek klimperte die ganze Zeit auf der Gitarre, und das grausliche Heulen, das er dabei anstimmte, war auf Dauer für Karla nur schwer zu ertragen.

Regen klatschte auf das Dach, aus dem es an mehreren Stellen zu tröpfeln begann. Zum Glück tauchte am Horizont bald schon ein gelblicher Streifen auf. Karla nahm sich vor, nächstens heimzufahren, wo sie es warm hatte und Dudeks Heulen entging.

Als sie aufbrechen wollte, umklammerte er ihr Bein und sie stürzte. »Spinnst du, Mensch?« Karla stieß mit der Faust gegen seine Brust. Das Bretterhaus schwankte gefährlich. »Mach das nie wieder!«

»Nicht weggehen!«, flehte er.

»Nur wenn du mir endlich sagst, wo du zu Hause bist.« Um Mitleid zu haben, war sie viel zu gereizt. »Streng dich an«, drängte sie den Jungen.

»Ich weiß nicht, ich weiß nicht, ich wegrennen, nur wegrennen …«, stammelte Dudek erregt. In seinen Mundwinkeln bildeten sich Speichelblasen.

Karla legte dem Jungen eine Hand auf die Schulter. »Beruhige dich, komm schon, beruhige dich, du musst nie mehr nach Hause, verstanden? Das verspreche ich dir, du musst nie mehr nach Hause!«

»Wir zusammenbleiben, ja?«, fragte er, und als Karla bejahte, entspannte er sich.

»Sag mir trotzdem, hast du in einer Stadt gewohnt?«

»Keine Stadt. Wald, nur Wald.«

»Du hast im Wald gelebt?«

Er nickte.

Vielleicht ein entlegener Bauernhof, dachte sie.

»Weit weg?«

Dudek wusste es nicht. »Ich rennen, nur wegrennen, bei Sternen und Sonne.« Er meinte offenbar eine Nacht und einen Tag. Wenn man das in Kilometer umrechnete, kam man Pi mal Daumen auf mindestens fünfzig. Das war wirklich weit weg. Falls sich der Junge nicht verirrt hatte … dann konnten es natürlich auch weniger sein.

»Und dein Vater, wie heißt der?«

Er rieb sich die Augen. »O… Ottack«, stotterte er.

Ottack? Eigenartiger Name. Ob die Familie doch aus dem Ausland kam?

»Hat er Hunde?«

»Ja, Hunde.« Dudek riss die Augen auf und richtete sie auf einen Punkt in der Ferne. Sein Entsetzen war nicht zu verkennen. Wieder streichelte Karla den Jungen an Schulter und Arm. Danach ging sie zu ihrem Rucksack und zog zwei Pappbecher und die Warmhaltekanne heraus.

»Aufpassen, heiß«, sagte Karla. »Und deine Mutter«, fragte sie nach einer Pause weiter, »wie heißt deine Mutter?«

Langsam stellte der Junge den Becher auf den Boden und vergrub sein Gesicht in den Händen. Seine Schultern begannen zu beben.

»Ich Mutter nicht kennen … sie weggehen«, schluchzte er.

»Als du klein warst, hat sie dich verlassen?«

Er nickte.

Nur logisch, dass sie vor dem Rohling von Vater geflohen war. Aber ohne das Kind? Das war schwer zu verstehen. Und warum hatte sie nichts unternommen, um den Kleinen aus den Klauen dieses Kerls zu befreien? Konnte sie sich nicht vorstellen, dass er den Jungen schlecht behandelte? Oder fing das erst an, als sie fort war?

Dudek weinte – sie musste den Jungen in Ruhe lassen. »Was meinst du, soll ich dir wieder was vorlesen?«

Er wischte sein nasses Gesicht mit dem Handrücken ab. Karla holte das Buch vom Regalbrett – das Buch mit dem Jungen namens Tommy, der sich aus dem Elternhaus schlich, allein auf den Weg an die Ostsee machte und Abenteuer und brenzlige Sachen erlebte. Dudek, der richtig versessen aufs Meer war, lauschte Tommys Erlebnissen atemlos, auch wenn schwer zu sagen war, was er verstand und was nicht.

Ungefähr eine Stunde las Karla dem Jungen vor, dann klappte sie das Buch zu. Dudek nahm es ihr aus der Hand und starrte wild auf die Seiten. »Ich will … ich will lesen.« Er grinste sie unsicher an.

»Leider kannst du nicht lesen. Das musst du erst lernen.«

»Lesen lernen«, sagte Dudek entschieden.

»Ich soll dir Lesen beibringen?«, fragte sie verdutzt.

»Ja. Karla mir Lesen beibringen«, sagte Dudek.

Neunzehn

Dass Karlas Mutter am Freitag nach Hause kam, machte eigentlich niemanden glücklich: Karla wollte den Jungen nicht so lange allein lassen und Mutter blieb Samstag und Sonntag ja ohnehin nur bei ihr, um kein schlechtes Gewissen zu haben. Selbst Karlas Vater, der an dieser Regelung schuld war, schien nicht mehr begeistert von seiner Idee, der Nachbarschaft heile Familie vorzuspielen. Er musste sich bei seiner Freundin rechtfertigen, die, so schien es, vor Eifersucht platzte. Die beiden benahmen sich schlimmer als zwei verliebte Teenager. »Nein, wir tun uns nicht wieder zusammen«, versicherte Vater mit rollenden Augen ins Telefon, »sie kommt wegen Karla, verstehst du das nicht?«

Mutter bekam alles mit, und das war genau seine Absicht. Eine Freundin zu haben, die ernsthaft verliebt war, pumpte sein kraftloses Ego sichtlich auf. Karla merkte, dass sich ihre Mutter zusammenriss, um nicht zu zeigen, wie nervös sie innerlich war. Es gelang ihr aber nicht, sie machte sich lustig, bis Vater genervt war und sie sich wieder zankten. Karla nahm ihren Rucksack und rannte aus dem Haus, ohne dass es ihre streitenden Eltern überhaupt bemerkten.

Karla musste Geduld haben, als sie dem Jungen das Lesen und Schreiben beibrachte. Erst malten sie Buchstaben, dann lernten sie das ABC und bildeten ein Wort nach dem andern. Das erste Wort, das er von sich aus in riesigen Krakelbuchstaben aufs Blatt schrieb, war »Meer«. Er nahm sich das Buch mit der Tommy-Geschichte vor und las sich stammelnd von Zeile zu Zeile. Ein halber Nachmittag konnte vergehen, bis er eine Seite geschafft hatte und Karla mit Freudengeheul um den Hals flog.

Sie bereute es nicht, ihre Ferienzeit so zu verbringen. Dudek belohnte sie mit seiner Dankbarkeit, diesem Jubel, wenn er neue Wörter erlernt hatte. Und er wurde beim Sprechen von Tag zu Tag sicherer.

Bald verreiste ihr Vater mit seiner Freundin, um zehn Tage auf Usedom zu verbringen. Erst wollte er, dass Karla in dieser Zeit bei ihrer Mutter wohnte, damit sie nicht völlig allein war. Das lehnte sie halsstarrig ab. Schließlich gab er klein bei und ging einkaufen. Mit vollem Kofferraum kam er vom Supermarkt zurück, stapelte Dosen im Vorratsschrank, fror Brot und Schnitzel ein, stellte sich an den Herd, kochte vor.

»Ich werde dich jeden Tag anrufen«, meinte er, als er

seinen Koffer zum Oldtimer trug. »Und falls du allein nicht klarkommst, breche ich meinen Urlaub ab …«

»Ich werde schon klarkommen, mach dir keine Sorgen, Vater.«

Karla stand in der Ausfahrt und winkte, bis sein Cabrio außer Sichtweite war.

»Wow!«, jauchzte sie, als sie alleine im Flur stand. Sturmfreie Bude zu haben, war klasse. Und jetzt konnte sie Dudek ein richtiges Bett bieten!

»Wenn es dunkel ist, fahren wir zu mir nach Hause«, versetzte sie atemlos, als sie beim Baumhaus eintraf und ihr Fahrrad ins Laub fallen ließ.

»Zu dir … nach Hause?« Der Junge, der sie vor der Buche erwartete, zog ein Gesicht.

»Niemand wird dich bemerken«, beteuerte Karla. Er wirkte erregt und sie wechselte schleunigst das Thema.

Es war gegen halb zehn Uhr abends, als sie aufbrachen. Mit dem letzten Licht am Horizont kamen sie bequem bis zum Forstweg. Der Rest war ein Klacks, und als sie vor der Ortschaft anhielten und vom Hang aus auf Rathaus und Schlossweiher guckten, war der Wald rundherum schon im Dunkel versunken. Grillen zirpten, das Gras in den Wiesen flirrte.

»Ich will … lieber nicht«, sagte Dudek und zeigte aufs Schloss, das hell angestrahlt war.

»Wir fahren einen Umweg«, erwiderte Karla, »wir nehmen die Straße am Hang bis zur anderen Seite. Siehst du, der Teerweg liegt völlig im Dunkeln. Und von der anderen Seite aus ist es ein Steinwurf bis zu mir nach Hause. Wir werden keinem Menschen begegnen.«

Karla stemmte sich in die Pedale. Dudek folgte ihr zaudernd, und sie umrundeten auf dem Teerweg am Berghang den halben Ort. Endlich bogen sie in ihre Straße ein.

»Komm schon, Dudek, es sind nur zehn Meter, jetzt mach!«

Es ging steil bergab, und im Nu waren sie vor dem Haus. Sie klinkte das Einfahrtstor auf und beeilte sich, den Jungen zur Garage zu lotsen. Den Bewegungsmelder hatte sie vor ihrem Aufbruch am Vormittag ausgeschaltet.

Dudek zitterte, als in der Ferne ein Hund bellte. »Ich will in den Wald«, keuchte er.

»Bleib im Schatten«, flüsterte Karla, als eine Stimme vom Nachbarhaus rief: »Karla, bist du das? Ich hab ein Paket für dich.« Frau Ziegler, die Nachbarin, kam an den Gartenzaun.

»Sei still«, zischte Karla, »bin gleich wieder da.«

Hatte Frau Ziegler den Jungen bemerkt? Sie wusste

von Vater, dass Karla zehn Tage alleine blieb, und hatte dem Nachbarn versprochen, von Zeit zu Zeit nach seiner Tochter zu sehen.

»Es ist bereits dunkel. Ich meine, um diese Zeit solltest du nicht mehr draußen sein.« Karla war sprachlos, was sich ihre Nachbarin anmaßte.

»Wenn es dir langweilig wird, kannst du gerne zu uns kommen.«

»Hm«, machte Karla, »mir wird nie langweilig.«

»Na, bestens«, versetzte Frau Ziegler beleidigt. Sie machte zwei Schritte aufs Haus zu, als ihr noch etwas einfiel.

»Ach ... bevor ich's vergesse ...«

»Ja?«

»Heute, als ich nach Hause kam, fiel mir ein Junge auf, so siebzehn, achtzehn, ein Hagerer mit Pickeln ... machte den Eindruck, als ob er das Haus ... na, wie soll ich es sagen ... in Augenschein nimmt. Kam mir irgendwie komisch vor, oder ...« Sie kicherte. »... ist das ein Verehrer von dir?«

»Er hatte ein Mofa?«

»Ja, ein blaues.«

Das konnte nur Stinkie gewesen sein, sagte sich Karla. Ob die drei Typen sie ausspionierten? Mit dem Paket unterm Arm eilte sie zur Garage, um den Jungen schnell ins Haus zu bringen. Karla zog das Garagentor hoch, zerrte Dudek am Ärmel ins Innere, ließ das Tor wieder zufallen und machte Licht.

Mit baumelnden Armen stand er vor ihr und weinte.

Zwanzig

Dudek vergaß seine Panik schnell, als sie aus der Garage zum Korridor hochstiegen und sich im Dunkeln ins Wohnzimmer tasteten. Als erstes zog Karla den Vorhang zu. Dann knipste sie die Stehlampe neben dem Sofa an. Dudek, der sich die Augen abtrocknete, drehte sich befangen um die eigene Achse. Er sank auf die Knie und berührte das Schaffell auf dem Fußboden, strich mit der Hand um ein Kissen im Sessel und legte es sich vors Gesicht. Er ging wie auf Eiern zu dem Bechstein-Klavier, das er von allen Seiten betrachtete, und wandte sich langsam zum Fernseher um.

»Den zerlegst du mir nicht wie das Radio, hast du verstanden?«

Karla stellte den Fernseher ohne Vorwarnung an, was keine gute Idee war. Als Dudek die Leute sah, die in einem Studio diskutierten, kriegte er einen Riesenschreck. Offenbar glaubte er, sie säßen in Karlas Wohnzimmer. Eilig trat er zurück und warf wobei er die Stehlampe um.

Karla schaltete den Fernseher wieder aus und ergriff seine Hand. »Die sind nicht im Zimmer, du musst keine Angst haben.«

Verstört schaute er auf den mattschwarzen Bildschirm.

Karla zeigte dem Jungen das Haus. Er war vorsichtig, hellwach und unendlich neugierig. Es gab fast nichts, was er nicht staunend in die Hand nahm: Fotografien auf Regalen und dem Kaminsims, Kugelschreiber, eine Computermaus, Brillenetuis, Schuhlöffel und Vaters Krawatten.

»Was macht man mit …?«, wollte er wissen. Karla band ihm eine Krawatte ihres Vaters um.

Im Bad schmierte er seine Wangen mit Zahnpasta ein, und von der Spülung der Toilette kam er gar nicht mehr los. Er beugte sich wieder und wieder ins Klo. Dudek war begeistert, dass Dinge im sprudelnden Wasser verschwanden, wenn man auf den Knopf drückte. Karla musste den Jungen im Auge behalten, der bereits ein Stück Seife im Klo versenkt hatte. Womöglich warf er sonst noch Wattestäbchen und Zahnputzzeug in die Schüssel, bis alles verstopft war.

»Du wirst jetzt ein Schaumbad nehmen«, sagte sie streng. Gehorsam stieg Dudek aus seinen Klamotten, nur von den Shorts wollte er sich nicht trennen. »Runter damit. Die sind dreckig. Ich werde mich umdrehen, bis du in der Wanne bist.«

Am ersten Tag wagten sie sich nicht ins Freie, sondern spielten im Waschkeller Tischtennis. Karla machte mittags Omeletten mit Schokoladefüllung und zusammen leerten sie eine Flasche süßen Sekt, den sie im Kühlschrank entdeckt hatten. Bald stieg ihnen das prickelnde Zeug in den Kopf. Karla drehte die Stereoanlage im Wohnzimmer auf und sie machten eine Kissenschlacht, bis sie außer Atem waren.

»Schluss«, keuchte Karla und sank auf den Teppich, Dudek streckte sich neben ihr aus.

Als sie sich halbwegs erholt hatten, fingen sie an zu rangeln. Karla fand das am Anfang lustig, es war nicht anders, als wenn sie mit einem jungen Hund balgte. Mit der Zeit aber verspürte sie ein Kribbeln in Zehen und Haarspitzen. Das waren Empfindungen, die sie verwirrten. Plötzlich hatte sie das Gefühl, als stehe sie auf der Zimmerschwelle und sähe sich selbst und Dudek dabei zu, wie sie auf dem Teppich herumrollten. Sie fand, dass es furchtbar peinlich aussah.

»Lass das«, fauchte sie, »lass mich los.«

Der Junge saß breitbeinig auf ihr und wollte nicht aufhören, sie in den Achseln zu kitzeln. Karla bekam einen Anfall. Sie versetzte dem Jungen einen Schlag in die Rippen und er kippte benommen zur Seite.

Karla lief zum Vorhang und spähte nach draußen. Es flirrte im Garten vor Hitze und Sonnenschein. Sie ärgerte sich, sich selbst zum Hausarrest verdonnert zu haben.

Doch tagsüber mit dem Jungen das Haus zu verlassen, kam nicht in Frage. In der Nachbarschaft durfte man nichts von Dudek mitbekommen … und er traute sich ohnehin nicht unter Menschen.

Stundenlang in der Stube zu hocken, war aber verrückt. Am Nachmittag radelte Karla zur Schlossschenke, wo sie Zitroneneis zum Mitnehmen besorgte. Sie plauderte kurz mit Ivanas Mutter, die von Minos Nachstellungen nichts zu wissen schien. »Ist herrlich in Umag … Ivana macht Baden und Tauchen, wenn Wetter erlaubt.«

Als Karla heimkehrte, hockte der Junge auf dem Sofa und hielt sich ihr Handy ans Ohr. Bisher hatte Dudek das Ding nie beachtet. »Ha … hallo«, sagte er in die Muschel und kicherte. Verdrossen nahm Karla dem Jungen das Handy ab.

Zum Eisschlecken kam sie nicht mehr.

»Wer war das, um Himmelswillen?«, fragte ihr Vater. Karla stellte sich dumm: »Hallo Vater. Von wem sprichst du?«

»Na, von dem Kerl in der Leitung.«

»Kerl in der Leitung?«, versetzte sie unschuldig.

»Na, der junge Mann, der dein Handy benutzt. Ich habe nicht richtig verstanden, was er von mir wollte …«

Karla tat, als begreife sie nichts. »Es gibt keinen Jungen, der mein Handy benutzen kann. War bestimmt eine Fehlschaltung.«

»Fehlschaltung … hast du vielleicht einen Freund, der deinem Vater eins auswischen will?«

Es dauerte, bis er sich wieder beruhigte. Und als Karla ins Wohnzimmer zurückkam, hatte Dudek auch ihre Portion verschlungen. »Guuut«, sagte er nickend und rieb sich den Bauch.

Am nächsten Tag schlichen sie sich kurz vor Sonnenaufgang, als die Nachbarn noch schliefen, ins Freie. Im Halbdunkel fühlten sie sich ausreichend sicher. Als erstes fuhren sie zum Baumhaus, wo sie bis um neun auf dem Fußboden schliefen.

Der Junge schlief ohnehin ungern auf weichen Matratzen. Wenn Karla morgens ins Schlafzimmer schaute, lag er neben dem Bett. Offenbar kannte Dudek nichts anderes, als sich wie ein Tier auf dem Boden zusammenzurollen.

Karla lauschte dem Vogelgezwitscher und blinzelte in das Wirrwarr aus Schatten und Sonnentupfern, das sich vor dem Bretterhauseingang bewegte. Frisch duftende Luft strömte ins Innere. Von den vier Stunden Schlaf auf dem Boden taten ihr alle Glieder weh. Trotzdem ging es ihr gut, als sie Dudek betrachtete. Sein Gesicht war im Schlaf noch unschuldiger und schöner. Er hatte Brauen, die ganz zart waren, Wimpern wie ein Pony und stark geschwungene Lippen. Seine glatte Stirn sah aus wie aus Porzellan.

Sie musste dringend überlegen, was passieren sollte, wenn ihre Ferien zu Ende waren, und sie nicht mehr dauernd beim Bretterhaus aufkreuzen konnte. Ganz zu schweigen vom Wetter, das irgendwann herbstlich werden würde. Um im Baumhaus zu wohnen, würde es ab Oktober entschieden zu kalt und zu nass sein.

Als hätte er ihre Sorge gespürt, wachte der Junge auf. Er strahlte sie mit einer Lebensfreude an, dass ihr warm ums Herz wurde. Karla musste sich richtig zusammenreißen, um ihn nicht an sich zu drücken.

Einundzwanzig

Bei Dunkelheit, gegen halb elf in der Nacht, kehrten sie staubig und heißhungrig heim. Vom Waldrand her meldete sich eine Eule. Bei dem klagenden Schrei fuhren sie beide zusammen. Als Karla sich vor dem Einfahrtstor von ihrem Rad schwang, klebten ihre schweißnassen Sachen auf der Haut.

Im Vorgarten knisterte es. Dudek, der sich schon auskannte, huschte zu seinem Versteck zwischen Garagenwand und Rhododendron, während Karla das Eisentor aufschließen wollte. Plötzlich war sie alarmiert. Ob es ein Schatten war, der sich bewegt hatte, ein Rascheln oder ein kurzer und dumpfer Schlag, wusste sie nicht. Fieberhaft horchte Karla ins Dunkel. Jemand hustete leise, und das Husten kam nicht aus dem Schlupfwinkel hinter dem Rhododendron.

Um Zeit zu gewinnen, kramte sie in den Taschen, als ob sie den Garagentorschlüssel verloren hätte. Dabei griff sie klammheimlich zum Handy. Nur ein Klingeln – und Ivo nahm ab. »Kannst du kommen?«, raunte sie. »Ich bin bei mir daheim.«

»Klar«, grunzte Ivo, der gleich wieder auflegte.

Sie schämte sich sehr, dass sie Ivo vor ein paar Tagen

nicht zurückgegrüßt hatte, und war unendlich dankbar, dass er gleich bereit war zu kommen.

Doch jetzt hatte sie andere Sorgen. Langsam richtete Karla sich auf. Und in dieser Sekunde passierte es: Jemand sprang sie von hinten an, packte ihren rechten Arm und drehte ihn schmerzhaft auf den Rücken. Mit der anderen Hand hielt er Karla den Mund zu. »Keinen Mucks«, zischte Killer, »kapiert?«. Er lockerte erst den Griff, als sie nickte.

»Okay. Und jetzt beweg deinen Hintern. Schließ deine verdammte Garage auf.«

Ihr blieb keine andere Wahl, als zu tun, was er sagte. Sie sperrte das Tor auf, das mit einem dunklen Grollen hochschwang.

Killer war nicht allein. Aus dem Schlupfwinkel zwischen Garagenwand und Rhododendron trat Stinkie. Er zog den Jungen, der bewusstlos auf dem Boden lag, an beiden Armen ins Innere, zu den Oldtimerautos von Karlas Vater. Killer erstickte ihren Schrei, indem er seine Finger auf ihren Mund presste.

»Klappe!«, flüsterte er energisch und trat ihr in die Kniekehle.

Karla schaffte es nicht, sich aus seinem Griff zu befreien. Was, wenn der Junge ernsthaft verletzt war?

Zuletzt tauchte Dennis auf, mit Karlas Fahrrad, das er neben dem Wasserhahn an die Garagenwand lehnte. Stinkie zog an der Kordel das Tor zu, was er eine Spur zu schwungvoll tat – mit einem tosenden Schlag fiel es zu.

Killer spuckte auf den Boden: »Du Loser! Willst du alle Welt auf uns aufmerksam machen?«

Bis auf den schwachen Laternenschein, der von der Straße kam und durch das Oberlicht in die Garage schien, war es stockfinster. Unversehens beugte sich Killer vor, um der wehrlosen Karla den Hals abzulecken. »Na, ist das nicht krass?«

»Krasser als ein verschissenes Klo«, keuchte sie. Sie holte aus, um ihm den Ellenbogen in die Rippen zu stoßen, schaffte es aber nicht. Gnadenlos presste er ihr seinen Arm ins Kreuz, bis sie vor Schmerz keine Luft mehr bekam. Grell weiß flammte das Neonlicht auf, als Dennis den Kippschalter umlegte. Staunend marschierte er um den Citroën, der auf Hochglanz poliert in der Ecke stand. »Wollen wir die Kiste nicht mitnehmen, Killer?«

»Halt die Schnauze«, wies ihn Killer zurecht. »Wir werden nichts anfassen. Außer der Schlampe von Tochter natürlich.«

Schwer zu sagen, wie ernst er es meinte. Wenn sie Karla zu Hause im Villenviertel auflauerten, konnten sie keine Hemmungen mehr haben. Es schien Killer und seinen Idioten egal, ob sie sich Scherereien einhandelten.

Wo steckte nur Ivo, zum Teufel?

»Und wer ist dieser Zigeuner, mit dem du zusammen bist?« Killer trat mit seiner Schuhspitze gegen den Jungen, der bewegungslos auf dem Zementboden lag.

»Zigeuner nix deutsch verstehen«, sagte Stinkie und kicherte.

»Und riechen wie Schwein«, feixte Dennis.

»Wer mit einem Kanaken geht«, witzelte Killer, »wird ja wohl drei echt deutschen Kerlen keinen Korb geben, oder?«

»Drei echt deutschen Nieten«, entgegnete Karla, was ihr einen Schlag auf den Hinterkopf einbrachte.

»Entspann dich mal, Schlampe«, keuchte Killer, der sie auf den Zementboden zwang, »wir wollten dir nur dein Taschenmesser zurückbringen.« Seine seifige Stimme klang wie unter Wasser, als er Karla das aufgeklappte Messer mit dem Schildpattgriff vors Gesicht hielt, das sie am Baggersee liegengelassen hatte.

Sie wehrte sich gegen die Übelkeit, die in ihr aufstieg. Sie hatte nicht vor, den dreien die Freude zu machen, sich hilflos und heulend vor ihnen zu erbrechen.

Plötzlich hörte sie einen gurgelnden Seufzer, der von

dem erwachenden Jungen auf dem Fußboden kam. Killer wandte sich zu ihm.

»Stopft dem Zigeuner das Maul!«

»Und womit?«

»Von mir aus mit einem der Benzinlappen auf dem Regal.«

Motorenlärm mischte sich in Killers Antwort. Das Motorrad, das zwischen den nächtlichen Villen bergan donnerte, machte einen Riesenkrach. So einen Lärm konnte nur eine schwere Maschine erzeugen, und Ivo besaß eine solche Maschine. Karla musterte Killer verstohlen. Der schien zu wittern, dass irgendwas faul war. Als der Lärm draußen erstarb, hielt er ihr eilig den Mund zu.

»Macht das Licht aus!«, befahl er den andern. Dennis setzte sich brav in Bewegung und trat aus Versehen eine Gießkanne um. Und Stinkie errichtete schnell einen Reifenstapel, um sich durch das Oberlicht zu vergewissern, was vor sich ging.

»Was siehst du?«, wollte Killer wissen.

Sein Kumpel fand keine Gelegenheit mehr, zu antworten. Zwei Dinge passierten fast gleichzeitig: Der wacklige Reifenstapel fiel um und riss Stinkie mit. Er konnte nur noch einen Seufzer ausstoßen – in diesem Augenblick flog das Garagentor auf.

Im Eingang stand Ivo als Schattenriss, baumstark und riesig, mit vor Wut mahlendem Kiefer, als er Killer und seine zwei Kumpel erkannte. Sein Lampenstrahl wanderte langsam von einem zum anderen.

In den ersten Sekunden schienen alle erstarrt. Nur Stinkie, begraben von Reifen, mühte sich ab, auf die Beine zu kommen, nicht ohne zu jammern: »O Scheiße, mein Knie.«

Killer, der Karla beiseitestieß, brüllte: »Los, abhauen!« Dennis und er rannten aus der Garage und Ivo verfehlte sie mit seiner Faust. Allerdings war er zu wendig, um nicht wenigstens einen zu erwischen. Genau im rechten Moment trat er gegen das offene Einfahrtstor, das dem fliehenden Killer vor Waden und Steißbein schlug. Schmerzverzerrt ging dieser zu Boden.

»Achtung, er hat ein Taschenmesser«, warnte Karla Ivanas Bruder. Dann eilte sie zu Dudek, der sich auf dem Zementboden krümmte. Sie ertastete nasses, am Hinterkopf klebendes Haar – sicherlich Blut.

In der Zwischenzeit hatte sich Stinkie aufgerappelt und versuchte, hinkend Reißaus zu nehmen. Karla bemerkte es rechtzeitig. Mit einem Schrei warf sie sich auf ihn. Gleichzeitig schob Ivo den plötzlich zahmen Anstifter in die Garage, der mit pendelndem Kopf seine Schuhe anstierte. Als sie bei den Oldtimern angelangt waren, zerrte Ivo das Tor an der Strippe zu, damit die Nachbarn nicht neugierig wurden.

Leider musste Frau Ziegler bereits etwas mitbekommen haben. Warum sollte sie sonst kurz vor Mitternacht anrufen? Karla nahm das Gespräch lieber an, bevor die Nachbarin auf die Idee kam, bei ihr nach dem Rechten zu sehen. Zum Glück ließ sie sich rasch abwimmeln. Sie gab sich zufrieden, als Karla versicherte, dass nur mit dem Garagentor etwas nicht stimme.

Ivo hatte inzwischen den Schalter bedient und das Neonlicht flackerte wieder. Killer und Stinkie, die auf dem Betonboden saßen, glotzten mit fahlen Gesichtern ins Leere. Ivo, der Zigaretten und Feuerzeug aus seiner Hemdtasche kramte, behielt sie im Auge. »Freund oder Feind?« Ivo nickte zu Dudek in der Ecke.

»Freund«, murmelte Karla, als ob es ihr peinlich sei.

Peinlich war es ihr eigentlich nicht. Sie wollte nur keine Mitwisser haben. Je mehr Leute von Dudek erfuhren, desto schwerer wurde es, Aufmerksamkeit zu vermeiden.

»Okay«, sagte Ivo, der sich seine Kippe ansteckte. Er stapfte zu dem Jungen und untersuchte seine Verletzung.

»Hat einen Riss in der Kopfhaut, den sollte man

reinigen. Und was fangen wir mit den Mistkerlen an? Soll ich sie zur Polizei schleppen, Karla?«

»Das wagst du nicht, sonst …«, sagte Killer und bremste sich, anders als Stinkie, der zischte: »Kanake!«

Ivo, der neben dem Jungen kniete, sprang auf die Beine.

Karla beeilte sich, aus der Garage ins Haus zu kommen. Was der junge Matijevic mit den zwei Widerlingen anstellte, wollte sie lieber nicht mitkriegen.

Sie stützte den Jungen, als er sich aus dem Keller hinauf in den Korridor und dann weiter ins Bad schleppte, wo er sich auf dem Klodeckel niederließ. Karla nahm seine Verletzung in Augenschein, holte Watte, Pinzette und Desinfektionsmittel.

Sie hatte die Wunde von Dudek gerade verarztet, als Ivo im Flur nach ihr rief. Er lehnte am unteren Treppengeländer und schielte zum Spiegel beim Hauseingang, in dem er sich lässig betrachtete. Schließlich fuhr er sich über sein glattes, schwarz glänzendes Haar und knackte entspannt mit den Fingergelenken.

»Und? Was hast du mit Killer und Stinkie gemacht?«

Langsam wandte sich Ivanas Bruder um. »Die sind auf dem Heimweg«, erwiderte er.

»Hast du sie schlimm zugerichtet?«

»Kann man nicht sagen. Ich musste die zwei nicht zu Brei hauen, Ehrenwort!« Er legte die Hand aufs Herz und lachte. »Die haben gehört, was los sein wird, wenn sie dir noch mal zu nahekommen. Und das haben sie hundertprozentig kapiert.«

Karla war dankbar, verlegen und ratlos. Was sollte sie nur mit ihm anfangen? Sie konnte ja schlecht einfach bloß »Gute Nacht« sagen und fertig. Und doch beunruhigte Karla, dass er keine Anstalten machte, zu gehen. Er erkundigte sich nach Dudek und legte das Taschenmesser auf die Kommode im Flur.

»Deins?« Sie nickte.

»Im Kühlschrank ist Bier, Ivo«, sagte Karla schließlich mit flatternder Stimme.

»Nein danke, ich bin ja mit meinem Motorrad da ...« Dann ging er nach oben ins Bad, wo der Junge vor Angst sein Gesicht mit den Armen bedeckte. »Nema straha!«, versetzte der junge Matijevic. Er verfiel wohl unbewusst ins Kroatische, seine erste Muttersprache. Karla wusste, das hieß: Keine Angst! Eine Handvoll kroatischer Wendungen hatte sie ja von Ivana gelernt.

Plötzlich war der Junge erleichtert und zutraulich. Er bewegte die Lippen und schaute Matijevic aufmerksam an. Ivo wollte seinen Namen erfahren.

»Ich heiße Du … Dudek«, versetzte der Junge.

»Hm«, machte Matijevic, »komischer Name … du bist kein Deutscher?«

Karla musste dringend dazwischen gehen, sonst horchte Ivo den Jungen noch aus. »Soll ich ihn zum Arzt bringen … ich meine, zur Sicherheit?«, stammelte sie.

Matijevic wurde nicht misstrauisch. Er schob Karlas Anspannung sicher auf die Erlebnisse der Nacht.

»Nein. Trotzdem sollte dein Freund sich erholen. Ich verordne dir Bettruhe, jasno?« Ivo wandte sich mit einem Zwinkern an Dudek, der nickend erwiderte: »Jasno.« Auch »jasno« kannte Karla, das hieß: »klar«.

Dudeks Benehmen befremdete sie.

»Sprichst du Kroatisch?« Das war wieder Ivo.

»Ko … ko … katisch?«, echote der Junge verwirrt.

»Ach was«, schob Karla Ivos Neugier beiseite, »merkst du das nicht? Dudek spricht nur alles nach.«

Als sie den Jungen ins Schlafzimmer bringen wollte, griff Dudek nach Ivos Hand. Er presste sie an seine Lippen und schluchzte.

Karla und Ivanas Bruder waren fassungslos. »Lass man gut sein«, bemerkte Matijevic heiser und machte sich wieder los.

»Wer ist der Junge?« Sie hockten im Wohnzimmer

und Ivo trank aus seiner Bierflasche, zu der er sich doch noch hatte überreden lassen.

»Das kann ich nicht sagen«, erwiderte Karla.

Der junge Matijevic grunzte. »Kannst du nicht? Oder willst du nicht?« Sie zog ein Knie an die Brust und pulte an ihren Zehen.

»Darf ich dich um einen Gefallen bitten?«

»Na klar.«

»Du bist dem Jungen nie begegnet, okay?«

»Hm«, machte Matijevic, »wenn du mir sagst, warum ...« Und er setzte ein diebisches Grinsen auf.

»Du musst mir Zeit lassen, Ivo! ... ich werde dir alles verraten ... ich brauche nur Zeit.«

Er schien zu begreifen, wie ernst es ihr war.

»Einverstanden. Ich kenne den Jungen nicht.«

»Und kein Sterbenswort, auch nicht zu deiner Schwester, ja?«

Ivo trank seine Bierflasche aus und stand auf. »In Ordnung. Wenn du mir versprichst, mich sofort zu benachrichtigen, falls du Hilfe brauchst!« Im Flur legte er seine Hand auf die Klinke. »Nimm dich in Acht, Karla ... Killer war nichts gegen das, was du vor dir hast.«

»Woher willst du das wissen?«

»Ich habe es im Urin.«

»Nema straha«, erwiderte sie und Matijevic schlenderte mit leisem Lachen zu seinem Motorrad.

Zweiundzwanzig

Bei Karla daheim, wo sie tagsüber eingesperrt waren, wollte Dudek nicht bleiben. »In den Wald fahren!«, quengelte er. »Okay, wenn es dunkel wird, ziehen wir ins Baumhaus um.«

Als blauschwarze Wolken den Himmel verfinsterten, wollte auch Dudek nicht mehr aus dem Haus. Kurz darauf brach ein schweres Gewitter los. Sie standen zusammen am Schlafzimmerfenster und verfolgten den Weltuntergang vor dem Haus: Weißer Hagel bedeckte den Rasen; ein schlammbrauner Sturzbach ergoss sich vom Rohr an der Hauswand und bildete bald einen Teich vor dem Garagentor; Zweige wirbelten durch die Luft, Plastikgießkannen, ein Sonnenschirm irrte von Garten zu Garten; und wenn beim Donner die Scheiben vibrierten, sagte der Junge halblaut: »Nema straha«.

Gegen Abend verzog sich das Unwetter, und bei Anbruch der Dunkelheit war wieder alles trocken. Nur die Luft war noch dämpfig und feucht. Um elf in der Nacht waren sie endlich beim Baumhaus, wo Dudek mit Jauchzern zum Eingang hochkletterte. Atemlos sperrte der Junge das Schloss auf, nahm die Gitarre vom Haken und verzog sich mit ihr in eine Ecke.

Karla besichtigte mit ihrer Lampe den Unwetterschaden am Dach. »Scheiße!« fluchte sie wieder und wieder. An mehreren Stellen fehlten Dachteile, Teppich und Wolldecken waren klatschnass.

Karla hatte nicht vor, auf den triefenden Sachen zu schlafen und sich einen Schnupfen zu holen.

»Ich fahre heim! Kommst du mit?«

»Warum? Baumhaus besser«, versetzte der Junge, der sich beim Gitarre-Spielen nicht unterbrechen ließ.

»Merkst du nicht? Alles ist nass.«

»Nass nicht schlimm. Das bringt niemanden um«, scherzte Dudek.

Den Spruch »Das bringt niemanden um« kannte er aus dem Buch über den Jungen Tommy, der sich allein zur Ostsee durchschlug.

Als Karla um Mitternacht nach Hause kam, stand Vaters Cabrio in der Einfahrt! Wie gut, dass der Junge im Baumhaus geblieben war, dachte Karla sofort. Und dann: Vater muss sich mit seiner Freundin verkracht haben, wenn er früher aus dem Urlaub zurückkommt. Das war nur eine halb gute Nachricht. Karla tat es nicht unbedingt leid um die Frau, auch wenn Stephanie nicht total unausstehlich gewesen war. Doch dass die Bibliothekarin nicht mehr bei ihnen einziehen würde, erleichterte sie. Nur halb gut war die Nachricht deshalb, weil sie sicher sein konnte, dass er zuerst einmal deprimiert war.

Karla fiel plötzlich ein, dass das Haus noch ein Saustall war, von den Schmutztellern, die sich im Spülbecken stapelten, bis zum Herd voller Schokolade- und Fettspritzer. Auf den Fußbodenkacheln im Bad klebte Blut, das von Dudeks Verletzung am Hinterkopf stammte. In Vaters Schlafzimmer herrschte ein Tohuwabohu aus verschrumpeltem Bettzeug, einem schmuddeligen Schlafanzug, Cola-Dosen und achtlos verstreuten Kleidern, die nach Kochdunst und Schweißfüßen rochen. Auch im Wohnzimmer hatten sie ziemlich gehaust, Kissenschlachten gemacht und sich mit Popcorn beworfen, das sie noch nicht weggesaugt hatte …

»Karla«, schrie Vater, als sie in den Flur schlich, um sich unbemerkt auf ihr Zimmer zu stehlen. Das konnte sie leider vergessen. Mit einem Satz war ihr Vater im Flur, rot im Gesicht und offenbar betrunken, in der Hand hatte er eine halbleere Schnapsflasche. »Ich will mit dir anstoßen, Kindchen!«

Kein Krach, keine Standpauke – Karla war fassungslos. »Mit mir anstoßen?«, fragte sie dumm und erleichtert. »Du willst mich zum Schnapstrinken anstiften?«

Er schwankte beachtlich und stierte verständnislos auf seine Flasche. »Hm … kannst ja mit Limo.«

»Und was ist der Anlass?«

Er wankte zum Sofa, nicht ohne auf knirschendes Popcorn zu treten, was er in seinem Suff gar nicht merkte. »Unser Anlass heißt Stephanie. Die sind wir los!«

»Wir sind sie los?«, sagte Karla. »Na gut. Ich hol mir nur was zum Anstoßen, ja?« Wenn alles gut ging, schlief er bei seinem Alkoholpegel bald ein und sie hatte Zeit, Bad und Schlafzimmer sauber zu machen. Er musste nur noch ein wenig mehr trinken. Zur Sicherheit schnappte sie sich aus dem Kühlschrank drei Bierdosen, die sie ins Wohnzimmer mitnahm. Wenn er noch Bier auf den Klaren goss, ging das Einschlafen umso schneller.

»Und? Was ist in den Ferien passiert?«

Sie bemerkte erst jetzt, dass ihr Vater schon weggedöst war, das Kinn auf der Brust, in den Fingern die Schnapsflasche, die jeden Moment auf den Boden gleiten würde. Sie beugte sich vor und entwand sie ihm vorsichtig. Er seufzte und sank gegen die Lehne.

Als sie am nächsten Morgen ins Bad geschlurft kam, schämte sich ihr Vater für seinen Auftritt vom Vorabend. Noch in der Nacht hatte sie alles gewischt und sein

Schlafzimmer eilig in Ordnung gebracht. Nach dem Aufwachen hatte er allerdings das Popcorn und andere Schweinereien in der Wohnung bemerkt. Und er war in der Garage gewesen, um sein Cabrio reinzufahren, und hatte als erstes die Reifen einsammeln müssen.

»Was hast du um Gotteswillen mit meinem Schlips gemacht?« Er hielt seine beschmutzte Krawatte hoch, die der Junge benutzt hatte, um sich den Mund abzuwischen.

»Wo war die?«, erkundigte Karla sich kleinlaut.

»Das ist ja das Komische: in meinem Schlafzimmer, zwischen Matratze und Bettrost«, versetzte er. »Kannst du mir verraten, wer mir meine Krawatte verdreckt und anschließend zwischen Matratze und Bettrost klemmt? Von den Blutflecken in der Garage ganz zu schweigen! Und dem Kratzer an meinem Citroën!«

»Keine Ahnung, muss mit meinem Fahrrad passiert sein …«

»Nein. Du warst nicht allein!«, widersprach er ihr missmutig. »Denkst du, ich hätte den dussligen Anruf vergessen, der von deinem Handy kam? Lass mich raten, du hast neuerdings einen Freund und der wollte deinen Alten verscheißern.«

Jetzt war Karla hellwach.

»Das stimmt nicht, ich hab keinen Freund.«

»Frau Ziegler will Ivo erkannt haben … und ein paar andere Kerle mit Mofas.«

Karlas Wut auf Frau Ziegler war grenzenlos, gleichzeitig konnte sie aufatmen. Die Nachbarin hatte offenbar nur Killer, seine Vasallen und Ivo beobachtet.

»Glaubst du wirklich, ich bin mit dem jungen Matijevic …?« Das war zu komisch, sie prustete los. »… und was du mit diesem Theater bezweckst, ist ja klar.«

»Bezweckst? Was soll ich bezwecken?«

»Du willst nur von deinen verhagelten Ferien ablenken …«

Er schluckte und drehte sich um. Sie hatte ihren Vater an seiner empfindlichsten Stelle erwischt, was ihr leid tat. Schweigend lief er ins Erdgeschoss, schnappte sich den Staubsauger und machte das Wohnzimmer sauber. Und als Karla ihr Rad holte, um in den Wald aufzubrechen, hielt er sie nicht auf.

Dreiundzwanzig

Es verging eine ruhige Woche, in der Karla und Dudek das Bretterhausdach reparierten und am Mittag im nahen Gebirgsbach badeten. Anschließend streckten sie sich zum Lesen auf den Felsen aus. Zwischen Faulenzen, Fußball- und Federballspielen fragte Karla sich, wie es weitergehen sollte, wenn die Ferien vorbei waren und es im Baumhaus zu kalt wurde.

Am Samstagabend sprachen sich ihr Vater und Stephanie aus. Karla, die aufrecht im Bett saß, schrieb eine SMS an Ivana und lauschte ins Erdgeschoss. Es schien, als ob sich die beiden versöhnen würden. Karla wusste nicht recht, ob sie das gut finden sollte.

Gegen Mitternacht hörte sie Steinchen ans Fenster schlagen. Karla löschte die Stehlampe neben dem Bett, um besser erkennen zu können, wer im Garten war. Sie tappte ans Fensterbrett, wo sie die Augen zusammenkniff, aber nichts als Schatten, Laternenscheinflecken und silbrige Mondsprenkel entdeckte. Endlich bemerkte sie eine Gestalt, die sich bei der Hecke zur Straße versteckt hatte, um das Licht zu vermeiden, das automatisch anging, wenn man Garage und Eingang zu nahe kam. Karla hatte keinen Zweifel mehr: Es war Dudek!

Sie war teils überrascht, teils verärgert. Bei ihr daheim aufzukreuzen, brachte sie beide in Gefahr. Sie gab Dudek ein Zeichen zu warten, und zog sich schnell an. Während sie barfuß ins Erdgeschoss tappte, ahnte sie bereits, dass etwas Schlimmes passiert war. Baumhaus und Wald zu verlassen – das machte der Junge nicht freiwillig.

Aus dem Wohnzimmer drang Stephanies Kichern. »Nicht!«, prustete Vater erstickt. »Bitte nicht! Denk an Karla. Ich will nicht mehr, Stephanie«, bettelte er.

»Und wenn ich die Türe schließe?«

Hicksend sprang sie vom Sofa und schloss die Tür. Karla war ihr dankbar, das machte es einfacher. Sie huschte zum Kellereingang, die Treppe hinab in den Waschraum und vom Waschraum links in die Garage, wo sie als erstes den Sensor abschaltete. Behutsam schob sie das Garagentor hoch, eilte ins Freie und zerrte den Jungen aus der Hecke. Er war ganz aufgelöst, keuchte und zitterte, lehnte sich an Karlas Schulter und schluchzte.

Als sie in der Garage in Sicherheit waren, konnte sich Dudek nicht mehr auf den Beinen halten. Er brach zusammen, sank auf den Betonboden und wimmerte. Er war viel zu verstört, um zu sagen, was passiert war.

»War das Killer? Hat er dich im Baumhaus entdeckt?«

»Neeiiin«, winselte Dudek zwischen Speichel- und Rotzblasen, »neeiiin«.

»Ist ja gut«, sagte sie, »alles wird wieder gut.« Sie wischte den Rotz an seinem Kinn mit den Fingern ab und die Finger an ihrem Hosenbein trocken. Nein, Killer war das bestimmt nicht gewesen. Sie hatte erst vor ein paar Tagen von Vater erfahren, dass er mit dem kommenden Schuljahr die Schule verlassen und aufs Internat gehen würde. Seine Mutter hielt es nicht mehr aus mit dem wilden Kerl. Sie war allein, der Ehemann saß im Gefängnis, und sie konnte Killer nicht bändigen. Sie wollte den Sohn offenbar nur noch loswerden. Das Internat war weit weg.

Aber wer sonst hatte den Jungen derart in Panik versetzt? Plötzlich kam Karla ein schrecklicher Gedanke. »Ottack«, sagte sie mehr zu sich selbst als zu dem Jungen, der sich in ihren Armen verkrallte und aufschluchzte. Karla lag offenbar richtig mit ihrer Vermutung, das ließ sich an Dudeks Verzweiflung ablesen.

Sie waren nicht mehr sicher vor dem Vater des Jungen, der Kerl war Dudek und ihr auf den Fersen. Sich vorzustellen, dass er im Stande gewesen war, in einem Umkreis von mehreren tausend Quadratkilometern Wald Karlas Baumhaus zu finden, war unheimlich.

Das Haus taugte nicht mehr als Versteck. Und wenn

Karla Pech hatte, stellte der Mann ihren geheimen Zufluchtsort komplett auf den Kopf, bis er irgendwo ihren Namen fand, auf einem vergessenen Briefumschlag, in ihrem Tagebuch, das sie im vergangenen Sommer geführt hatte und das sich im Baumhaus befand … Und dann würde er sicher bald bei ihnen aufkreuzen.

Ihr wurde schwindlig vor Angst. Sie musste cool bleiben und einen Plan schmieden, was als erstes, als zweites und drittes zu tun war. Erster Schritt: Heute Nacht schlief der Junge bei ihr. Nein, im Waschraum, den Vater durchquerte, wenn er zur Garage ging, war er nicht sicher. Außerdem konnte sie den Jungen heute Nacht nicht allein lassen.

»Psst«, machte sie, »du musst still sein, verstanden?«

Sie stiegen zum Korridor hoch. Aus dem Wohnzimmer drangen nur Fernsehstimmen, ein Schusswechsel und Polizeisirenen auf den Flur. Ob die zwei vor dem Bildschirm eingenickt waren?

Unbemerkt schafften es Karla und Dudek in den ersten Stock. Karla holte tief Luft vor Erleichterung, ließ sich aufs Bett fallen und winkte den Jungen zu sich, der sich unsicher neben sie setzte. Er schien sich wieder ein bisschen beruhigt zu haben.

Stunden vergingen, bis Karla einschlafen konnte. Immer wieder warf sie sich von einer Seite auf die andere und horchte halb auf den Jungen, der im Traum leise wimmerte, halb grübelte sie, was sie tun sollte.

Den Jungen zu befragen, war anstrengend gewesen. Bevor er einschlief, hatte sie nur erfahren, wo er seinem Vater begegnet war: Dudek hatte sich wohl ein paar Meter vom Baumhaus entfernt – wahrscheinlich um sich zu erleichtern –, als er dem Mann mit den Hunden in die Arme gelaufen war. Dudek hatte Glück gehabt. Er war bis zu dem Rad gerannt und dann bergab gerast. Und trotz der Hunde, die bellend seine Verfolgung aufnahmen, war er entkommen.

Offen blieb, ob sein Vater das Baumhaus entdeckt hatte oder dem Jungen nur zufällig begegnet war. Trotzdem konnte ihm das Haus nicht mehr als Schlupfwinkel dienen. Es war sicher, dass Ottack die Gegend beharrlich im Auge behalten würde. Sie durften dem Bretterhaus also nicht mehr zu nahe kommen.

Karla betrachtete Dudek im Halbdunkel neben dem Bett, wo er sich auf dem Fußboden eingerollt hatte. Sie streckte den Arm aus und streichelte seine Haare, was er im Schlaf nicht merkte. »Ruhig, dir kann nichts passieren«, raunte sie.

Tief in der Nacht kam ihr eine Idee, wo sie den Jungen verstecken konnte. Die Idee war verwegen und heikel, bot allerdings auch eine Reihe von Vorteilen: Selbst wenn Schule war, konnte Karla Dudek versorgen und ihn alle paar Stunden besuchen. In dem Versteck, das ihr vorschwebte, würde der Junge es warm haben und – anders als in ihrem Baumhaus – nicht nass werden. Und dass Dudeks Vater den Unterschlupf ausfindig machte, war nicht sehr wahrscheinlich.

Es kribbelte sie in den Gliedern vor Müdigkeit, und sie drehte sich mit einem Seufzer zur Zimmerwand.

Vierundzwanzig

Karla erwachte um zehn Uhr morgens, als ihr Vater vor dem Zimmer stand und an die Tür klopfte. »Hallo Karla, ist alles in Ordnung?«

Sie musste sich erst wieder orientieren, stützte sich auf die Ellenbogen und schaute sich um. Vom Jungen war nichts sehen. Aus dem Zimmer konnte er nicht entwischt sein, Karla hatte es sicherheitshalber abgeschlossen. Vaters vergeblicher Druck auf die Klinke bewies es. »Ja, alles in Ordnung«, rief sie zurück.

»Soll ich dir einen Kakao machen, Karla? Wir trinken im Garten Kaffee. Es ist herrlich! Warum leistest du uns nicht Gesellschaft?«

Karla maulte nur eine ausweichende Antwort und wartete ab, bis ihr Vater wieder nach unten stapfte. Dann warf sie die Decke zur Seite und tappte zum Kleiderschrank.

Ihre Vermutung war richtig. Dudek hatte sich zwischen den Kleidern versteckt. »Du musst keine Angst haben. Niemand kann zu uns ins Zimmer, ich habe die Tür abgeschlossen.«

»Nema straha?«, fragte er beunruhigt. Karla bemerkte das Blatt Papier in seinen Fingern.

»Darf ich mir das anschauen?«

»Du darfst.«

Sie erkannte ein Rudel von Hunden, hochbeinig und schlappohrig, mit einem fleckigen Kurzhaarfell um einen Mann in der Mitte.

»Ist das Ottack?«

Der Junge biss sich auf die Lippen.

Es klopfte erneut und die Klinke bewegte sich. »Karla, Liebes. Magst du mir nicht die Tür öffnen?« Dieses Mal hatte Vater die Freundin geschickt. »Ich denke, wir sollten uns mal unterhalten ... ich meine, von Frau zu Frau«, schmeichelte sie vor der Schwelle. »Ich verstehe dich ja, ist nicht einfach, den Vater zu teilen ... und naja, eine fremde Frau bei euch zu Hause ... wir sollten uns dringend besser kennenlernen, Karla, was meinst du?«

Karla antwortete nicht. Sie umarmte den zitternden Jungen, bis Vaters Freundin den Rückzug antrat.

Gegen elf brachen Vater und Stephanie auf und bestiegen das Cabrio in der Einfahrt. Endlich konnte sich Karla im Haus frei bewegen. Als erstes versorgte sie Dudek und sich mit den Brötchen, die sie in einem Korb auf dem Gartentisch fand, sowie mit harten Eiern, Salami und Kirschmarmelade. Sie stellte die Sachen aufs Tablett, stapfte nach oben und pfiff auf dem Flur »Yellow Submarine«, das Zeichen, das sie mit dem Jungen vereinbart hatte und bei dem er die Zimmertür aufschloss.

Anfangs ließ sie den hungrigen Jungen allein essen, um den Bund mit den Schlüsseln der Schule zu holen. In Vaters Arbeitsraum neben dem Schlafzimmer lagen in einer Schreibtischschublade gleich zwei davon und sein Schreibtisch war nie verschlossen. Sie schnappte sich den ersten der Ringe mit circa zwanzig Schlüsseln und kehrte zu Dudek zurück. Er saß im Schneidersitz auf ihrem Kopfkissen, das er im Eifer mit Kirschmarmelade beschmiert hatte.

Karla checkte den Schlüsselbund, während sie aß. Die mal neuen, mal alten und rostigen Schlüssel erlaubten den Zugang zu Schulhaus und Turnhalle, Bibliothek, Klassenzimmern und Lehrertoiletten, Direktionsräumen und Sekretariat. Nur der Schlüssel, der sie interessierte, war nicht dabei. Karla war nicht besonders erstaunt, dass er fehlte. Die Heizung im Keller und der Stauraum im Dachboden waren Sache des Hausmeisters, nicht die des Direktors. Trotzdem gab es in Vaters Büro in der Schule einen Wandschrank, der sämtliche Schlüssel enthielt, auch den großen gusseisernen für den Dachboden.

Das hatte Karla bis heute vor Augen: Wie ihr Vater

zum Wandschrank gegangen war, um sich den Dachbodenschlüssel zu holen. Man hatte ihn erst ein paar Tage zuvor zum Direktor der Schule berufen. Stolz wollte er seiner Tochter, die vier oder fünf war, den Dachspeicher mit seiner Aussicht auf Berge und Wald zeigen.

Und sie erinnerte sich auch an den Speicher selbst, in dem lauter Krempel und Krimskrams stand: Schulpulte und Tafeln, die alt und verkratzt waren, Wandkarten und anderes Lehrmaterial, Schreibmaschinen, Aktenordner und Sekretariatssessel, halb kaputte, abgenutzte und unbrauchbare Dinge, Mäusefallen und Mäusekot in den Ecken.

Als sie Eier, Salami und Brötchen verdrückt hatten, weihte Karla den Jungen in ihr Vorhaben ein. »Ins Baumhaus zurückkehren geht jetzt nicht mehr, Dudek!« Das sah er ein und bejahte mit einem Kopfnicken. »Ich werde ein anderes Versteck vorbereiten und muss dich eine Weile allein lassen. Du verriegelst das Zimmer und gibst keinen Mucks von dir.«

»Ich ... ich ... nicht mit dir mitgehen?«, fragte er keuchend.

»Du kannst erst bei Nacht aus dem Haus, tut mir leid. Oder willst du den Nachbarn begegnen? Ich bringe dich in dein Versteck, wenn es dunkel ist.«

In der Ferienzeit einen Schulkorridor zu betreten, war seltsam. Sonst schwirrte das Schulhaus von Stimmen, und wenn Pause war, herrschte Radau auf den Fluren. Jetzt hörte man nur Karlas Schritte, die aufdringlich laut durch das Treppenhaus hallten.

Karla kam die Stille gespenstisch vor. Mit Herzklopfen huschte sie zum Direktionszimmer, als sie plötzlich ein Husten vernahm. Es schien aus den Lehrertoiletten zu kommen, die nicht mehr als zehn Meter entfernt waren. Hastig probierte sie Schlüssel um Schlüssel aus, um sich nicht auf dem Schulflur erwischen zu lassen. Keiner passte, es war zum Verrücktwerden. Und dass sie zitterte, machte die Sache nur noch schlimmer.

In letzter Sekunde fand sie den richtigen Schlüssel. Und als der Eingang zum Lehrerklo aufflog, linste sie durch den Türspalt ins Freie. Karla konnte den Menschen im Blaumann erkennen, der auf einen erloschenen Zigarrenstumpen biss. Der Mann mit dem Schnauzbart war Hausmeister Viebahn, dem man nie ohne stinkenden Stummel im Mundwinkel begegnete. Viebahn hatte ein gelblich verfärbtes Gebiss, seine Ohren waren nahezu handtellergroß. Er war nicht besonders flink, aber reizbar und aufbrausend. Vor allem die unteren Jahrgänge hatten gewaltig Schiss vor Herrn Viebahn. Ungerecht war der poltrige Mann jedoch nicht. Und mit Karlas Vater verstand er sich gut, ohne vor dem Herrn Direktor zu katzbuckeln. Egal, mit wem er es zu tun hatte, Viebahn behielt stets seine knurrige Freundlichkeit bei. Auch bei ihr machte er keine Ausnahme. Dass Karla die Tochter des Direktors war, interessierte ihn nicht. Wenn sie den Jungen im Schulhaus versteckte, musste sie sich vor dem Hausmeister in Acht nehmen.

Karla wartete ab, bis sie sicher war, dass Viebahn nicht mehr auf dem Korridor herumlief, und eilte schließlich zu dem hohen und schmalen Schrank mit den zwei Abteilungen – Schubladen rechts und Regalbretter links –, der in der Ecke beim Fenster stand. In einer der Schubladen fand sie den großen gusseisernen Schlüssel für den Dachboden.

Vater war auf dem Tennisplatz mit seinen Freunden, das hieß zwei Stunden Spiel und danach drei Stunden im Bierlokal. Vor Mitternacht würde er nicht nach Hause kommen. Seelenruhig konnte Karla zusammenpacken, was sie als erstes zum Dachboden mitnehmen wollte: Luftmatratze und Blasebalg, Nachttopf, Zwei-Flammen-Kocher, das Tommy-Buch, Waschlappen, Decke und Handtuch.

Sie stopfte ihren Rucksack voll, schnallte ihn auf den Gepäckträger und entstaubte im Keller einen alten Rucksack der Mutter, in dem sie die restlichen Dinge verstaute. Der Junge begleitete sie während des Packens von Zimmer zu Zimmer und in Bad und Garage. Er platzte vor Neugier und Aufregung.

»Was ist das?« Er streckte den Finger zum Nachttopf aus. »Das ist deine Toilette«, versetzte sie grinsend. »Du kannst dich ja nicht mehr im Freien erleichtern, wie du es vom Baumhaus aus konntest.«

Dass sie Tag um Tag mit dem Nachttopf vom Dachstuhl zum Schüler-WC schleichen musste, um ihn zu leeren und sauberzumachen, war natürlich keine angenehme Vorstellung. Aber sie hatte keine andere Wahl: Dudek durfte den Dachstuhl auf keinen Fall verlassen, auch nicht, um auf die Toilette zu gehen.

Sicher, der Nachttopf, das war eine Schwachstelle in ihrem Plan und sie musste mit noch weiteren Problemen rechnen. Doch insgesamt war sie sehr zuversichtlich. Karla hatte den Dachstuhl am Mittag besichtigt: Es herrschte kein Mangel an Auslauf und Platz, Licht und Luft, trotz all der Schulpulte, Sessel und Landkartenrollen – sie nahmen nicht mehr als ein Viertel des Speichers ein. Vor den Dachluken breiteten sich Wald und Bergland aus und man konnte beobachten, was sich im Ort zwischen Schule und Schlossweiher, Rathaus und Bahnhof tat. Auch Karlas Zuhause war gut zu erkennen, Garten, Garage und Eigenheim schienen zum Greifen nah.

Bei Dunkelheit machten Karla und Dudek sich auf den Weg. Mit Vaters Schirmkappe auf dem Kopf, die sein Gesicht verbarg, schwang sich der Junge aufs Rad. Zwischen Thujahecken und Autos am Bordstein, insektenumschwirrten Laternen und Fledermausschatten rollten sie in der sommerlich knisternden Nachtluft zur Schule.

Auf dem Weg bis zum Schulhaus begegneten sie keinem Menschen. Karla ließ sich erleichtert vom Rad gleiten und schob es zum seitlichen Eingang des alten Gebäudes, der im Allgemeinen nicht benutzt wurde. Hier war es finster und stank nach Urin. In hohen Holunder- und Schneebeerensträuchern schimmerten Beutel aus Plastik und Klopapier.

Dudek folgte ihr ängstlich ins hallende Treppenhaus. In der Dunkelheit glühten die Lichtschalter rot, als wären es Tieraugen, die sie beobachteten. Sie stiegen keuchend drei Stockwerke hoch, bis sich die Treppe verengte und die Decke niedriger wurde. Sie hatten den obersten Absatz erreicht. Als sie in den Dachboden traten, schob Karla Dudek um Pulte, Regale und Tafeln herum in eine entfernteree Ecke des Speichers. »Diesen Schalter« – sie zeigte zu einem schwarzen, veralteten Drehschalter aus Bakelit an der Wand – »darfst du niemals benutzen, ist das klar? Wenn im Dachstuhl der Schule das Deckenlicht brennt, kriegt das alle Welt mit. Und das wollen wir ja vermeiden, nicht?«

Der Junge antwortete nickend: »Du darfst nicht«.

Karla hatte am Mittag Vorkehrungen getroffen: Zwei Sessel, ein Sprechzimmersofa mit braunem Bezug, ein als Nachttisch verwendbarer Schemel, Landkarten als Sichtschutz und ein uralter Heizstrahler gruppierten sich zu einem behaglichen Nest. An der Wand hing ein kleines Emaillebecken mit fließendem Wasser zum Waschen. Vor der Dachgaube hatte sie mit ein paar Reißnägeln ein Leintuch befestigt. Und wenn es dunkel war, konnte der Junge sich mit einer Lampe aus Messing behelfen (voller goldener Borten und Bommeln am Lampenschirm), die Karla zu Hause unter dem vielen Krempel entdeckt hatte.

»Na, was sagst du?« Sie knipste die Lampe an und drehte sich um die eigene Achse. »Du hast Strom, eine Lampe, ein Waschbecken, ist das nicht besser als in meinem Baumhaus?«

Karla befreite sich von ihrem Rucksack, ließ sich aufs Sofa fallen, aus dem eine Staubwolke aufstieg, warf den

Kopf in den Nacken und holte tief Luft. In den Dachsparren bemerkte sie eine Bewegung. Sie hatte das Gefühl, als wenn sie von einem Auge beobachtet würde. Richtig erkennen ließ sich nichts in der Finsternis zwischen den massigen Balken. Karla konnte den in sich verkrochenen, auf einem Sesselrand kauernden Jungen verstehen, der sich mit beiden Armen umschlang, als wenn ihm kalt wäre. »Ich sage dir: Das ist ein sicherer Platz.« Seufzend beugte sie sich zu dem Rucksack und zog die Matratze und den Blasebalg heraus. »Klar musst du dich erst mit dem Dachstuhl anfreunden.« Sie steckte den Schlauch ins Ventil der Matratze, trat los und das Gummi schwoll nach und nach an. »Alles nichts als Gewohnheit, mein Lieber.«

Um Mitternacht ließ sie den Jungen allein, der sich abwesend mit einem Summen auf dem Sesselrand hin und her wiegte.

Fünfundzwanzig

Drei Tage vor Schulanfang meldete sich Karlas Freundin. »Ich bin vor zehn Stunden in Frankfurt gelandet.«

Karla biss sich auf die Lippen und schwieg. Sie erinnerte sich, dass sie Ivana versprochen hatte, sie am Flughafen abzuholen. Dieses Versprechen war keine sechs Wochen alt, und trotzdem hatte sie es vergessen. Karla räusperte sich, halb zerknirscht, halb verwirrt. In der Zwischenzeit waren einfach zu viele Dinge passiert. Und wie sollte sie es ihrer Freundin erklären? Bisher hatte sie sich noch gar keine Gedanken gemacht, was die Rückkehr Ivanas für ihre Geschichte mit Dudek bedeutete. War es gut, ihr zu erzählen, was sie erlebt hatte, oder sollte sie die Sache besser für sich behalten?

»Lass uns an den Baggersee fahren«, schlug Ivana vor.

Karla hielt absolut nichts von der Idee. Sie konnten nicht einfach dort wieder anknüpfen, wo sie sich zu Anfang der Ferien getrennt hatten. »Nein, danke. Ich will nicht mit Killer zusammentreffen.«

Mit dieser Ausrede kam sie nicht weit. Offenbar hatte Ivana bereits erfahren, dass Killer sich nicht mehr in der Gegend aufhielt. »Er soll in Bayern sein, auf einem Internat, und wird in Zukunft bei uns keinen Schaden mehr anrichten«, kicherte sie. »Wusstest du das noch nicht?«

»Nein«, schwindelte Karla und schluckte.

Sie vereinbarten, sich in der Wirtschaft zu treffen. Karla schwang sich aufs Fahrrad und sauste zur Schlossschenke. Sie freute sich auf das Wiedersehen und war erleichtert, was Ivo anging. Er hatte offenbar kein Wort von dem Jungen verraten. Ivana war zu aufrichtig. Dass sie Karla nicht ausfragte, wer der Junge war, was er machte, wo seine Familie lebte, war ein Beweis ihrer Unwissenheit.

In der Gastwirtschaft der Matijevics herrschte Hochbetrieb. Rund vierzig Wanderer hatten die Tische am Schlossweiherufer besetzt und bestellten Berge von Schnitzeln und Grillfleisch. Herr Matijevic eilte mit Tellern beladen ins Freie, um sie zu bedienen. Er strahlte, als Karla den Schankraum betrat, und rieb seine Hand an der Schürze ab. »Hallo, Ivana sich freuen wird, dich wiederzusehen.«

»Soll ich nicht lieber ein andermal kommen? Bei dem Betrieb muss sie doch bestimmt mithelfen.«

»Nein, meine Frau und ich schaffen alleine das … Willst du Pistazieneis?«

Ivana lief ihr aus der Küche entgegen und umarmte die Freundin, die neben dem Tresen stand. Trotzdem wirkte sie irgendwie verlegen und flattrig. Ahnte sie irgendwas? Hatte sie gemerkt, dass etwas anders war, anders als vor ihrer Reise nach Umag? Sie gingen mit Sprudel und Eis in den ersten Stock, wo sie sich auf dem Balkon niederließen. Er lag auf der anderen Seite des Hauses, ohne Blick auf Terrasse und Schlossweiher. Nur halblaut drangen Lachsalven, Stimmengewirr und Besteckklappern herauf. Ein Reklameschirm schützte vor dem blendenden Sonnenschein. Sie aßen das Eis auf zwei Liegen im Schatten.

»Sonnen und Baden ging nur in der Anfangszeit«, sagte Ivana, »sonst hatten wir Regen und Sturm.«

»Na«, erwiderte Karla, »dafür bist du aber ziemlich braungebrannt.«

»Weil ich nicht viel Sonne zum Braunwerden brauche. Und am Meer kriegt man ohnehin Farbe, selbst wenn das Wetter nicht so gut ist. Hier scheint es viel besser gewesen zu sein. Du hast entschieden mehr Farbe als ich.«

Karla stellte die Edelstahlschale beiseite. Klar, Ivana war neugierig und wollte wissen, was sie in den Ferien erlebt hatte. Wieso sprach sie sich nicht bei der Freundin aus? Warum zog sie sie nicht ins Vertrauen? Wenn sie Ivana von dem Jungen berichtete, konnten sie Dudek gemeinsam versorgen. Das war wesentlich einfacher als alleine.

Karla war sich nicht sicher und zögerte. Was, wenn sich die Freundin vor anderen verplapperte? Ivana konnte den Jungen unbeabsichtigt in Gefahr bringen.

Karla schaute zur Schule, die nicht weit entfernt lag. Was der Junge jetzt gerade wohl trieb? Ob er am Dachfenster stand und nach draußen sah? Er brauchte Gesellschaft und hatte bestimmt Hunger – sie würde sich bald von der Freundin verabschieden müssen.

Karla grübelte, wie sie das anstellen sollte, und passte nicht auf, als Ivana von Umag erzählte. »... das war ekelhaft, absolut ekelhaft«, sagte die Freundin niedergeschlagen, verbittert und aufgeregt. »... und mich beschweren, das durfte ich nicht.«

»Was ... was war ekelhaft?«, murmelte Karla und hob das Gesicht zu Ivana, die sie halb verstimmt, halb entmutigt ansah. »Es interessiert dich gar nicht, was mir passiert ist, stimmt's?«

»Klar interessiert es mich«, widersprach Karla.

»Na, dieser Mino war absolut ekelhaft ...«

»Mino?«, fragte sie heiser, »wer ist das?«

Schweigend erhob sich Ivana vom Liegestuhl, lehnte sich ans Geländer und starrte zum Schlossweiher. In der Zwischenzeit dämmerte Karla, wer Mino war: Ivanas Cousin, der sie ewig bedrängt hatte, beim Baden, bei

Bootsfahrten oder im Kino, dieser von den Verwandten verhätschelte Lieblingssohn, den sie vor Onkel und Tante nicht anschwärzen durfte, was der Typ schamlos ausnutzte. Ivana hatte den Kerl bis zum letzten Tag aushalten müssen, denn früher nach Hause zu fliegen, hätte die Umag-Familie verletzt.

Als sich Karla entschuldigte: »Sorry, ich weiß wieder …«, drehte Ivana sich um, zog die Sonnenbrille aus ihrem Haar und schob sie sich auf die Nase. Eilig verbarg sie ihre Tränen.

»Ich bitte dich, Karla, sag mir ganz offen …«, sie kratzte sich mit einem Fuß an der Wade, »… du bist total anders als vor meiner Abreise, abwesend, fremd und verschlossen, ich weiß nicht. Du kannst mir meinen Urlaub am Meer nicht verzeihen, stimmts? Und du hast ja recht, es war nicht fair, dich in den Ferien zu Hause allein zu lassen. Wenn man befreundet ist, bleibt man zusammen …«

Sie konnte sich offenbar nichts anderes vorstellen, als dass sie an Karlas Verhaltenheit schuld war. Es war rührend und doch absolut falsch. Aber was sollte Karla antworten? Sie musste nur zustimmen: »Ja, es ist deine Schuld«, wenn sie Ivana kalt abservieren wollte. Karla spielte mit dem Gedanken. Sich von der Freundin zu trennen, war das Einfachste. Dass Ivana sie behindern würde, wenn sie zu dem Jungen im Dachstuhl hoch musste, konnte sie sich an zwei Fingern ausrechnen. Karla würde ständig Ausreden erfinden müssen, um die Freundin auf Distanz zu halten.

Sich von ihr zu trennen, war andererseits sehr schmerzhaft und verletzend gegenüber Ivana. Karla wollte ihr nicht wehtun. »Mach dir keine Sorgen«, versetzte sie lustlos, »dass ich schlechte Laune habe, hat nichts mit dir zu tun.«

Ivana setzte sich auf die Kante des Liegestuhls. »Bist du sicher? Es hat nichts mit mir zu tun?«

Karla gab sich einen Ruck. Endlich wusste sie, womit sie ihre Zerstreutheit und ihren Missmut rechtfertigen konnte. »Es hat mit meinem Vater zu tun«, gab sie vor, »der hat seit Neuestem eine Freundin.«

»Bringt er sie zu euch nach Hause?«

»Ja, leider. Und sie waren ein paar Tage zusammen am Meer.«

Diese Neuigkeit lenkte Ivana kurzzeitig ab. Sie strich sich erleichtert das Haar aus der Stirn und fragte Karla ausgiebig nach der Frau aus, wie sie hieß, wie sie aussah, wie alt sie war. Beide spornten sich zu einer Lustigkeit an, die Karla an den Baggerseeausflug am ersten Ferientag vor sechs Wochen erinnerte, der von Anfang bis Ende harmonisch gewesen war. Der Gedanke versetzte ihr einen Stich. Die Ferien waren ab Montag vorbei, und mit Schulbeginn würde alles viel schwieriger.

Sie sprang von der Liege auf. Sie musste los, um nach Hause zu radeln, Essen zu holen und sich in die Schule zu schleichen. Es gab auf der Hangseite zwischen den Villen ein paar Schleichwege bis vor das Schulhaus.

»Kannst du nicht bleiben? Wir haben frischen Kuchen.«

»Tut mir leid«, sagte Karla und umarmte Ivana, die sie zu ihrem Fahrrad am Gastwirtschaftsparkplatz begleitete. »Und morgen? Was machen wir morgen? Es soll wieder heiß werden. Wollen wir nicht an den Baggersee?«

Karla beugte sich zu ihrer Kette und schloss sie auf. »Morgen hab ich keine Zeit«, sagte sie eilig, »samstags kommt meine Mutter, du weißt ja …«

»Deine Mutter? Ich dachte, die kommt nicht mehr zu Besuch, wegen der Liebhaberin deines Vaters.«

»Ich melde mich«, rief Karla ausweichend, schwang sich aufs Fahrrad und sauste zur Straße.

Sechsundzwanzig

Es war schwieriger, als sie sich vorgestellt hatte. Dudek lebte sich schlecht auf dem Dachboden ein. Jeden Tag quengelte er, er wolle zurück in den Wald und im Baumhaus wohnen. »Wann ich darf wieder rausgehen?«, wollte er wissen.

Karla hatte den Dachbodeneingang versperrt, vorsichtshalber, falls er den Koller bekam. Sie musste verhindern, dass er den Dachstuhl verließ. Nachts konnte er ohnehin nur durch die Schule irren, die bis morgens um sieben verschlossen war. Allerdings war es vorstellbar, dass er beim Herumstreunen von Hausmeister Viebahn erwischt wurde, mit Folgen, die sie sich lieber nicht ausmalen wollte. Bisher hinderte ihn seine Angst und Scheu, sich aus dem Dachstuhl zu schleichen. Er hatte nicht mal den Mut, sich tagsüber ans Fenster zu stellen, was Karla beruhigte. Er konnte, wenn er nicht aufpasste, von der Turnhalle oder vom Pausenhof aus gesehen werden.

Als sie den Dachstuhl betrat, rannte ihr Dudek entgegen. Er riss seine Arme weit auseinander, um sich an sie zu schmiegen. »Karla«, sagte er, selig, sie bei sich zu haben. Er war zutraulich, liebevoll und gutgelaunt, bis sich zwischen seinen Brauen eine Stirnfalte bildete. »Warum hast du Gitarre nicht mitgebracht?«

»Du weißt doch, das geht nicht«, erwiderte Karla, »die Gefahr ist zu groß, dass man dich beim Musikmachen hört.«

»Und wenn ich leise bin?«

»Auch wenn du leise bist.«

Es hatte keinen Zweck, mit dem Jungen zu diskutieren. Er konnte sich beim Gitarre-Spielen nie beherrschen und fing dann automatisch zu singen an. Und leise zu singen, das schaffte er nicht. Es war eher ein durchdringendes Heulen. Unwillig hockte sich Dudek aufs Sofa, als sie ihre Mitbringsel auspackte: Leberwurst, Schnitzel, zwei Eier und Brot.

»Keinen Hunger«, versetzte er schmollend.

Er taute erst wieder auf, als sie aus ihrem Rucksack ein Radio kramte, ein kleines, vom Vater vergessenes Transistorgerät, das sie in der Garage entdeckt hatte. »Aber nicht laut stellen«, schärfte sie Dudek ein, der sein Ohr an den Lautsprecher presste.

Während er aß, brachte sie seinen Nachttopf weg. Jetzt in den Ferien war das ein Kinderspiel – von ihrem Ekel mal abgesehen. Gleich neben der Treppe zum Dachstuhl, am Ende des Schulflurs, lag die Toilette. Schwieriger würde es werden, wenn der Schulbetrieb wieder angefangen hatte. Sie würde höllisch aufpassen müssen, selbst nachmittags und früh abends, um mit dem Topf unbemerkt aufs WC zu kommen; irgendwer trieb sich ständig im Treppenhaus rum.

Zurück auf dem Dachboden, las sie dem Jungen das letzte Kapitel des Tommy-Buchs vor. Als sie es zuklappte, starrte er Karla an. »Weiterlesen«, verlangte er streng.

»Geht nicht«, sagte sie lachend, »das Buch ist zu Ende.« Er wirkte niedergeschlagen und stierte zu Boden. »Magst du die Geschichte nicht mehr?«

Dudek verzog seine Lippen: »Ich mag sie …«

»Na, wenn du sie magst, weiß ich nicht, was du hast. Alles ist gut am Schluss, Tommy ist endlich am Meer und den beiden Verbrechern entkommen, die man mit seiner Hilfe verhaftet hat.«

»Ja, alles gut«, sagte der Junge und nickte, ohne bessere Laune zu bekommen. In seinen fast ponylangen Wimpern erkannte sie Perlen, die im Sonnenschein glitzerten. Karla legte Dudek einen Arm um die Schulter. »Tommy ist tot«, seufzte er, »Tommy war mein Freund.«

Karla begriff, dass der Junge den Helden im Buch als seinen Freund betrachtete. Und jetzt war die Geschichte vorbei, was bedeutete, dass er ohne seinen Freund zurechtkommen musste. »Tommy lebt«, sagte sie, »und bleibt bestimmt dein Freund. Du musst nur wieder von vorne anfangen …« Karla klappte das erste Kapitel des Buches auf.

»Wieder von vorne anfangen!«, sagte Dudek prompt.

Dazu hatte sie allerdings nicht die geringste Lust. Ihr kam eine Idee, wie sie ihn ablenken konnte. Sie sprang vom Sofa und lief zu einer der Landkarten, die sie an drei rostige Ständer gehängt hatte, um seine Koje vom restlichen Dachboden abzuschirmen. »Schau, hier sind wir. Und auf der Karte siehst du Deutschland im Ganzen. Siehst du, hier sind die Alpen und da ist das Meer.«

»Ans Meer dampfen!«, quengelte Dudek sofort.

Karla stellte sich taub, was am sichersten war. »Wollen wir den Reiseweg von Tommy verfolgen? Von da, wo er aufbrach, bis zu seinem Ziel an der See?«

Der Junge war von ihrem Vorschlag begeistert. Es dauerte, bis er die Heimatstadt Tommys, von der gleich zu Anfang des Buches die Rede war, auf der Landkarte fand. Umso lauter jubelte er, als er sie entdeckte. Mit dem Filzstift, den Dudek zum Zeichnen benutzte, malte er einen Kreis um den Ort.

Mit großer Ausdauer gingen sie Tommys Geschichte von Station zu Station bis zu dem Ort an der Ostsee durch, den er im letzten Kapitel erreichte. Als sie fertig waren und draußen die ersten Nachtwolken aufzogen, saß der Junge tief versunken und unerreichbar im Schneidersitz vor der mit Kreisen und Linien bekritzelten Landkarte.

Siebenundzwanzig

In den Unterrichtsstunden war Karla zerstreut. Wiederholt wischte sie aus Versehen das Lateinbuch, Schreibzeug, Sonnenbrille oder anderes vom Tisch. Und wenn die Sachen auf das graue Parkett klatschten, drehten sich alle im Klassenzimmer um.

In den Pausen war sie kein bisschen entspannter. Immer wieder schielte sie zum Dachboden. Bei der Vorstellung, dass sich der Junge am Fenster zeigen könnte, krampfte sich Karlas Magen zusammen. Andererseits durfte es niemandem auffallen, dass sie die Fenster im Dachboden musterte, vor allem Ivana nicht. Ihre Freundin klebte in den Unterrichtspausen immer an ihrer Seite.

Ivana entgehen zu wollen, war aussichtslos. Karla konnte in den Pausen nicht immer ins Schulklo fliehen. Und auch als sie im Klassenzimmer blieb, um sich – zum Schein – auf die kommende Schulstunde vorzubereiten, fand die Freundin sie schnell.

»Wollen wir heute zum Baggersee radeln? Dreißig Grad, sagt der Wetterbericht, und ab Donnerstag melden sie Regen. Wir sollten den Sonnenschein ausnutzen, findest du nicht?« Ivana kratzte sich, halb auf der Tischkante hockend, am nackten Knie.

»Zum Baggersee radeln ... kannst du dir nichts Besseres einfallen lassen?« entgegnete Karla. »Stell dir vor, in den Ferien, als du in Umag warst, bin ich jeden Tag zum Schwimmen an die Kiesgrube ... ich habe sie absolut satt.«

»Ich dachte nur ...«, sagte Ivana entmutigt und streifte verlegen das Haargummi ab, um den Pferdeschwanz straffer zu binden. »Weißt du ...«, fing sie von neuem an, »eigentlich habe ich einen Plan.«

»Was hast du? Einen Plan?« Karla war alarmiert. Bei dem Wort »Plan« dachte sie instinktiv an den Jungen.

Ivana versetzte stolz: »Ja, um die beiden zu reinzulegen.« Sie merkte, dass Karla sie ratlos ansah. »Ich meine, deinen Vater und seine Geliebte. Ich weiß, wie man sie auseinanderbringen kann.«

Karla atmete auf. »Klasse!«, sagte sie heiser, ohne besonderen Eifer zu zeigen. Trotzdem strahlte Ivana von einem Ohr zum andern.

»Und wann treffen wir uns, um meinen Plan zu besprechen?« Doch sich zu verabreden, schafften sie nicht mehr. Es schellte zum Unterricht und Karlas Freundin beeilte sich, in ihre Klasse zu kommen. »Wir telefonieren«, rief sie von der Schwelle.

In den kommenden Tagen blieb Karla verschlossen, wenn Ivana und sie sich auf dem Schulhof begegneten, und ließ sich immer seltsamere Ausreden einfallen. Bald hatte Ivana Zweifel, ob es wirklich am Vater und seiner Beziehung lag, dass sich Karla so ablehnend verhielt.

Als Karla am Freitag zum Unterstand schlenderte, um nach Hause zu radeln und Essen zu holen, das sie dem Jungen zwischen zwei und halb drei, wenn die Schulflure leerer waren, auf den Dachboden bringen wollte, stand Ivana da, um sie abzufangen. Es war ein nasskalter Tag und sie bibberte.

»Du bist sauer auf mich, das ist klar.«

»Unsinn«, erwiderte Karla, »bin ich nicht.«

»Warum bist du nicht ehrlich und sagst mir, was los ist?« Sie gab sich einen Ruck und fragte: »Oder hast du einen Freund, den du vor mir versteckst?«

Karla starrte sie sprachlos an, eine Sekunde, zwei, bis sie sich wieder im Griff hatte. »Quatsch, unsere Jungs sind zu dusselig. Denkst du, ich lasse mich mit diesen Schwachköpfen ein?«

Aber Ivana war weder blind noch begriffsstutzig. Sie hatte Karlas Verwirrung bemerkt. »Ist ja nichts Schlimmes, wenn du einen Freund hast. Ich wollte nur wissen, ob es nicht doch an mir liegt …«

»Darf ich meine Kette aufschließen?«, entgegnete Karla und schob sie verdrossen beiseite, »deine Überlegungen sind hirnrissig. Und wenn ich in deinen Augen nicht ehrlich bin, solltest du mich lieber meiden, okay?«

Ivana die Schuld zuzuschieben, war wirklich mies. Karlas Kehle zog sich zusammen, als sie die Freundin, die blass im Gesicht auf den Teerboden stierte, alleine beim Unterstand stehen ließ. Sie riss sich zusammen und verbiss es sich, loszuheulen.

In den kommenden Schulwochen hielt sich Ivana fern. Karla erhielt keine Nachrichten und keine Anrufe mehr von ihr. Auf dem Pausenhof war sie nur schwer zu entdecken, höchstens in der Schlange beim Schulkiosk oder am Schulhofzaun, wo sie butterbrotkauend am Metallgitter lehnte und Karla klammheimlich beobachtete – nicht ohne erschrocken zusammen zu zucken, wenn sich ihre Blicke begegneten.

Karla fühlte sich zerrissen und elend. Immer wieder nahm sie sich vor, mit der Freundin zu sprechen, und dann schob sie es Tag für Tag vor sich her. Sie war zu beansprucht von Dudek.

Achtundzwanzig

Eines Nachmittags, als sie zum Dachspeicher hochsteigen wollte, begegnete sie dem Hausmeister, der einen Eimer mit Werkzeug schleppte. Mit seiner erloschenen Zigarre im Mundwinkel war er nur schwer zu verstehen.

»Na, Karla, vermisst du den Unterricht oder was machst du um diese Zeit in der Schule?« Er brach in ein Kichern aus, das sich in krächzendes, Schleim hochschleuderndes Husten verwandelte. Notgedrungen spuckte er seinen Stumpen zu Boden, der Stufe um Stufe die Treppe hinabkullerte. Karla eilte zum Absatz und hob Viebahns Stummel auf – nicht ohne Ekel und nicht ohne Hintergedanken. Ihre Rechnung ging auf: Viebahn nickte zum Eimer, in den sie den Stumpen hineinwerfen sollte, und legte keinen Wert mehr auf Karlas Erwiderung. Er bedankte sich grunzend und schlurfte ins Erdgeschoss.

Am Montagvormittag machte sich Viebahn am Dachbodeneingang zu schaffen. Mit dem Rücken zu ihr konnte er sie nicht sehen. Karlas Panik war riesig. Sie hatte Schmerzen in Nacken und Fingern, als sie das Treppengeländer umklammerte und zitternd zum Dachspeicher hochstarrte. Sicher, ihn aufschließen konnte er nicht – es gab nur einen Schlüssel, und der steckte in Karlas Jeanstasche. Ob Viebahn das Fehlen des Schlüssels bemerkt hatte? Oder hatte er Dachstuhlgeräusche gehört und wollte herausfinden, wer oder was sie verursachte? Letztlich war es nicht schwer, in den Dachboden vorzudringen. Mit zwei kräftigen Fußtritten ließ sich die Eingangstüre aufbrechen.

Fieberhaft dachte sie nach, was sie tun konnte, um den Hausmeister von seinem Vorhaben abzubringen. »Herr Viebahn, ich brauche Sie!«, wollte sie gerade rufen, als er seine Hand von der Klinke zog und sich dem Stromkasten zuwandte, der in der Ecke hing. Er streckte den Arm aus und drehte zwei Sicherungen locker. Anschließend stellte er sich auf einen Schemel, um an der Treppenhausdecke den Lampenschirm abzunehmen. Er wollte also nichts anderes als eine Birne austauschen! Und den Eingang zum Dachboden hatte er nur kontrolliert, um festzustellen, ob er auch ordentlich verschlossen war.

Karla verzog sich schnell, ehe er merkte, dass sie auf der Treppe zum Dachspeicher stand, wo Schüler an sich nichts verloren hatten. Sie wollte sich weder von Viebahn zusammenstauchen noch auf den Zahn fühlen lassen. Dass sie einen Jungen im Dachstuhl versteckte, auf diese Idee kam der Hausmeister sicher nicht – eher darauf, dass man hier rauchte und Rauschgift vertickte, unbeobachtet schmuste und andere verbotene Dinge tat.

Und es stimmte sogar, auf der Treppe zum Dachboden traf sich bisweilen in den Pausen ein Liebespaar, zwei Oberprimaner, um heimlich aneinander rumzufummeln. Leider war nie vorhersehbar, wann sie den Aufgang benutzten und Karla daran hinderten, dem Jungen sein Essen zu bringen. Sie musste dem Pärchen die Treppe verleiden, und wusste auch schon, wem sie den Auftrag dazu erteilen konnte.

Gleich nach den Ferien hatten sich Stinkie und Dennis im Pausenhof bei ihr entschuldigt. Natürlich, ohne Killer waren beide aufgeschmissen. Sie brauchten einen Boss, der Befehle erteilte, sonst wussten sie nichts mit sich anzufangen. Vermutlich befürchteten sie Karlas Rache, ein Disziplinarverfahren und einen Schulverweis.

Als sie im Pausenhof auf Karla zusteuerten, hatte sie jedenfalls friedliche Absichten. Stinkie schob Dennis nach vorne und umgekehrt. »Hi«, sagten sie lahm, als sie Karla erreicht hatten.

»Ich glaube nicht, dass ich Lust habe, mit euch zu plaudern.«

Stinkie, der sich verlegen am Hals kratzte, nuschelte:

»Wir wollten uns bei dir entschuldigen …«

»Ja«, echote Dennis, »war nicht grad die feine Art, ich meine, wie wir mit dir umgesprungen sind.«

Stinkies Kaugummiblase zerplatzte mit einem Knall und er zog sich die klebrige Masse vom Kinn. »Nee, war nicht die feine Art«, sprang er dem Kumpel bei.

Karla sagte kein Wort und ließ sie zappeln. Es konnte den beiden nicht schaden, sich anzustrengen. »Versteht sich, dass wir dir was schuldig sind«, grummelte Stinkie und stieß seinen Kumpel an.

»Ja«, meinte Dennis, »falls du also unsere Hilfe brauchst.«

»… falls dir jemand dumm kommt und aufdringlich wird.«

»Ich brauche euch nicht«, sagte Karla eiskalt. »Wenn es nötig ist, hilft mir der Ivo, das habt ihr ja neulich erlebt.«

Beide traten von einem Bein aufs andere, als sie sich grußlos entfernte.

Es vergingen zwei Wochen, bis Karla den beiden ein Zeichen gab, das der Lulatsch Stinkie als erster bemerkte. Er boxte seinem Kumpel ins Kreuz und nickte in ihre Richtung. Beide warfen ihre Kippen zu Boden, die sie auf der

Straße vor dem Schulhoftor rauchten, dann trabten sie los.

»Ich hab es mir anders überlegt«, sagte Karla, bewusst überheblich, als sie sie erreicht hatten. »Ihr könntet mir einen Gefallen tun.«

»Zu Diensten«, erwiderte Dennis mit dämlichem Grinsen.

Karla erteilte den Auftrag, das Pärchen dauerhaft von der Treppe vor dem Dachboden zu vergraulen.

»Die machen wir fertig«, versicherte Stinkie.

»Klar«, freute sich Dennis und ballte die rechte Faust, um sie gegen die linke Hand zu klatschen.

Karla bereute schon, Killers Leute um Hilfe gebeten zu haben. Sie hatten nichts anderes im Sinn, als gemein und brutal zu sein. »Von wegen!«, versetzte sie heftig, »ihr werdet den beiden nichts tun. Verstanden?« Es war ihnen anzusehen, wie sie bedauerten, den inneren Rückwärtsgang einlegen zu müssen.

»Wenn ihr dem Pärchen auch nur ein Haar krümmt, verpfeife ich euch an die Schulleitung, klar?«

Sie glotzten sie ungläubig an. »Du verpfeifst uns, wenn wir dir behilflich sind …«, jammerte Stinkie nervös, »das kapier ich nicht.« Er schien sich zu fragen, ob das Ganze eine Falle war.

»Wenn ihr Mist baut«, erwiderte Karla, »ist das euer Problem und nicht meins.«

»Also, wir sollen sie nur wegekeln, richtig?«, fragte Dennis.

»Und sobald das erledigt ist, werde ich ein gutes Wort für euch einlegen«, sagte sie nickend.

Beide stellten sich wieder zum Rauchen vors Schulhoftor, erleichtert und sicher, besonders gerissen zu sein. Dabei lief gar kein Disziplinarverfahren gegen sie, bei dem Karla die beiden in Schutz nehmen konnte. Aber es war sehr gut, wenn das der Lulatsch und Dennis glaubten.

Neunundzwanzig

Karla mochte sich in diesen Tagen nicht leiden. Sie hatte Ivana vergrault, was ihr leid tat. Und sie benutzte die Killer-Ex-Truppe, um ein friedliches Paar von der Treppe zu scheuchen. Inzwischen kamen ihr mehr und mehr Zweifel, ob die Idee mit dem Dachboden gut gewesen war. Es kostete Nerven, sich jeden Tag vorzustellen, Dudek könne von Hausmeister Viebahn oder von sonst irgendwem entdeckt werden.

Außerdem war dem Jungen im Dachstuhl langweilig. Wochentags konnte Karla nie mehr als vier Stunden am Nachmittag bei ihm verbringen, von drei bis um sieben, dann musste sie wieder zu Hause sein.

Gelegentlich wagte sie sich in der Nacht aus dem Haus und flitzte zur Schule – doch dann schlief sie am anderen Morgen im Unterricht ein und musste sich von den Lehrern ermahnen lassen. Gott sei Dank hatte sie in diesem Schuljahr nicht mehr ihren Vater als Deutschlehrer.

Natürlich bot der Dachstuhl auch eine Reihe von Vorteilen. Bei dem verregneten, feuchtkalten Wetter saß Dudek im Trockenen und hatte es warm (der rostige Heizstrahler glühte in dem Winkel aus Waschbecken, Sofa und seiner Matratze). Und er hatte Ruhe vor Ottack, das war das Entscheidende.

Trotzdem steckten sie in einer Sackgasse. Dudek konnte nicht endlos auf dem Dachboden bleiben. Karla musste herausfinden, wer dieser Ottack war und warum er Dudek verfolgte. Sie hatte den Jungen schon lange nicht mehr gefragt, wo er herkam und was er mit Ottack erlebt hatte.

Dudek wirkte in dieser Zeit rau und verschlossen, als wollte er etwas vor Karla geheim halten. Doch wenn sie den Jungen im Dachstuhl besuchte, fiel ihr nichts Außergewöhnliches auf. Klar, er war muffig und niedergeschlagen. Weil er gezwungen war, leise zu bleiben, durfte er auf dem Speicher nicht rennen und nicht toben. Keine Bewegung zu haben, ertrug er nur schwer.

In der Regel fand Karla den Jungen auf dem Sofa, wo er, mit dem Radio am Ohr, unentwegt zu den dunklen Balken und Querpfeilern hochstierte. Er versteckte sich nicht mehr wie noch in der Anfangszeit aus Angst, jemand könnte den Dachboden betreten, wenn sich der Riegel am Eingang bewegte – und er begrüßte sie auch nicht mehr mit dieser kindlichen Freude, wenn er erkannte, dass sie es war. Er schien kaum etwas anderes zu tun als zu schlafen, ins Leere zu stieren und Radio zu hören, falls er nicht seine Nase ins Tommy-Buch steckte. Karla begriff erst allmählich, dass Dudek es wirklich las. Dass ihm die Geschichte vertraut war, machte es ihm leichter, den Buchstabenreihen zu folgen.

Am Donnerstagnachmittag sah sie, dass er Zeichnungen zu Tommys Erlebnissen anfertigte, die ihm mal schlechter, mal besser gelangen. Die schnelle Entwicklung von Dudeks Zeichenfähigkeiten war atemberaubend. Noch vor drei Monaten hatte der Junge nicht gewusst, was ein Stift war. Jetzt malte er Tommy mit Rucksack und Kappe, wie er sich vor sechs bissigen, nach seinen Hosenbeinen schnappenden Hunden in Sicherheit brachte.

Karla konnte sich an die Stelle erinnern und war umso verwirrter, als sie Dudeks Zeichnung betrachtete. Es schauderte ihr vor dem Bild. Sie ahnte, dass sie vor einer Entdeckung stand, die folgenschwer war. »Ist das, als Tommy vom Lastwagen springt?«, wandte sie sich mit bebender Stimme an Dudek.

Er antwortete mit einem schwunglosen Nicken.

»Tommy hat sich vom LKW mitnehmen lassen. Er ist auf die Pritsche geklettert und hat nicht gefragt, ob er mitfahren darf.«

»Der Fahrer ist unheimich.«

»Unheimlich, meinst du …«

»Ja, unleimich«, sagte der Junge.

»Und nun stoppt der LKW auf einem Schrottplatz. Es ist morgens um fünf, ziemlich dunstig und kalt. Tommy erwacht und bevor er entdeckt wird, springt er von der Pritsche, um Leine zu ziehen. Doch zwischen den Schrottbergen tauchen zwei Hunde auf, gefährliche, große und bissige Tiere, die Tommy mit heiserem Bellen verfolgen.«

»Ja«, sagte der Junge mit blassem Gesicht. Er hatte inzwischen das Sofa verlassen und streifte unruhig um die mit Kringeln versehene Landkarte.

»Bei dir sind es sechs Hunde, Dudek«, versetzte sie und schwenkte das Blatt in der Luft.

Der Junge blieb stehen, rannte los und blieb wieder stehen, ohne ihr eine Antwort zu geben. Ja, diese sechs Hunde mit Schlappohren und fleckigem Fell kannte Karla bereits von der nach seiner Flucht aus dem Baumhaus entstandenen Zeichnung. Umso auffallender war der breitbeinig zwischen zwei Schrottbergen stehende Mann.

Das war nicht der Lastwagenfahrer aus Tommys Geschichte. Der Knilch aus dem Buch war ein fetter, verschwitzter Kerl, der ein Unterhemd trug, das sich um einen dicken Bierbauch spannte. Der Mensch auf der Zeichnung hingegen war kantig und groß. Er steckte in

Jacke und Stiefeln und trug einen Hut, wie man ihn nur bei Förstern sah. Nicht umsonst hatte Dudek die Kluft dunkelgrün gemalt. Und das Ding auf der Schulter des Mannes sollte offenbar eine Jagdflinte sein. Jetzt wurde Karla auch klar, dass die Hunde auf Dudeks Zeichnung Jagdhunde waren. Ihr wurde schwindlig, als sie das begriff.

»Dudek«, sagte sie bebend, »wer ist dieser Mann? Das ist doch ein Förster, nicht wahr?«

Dudek wollte nicht antworten, presste die Handflächen auf beide Ohren und lief um die Landkarte.

»Nun sag schon, wer ist das?«, drängte sie grimmig – grimmiger, als sie beabsichtigt hatte. Doch das war vollkommen sinnlos. Sie steckte den Jungen, der heftig nach Luft rang, mit ihrer Erregung nur an. Sie musste sich beruhigen, sonst kamen sie nicht weiter.

Karla ging mit dem Blatt in der Hand auf den Jungen zu, der wie von Sinnen um den Landkartenständer lief. Als sie seine Schulter berührte, stieß er einen tiefen, anhaltenden Seufzer aus.

»Dudek, das ist doch ein Förster, nicht wahr?«

»Das ist Ottack«, versetzte der Junge.

Karla war fassungslos, als er das sagte. Gleichzeitig wurden ihr mehrere Dinge klar: Falls er wirklich ein Forstmeister war, kannte Ottack den Wald wie seinen eigenen Hosensack. Und um den entlaufenen Jungen zu finden, bediente er sich sicher seiner Jagdhunde. Vielleicht hatten die ihn zum Baumhaus geführt. Allerdings hatte das auffallend lange gedauert. Sie mussten die Fährte von Dudek verloren haben. Vermutlich war der Junge durch ein Flussbett gewatet, als er von zu Hause weggelaufen war. Oder der Regen hatte seine Spuren verwischt.

Und seine Flucht mit dem Rad in die Ortschaft zwei Wochen vor Ferienende? Hatte sich eine Geruchsspur erhalten, die Ottaks Hunde ins Viertel am Hang lotsen konnte, unmittelbar bis vor Karlas Haus?

Es war nicht mehr schwer zu verstehen, warum Dudek nichts anderes kannte als Wald. Der Förster Ottak wohnte mit seiner Familie wahrscheinlich im Wald. Das machte die Suche nach ihm erheblich leichter. Sicher gab es nur wenige Forsthäuser, die in völliger Einöde lagen.

Ihr fiel Mutters Liebhaber ein, der im Forstamt arbeitete. Vielleicht konnte er ihr behilflich sein. Karla musste sich nur eine Liste mit allen Förstereien in der Gegend beschaffen und die verdächtigen abklappern. So fand sie Ottack bestimmt. Und dann? Was würde sie dann tun? Doch darüber wollte sie sich Gedanken machen, wenn es soweit war.

Während sie fieberhaft überlegte, musste sie Dudek beruhigen. Wimmernd und keuchend lag er auf dem Boden. Sie fuhr mit der Hand durch sein dichtes und dunkles Haar.

»Ist ja gut, Dudek«, sagte sie, »ist ja gut.«

Seine Erinnerung schien zurückzukehren. Grüne Kluft, Hut mit Sau- oder Gamsbart, die mehr zu erahnende Flinte, die von Ottacks Schulter hing... Doch jetzt brauchte er unbedingt Ruhe und Ablenkung.

»Willst du Tetris spielen?«, fragte sie den Jungen, der sich die Augen abwischte und den Rotz hochzog.

»Ja«, sagte er schluckend und lächelte Karla an. Sie kramte das Telefon aus ihrer Jacke, mit dem er sich sogleich aufs Sofa verzog.

Dreißig

Am folgenden Tag tauchte Ivana im Dachspeicher auf!

Karla und Dudek bemerkten sie anfangs nicht. An diesem verregneten Nachmittag herrschte im Dachstuhl ein schummriges Licht. Es klopfte und rauschte in Rinnen und Rohren, trommelte ununterbrochen auf Dachpfannen und Bleche. Sie hockten zu zweit auf dem Sprechstundensofa, mit einem dickleibigen Fotoband auf den Knien, den Karla aus Zufall zu Hause entdeckt hatte und der lauter Mittelmeerbilder mit Klippen und Sandstränden zeigte.

Im Halbdunkel wirkte Ivana wie ein Gespenst, das sich aus Versehen in den Dachstuhl verirrt hatte. Karla starrte die Freundin entgeistert an, als sie sie bemerkte.

»Hallo«, sagte Ivana mit zaghafter Stimme. Offenbar hatte sie ein schlechtes Gewissen, nachdem sie Karla die ganze Zeit ausspioniert haben musste und jetzt auch noch in das Schlupfloch des Jungen eingedrungen war.

Doch für Vorwürfe war keine Zeit, Karla musste zuallererst Dudek beruhigen. Panisch sprang er vom Sofa und rannte in eine Dachbodenecke, wo er sich zwischen Pulten und Landkartenrollen verkroch. In seiner Aufregung schmiss er zwei Stühle um, die auf den Fußboden knallten.

Als Karla den Jungen zurückbrachte, meinte Ivana: »Das wollte ich nicht.«

Dudek verzog sich auf seine Matratze. Nicht ohne Ivana immer wieder zu mustern, beugte er sich über das Buch mit den Mittelmeeraufnahmen.

»Wie bist du hier reingekommen?« Das war das erste, was Karla erfahren musste.

»Die Tür war offen«, antwortete Ivana.

Karla verfluchte sich. Offenbar hatte sie bei ihrer Ankunft vergessen, den Dachstuhl von innen zu verriegeln. »Scheiße«, schimpfte sie leise.

Ivana betrachtete Karla verunsichert. So grimmig und vorwurfsvoll, wie Karla schaute, wagte sie nicht, sich zu setzen.

»Und wer hat uns verpfiffen, den Jungen und mich?« Sie wollte sicherstellen, dass es nicht Ivo gewesen war, der seiner Schwester von Dudek erzählt hatte.

»Niemand … ich habe dich einfach beobachtet …, wenn du in der Pause zum Dachboden hochgestarrt hast … danach musste ich dich nur noch im Treppenhaus abpassen«, sagte Ivana verkrampft.

Karla bezweifelte nicht, dass das stimmte. »Findest du das in Ordnung?«, versetzte sie spitz.

»Ich wollte nur wissen, wieso du mich ablehnst«, verteidigte sich ihre Freundin mit brüchiger Stimme, strich sich das Haar aus der Stirn und kaute auf ihren Lippen. »… ich meine, warum unsere Freundschaft zerbrochen ist…« Sie hielt wieder inne und schaute zu dem Jungen »Jetzt kann ich mir denken, wieso.«

»Gar nichts kannst du dir denken«, entgegnete Karla. Sie schaffte es nicht, total sauer zu sein, auch wenn das Ivana verdient hatte. Eine Freundin bespitzeln – das war das Letzte.

Andererseits war es unfair gewesen, nicht ehrlich zu ihr gewesen zu sein. Sie hatte Ivana verletzt. Sicher, man hatte kein Recht auf den anderen, auch nicht, wenn man miteinander befreundet war. Aber sich aus einer Freundschaft ohne Erklärung zurückzuziehen, war auch nicht fair.

Eigentlich war Karla sogar erleichtert. Es war unmöglich, alles allein stemmen zu wollen. Sie musste den Jungen verpflegen und aufmuntern, dazu noch seinen Vater finden und ihren eigenen Verpflichtungen nachkommen, vom Schulunterricht bis zum Chorsingen. Wenn sie sich das vorstellte, hatte sie eine Lawine aus schlammiger Erde vor Augen, die auf sie zu donnerte. Jetzt konnte wenigstens Ivana helfen. Und sie hatte wieder einen Menschen um sich, eine Freundin, zu der sie Vertrauen haben konnte.

»Stimmt, ich weiß gar nichts«, bemerkte Ivana zerknirscht, »und ich lasse euch lieber allein. Ich werde auch niemandem etwas verraten.« Sie wollte den Dachstuhl verlassen.

Karla beugte sich vor und hielt sie an der Jacke fest. »Jetzt warte, jetzt warte doch«, meinte sie heiser. Ivana blieb stehen und stierte zu Boden. Sie war kurz davor, zu weinen.

»Ich kann auf dich zählen, nicht wahr?«

»Ich ... ich sage nichts ... niemandem ... Ehrenwort.«

»Ich meine, ob du mir nicht ab und zu helfen kannst.«

Ivana musste erst mal tief Luft holen. »Klar kann ich dir helfen!«, erwiderte sie und verkniff sich mit Mühe einen Freudensprung.

Sie musste den Jungen und Ivana miteinander bekannt machen.

»Das ist meine Freundin Ivana«, begann Karla.

Ein Anfang, der Dudek verstimmte. Seine Augenbrauen zogen sich zusammen, sein Blick war finster. »Ich bin dein Freund«, sagte er außer sich.

»Du bist mein Freund, und sie ist meine Freundin. Das sind zwei völlig verschiedene Dinge.«

Er schaute sie beide stirnrunzelnd an, bis sich seine

Miene schlagartig wieder aufhellte. »Erster Freund, zweite Freundin«, schlussfolgerte er.

»Wenn dir das lieber ist, ist es okay, Dudek.« Karla war es nicht unrecht, wenn er zu Ivana Abstand hielt. Zu vertrauensvoll sollten die beiden nicht werden. Zaghaft ergriff er Ivanas Hand, die vor seinem Gesicht in der Luft schwebte.

»Hallo«, sagte Ivana, »und du ... wie heißt du?«

»Dudek.«

»Dudek?«, erkundigte sie sich erstaunt.

»Du wirst seine Geschichte noch erfahren«, sagte Karla, »aber erst mal sollten wir absprechen, wie du mir helfen kannst. Zum Beispiel dem Jungen in Zukunft das Essen bringen. Bei euch in der Schlossschenke hast du ja jede Menge Auswahl an leckereren Sachen, viel mehr als ich bei uns. Ist das okay, dass du Dudek versorgst ... und auch seinen Nachttopf ausleerst, wenn ich mal selber nicht kann?«

Ivana bejahte: »Klar, kann ich das machen. Und mit Nachttopfleeren kenn ich mich aus. Das war meine Aufgabe, als wir in Split gewohnt haben und meine Oma nicht mehr zur Toilette kam. Stvarno, ja sam upoznat.«

Dudek, der wieder in die Aufnahmen vom Mittelmeer vertieft war, hob den Kopf, um sie anzusehen.

Einunddreißig

Karla hockte bei Anbruch der Dunkelheit mit Ivana in einem Winkel der Schlossschenke, wo sie ein Schnitzel mit Pommes, Pflaumenkuchen mit Schlagsahne und ein Pistazieneis verschlang.

Eine halbhohe Wand schirmte die zwei von den vielen Besuchern ab, die in der Gaststube speisten und Lärm machten. Aufmerksam lauschte Ivana der Freundin, die erzählte, wo sie dem Jungen das erste Mal begegnet war.

»Er konnte am Anfang kaum sprechen …«

»Kaum sprechen?«, versetzte Ivana beklommen.

»Und Dudek – der Name stammt letztlich von mir. Eigentlich heißt der Junge: ›du Dreck!‹.«

Ivana betrachtete Karla erschrocken.

»Ja, er hat mir versichert, sein Name sei Dudreck. Mit der Betonung auf Dreck.«

»Du meinst, er hat nie einen richtigen Namen besessen.«

»Ja, es scheint, als habe man ihn immer nur ›Du Dreck!‹ genannt.«

»Bestimmt hatte Dudek mal einen richtigen Namen, als er auf die Welt kam …« Ivana beugte sich seufzend zu dem Strohhalm in ihrem Glas.

»… und den hat sein Vater mit Absicht vergessen«, beendete Karla den Satz. »Übrigens nehme ich an, dass er Forstmeister ist.« Sie griff sich den Rucksack und zeigte Ivana das Blatt mit der Zeichnung.

»Ein Forstmeister? Auf einem Schrottplatz?«

»Ja. Auf einem Schrottplatz«, erwiderte Karla, »Dudek liebt diesen Tommy, den Helden im Buch, der tausend Gefahren besteht und am Ende das Meer erreicht. Und ans Meer, das will auch der Junge.«

»Sein Ziel ist das Meer?«, unterbrach sie Ivana.

»Ja. Warum, ist mir schleierhaft, muss ich gestehen, das habe ich nicht herausgefunden.« Karla berichtete, was mit dem Jungen passiert war, als er das Ostseestrandfoto studiert hatte. »Jedenfalls, wenn er Tommy malt, malt er auch sich«, fuhr sie fort und wandte sich wieder Dudeks Zeichnung zu. »Er vermischt Tommys Erlebnisse mit seinen eigenen. Darum taucht auf dem Schrottplatz ein Forstmeister auf. Oder was soll das sonst ein – ein Kerl, der einen Jägerhut trägt und in einer grünen Montur steckt?«

Ivana vertiefte sich in Dudeks Zeichnung. Abwesend kaute sie auf ihren Lippen, bevor sie sich nickend ins Polster zurücklehnte. »Das kann nur ein Forstmeister sein. Du hast recht.«

Karla holte tief Luft. Es tat gut, einen Menschen zu haben, mit dem sie ihr großes Geheimnis teilen konnte. Ihr stand jetzt alles viel klarer vor Augen.

»Übrigens hat auch der Vater einen seltsamen Namen. Wenn Dudek nichts Falsches sagt, nennt er sich Ottack.«

»Ottack?«, fragte Ivana mit kratziger Stimme. Plötzlich war ihr Gesicht voller hektischer Flecken. Vor Anspannung warf sie das Cola-Glas um. Karla breitete schnell ihre Serviette aus, um das klebrige Nass von der Tischplatte zu saugen.

In diesem Augenblick kam Herr Matijevic, der das Geschirr abräumen wollte. Er schaute betroffen von einer zur anderen. »Ich hoffe, ihr streitet euch nicht.«

»Nein, Otac«, sagte Ivana, »kein bisschen.«

Herr Matijevic sammelte Edelstahleisbecher, Pflaumenkuchenteller und nasse Serviette ein. »Otac«, bemerkte er schmunzelnd, »das hast du schon lange nicht mehr zu mir gesagt. Wollt ihr noch etwas trinken, ihr beiden?«

Ivana und Karla verneinten. Als Herr Matijevic zum Tresen zurückging, keuchte Karla: »Dein Vater heißt Ottack mit Vornamen? Ist das ein kroatischer Name?«

Und Ivana erwiderte ebenso atemlos: »Nein, Otac heißt einfach nur Vater.«

Karla wurde schwindlig, als sie das hörte. Und sie erinnerte sich, dass der Junge zu Ivanas Bruder rasch Zutrauen gefasst hatte. »Nema straha!« – mit diesen kroatischen Worten hatte ihn Ivo auf Anhieb beruhigt.

Die Freundinnen schauten sich an. Sie dachten beide das Gleiche. Wenn Dudek seinen Vater mit »Otac« ansprach, musste er aus Kroatien stammen.

»Das heißt, dieser Forstmeister ist …«, sagte Karla.

»… ein Landsmann von mir«, unterbrach sie Ivana und stieß einen Seufzer aus.

In der diesigen Luft auf dem Schlossschenkenparkplatz, in sicherer Entfernung von Ivanas Eltern, besprachen sie, was in den nächsten Tagen zu tun war. Dudek musste sich erst an Ivana gewöhnen. Darum war es besser, wenn sie ihn zunächst nur zusammen auf dem Dachstuhl besuchten. Außerdem wollten sie unbedingt herausfinden, ob er sich an seine kroatische Herkunft erinnerte.

Am kommenden Samstag war Karla verabredet. Sie wollte mit ihrer Mutter und deren Liebhaber einen Ausflug machen und den Mann bei dieser Gelegenheit zu den Forstmeistereien im Westerwald aushorchen. Deshalb sollte Ivana am Samstag den Jungen erstmals alleine versorgen.

»Du bist nicht mehr sauer auf mich, nicht wahr?«, fragte die Freundin, als Karla die Kette aufschloss und in den Gepäckträger klemmte.

»Das muss ich mir noch überlegen«, antwortete Karla, bevor sie anfing zu kichern. »Nein, Unsinn, gut, dass du dabei bist«. Sie umarmte Ivana, dann stemmte sie sich in die Pedale.

Wenige Meter von ihrem Zuhause entfernt fiel Karla der Mini mit der blassblauen Karosserie auf, das war das Auto von Stephanie Heimann. Vaters Liebhaberin, die hinter dem Steuerrad hockte, stierte zu Einfahrt und Haus auf der anderen Seite. Es war nicht das erste Mal, dass sie die Freundin im unbeleuchteten Auto entdeckte. Vor einer Woche, als Karla vom Dachstuhl gekommen war, hatte der Mini auch vor dem Schulhaus gestanden. Um Stephanie nicht in die Arme zu laufen, hatte Karla den seitlichen Eingang zwischen Holunder- und Schneebeerensträuchern benutzt. Auch gestern Nachmittag hatte der Wagen im prasselnden Regen vorm Schulhaus geparkt und Vaters Freundin, die rauchend am Lenkrad saß, hatte mit einem Lappen den feuchten Belag von der Scheibe gerieben.

Wen bespitzelte Vaters Liebhaberin, den Vater oder sie? Wollte sie einfach wissen, was Karla so trieb? Oder hatte sie einen Verdacht? Wenn sie den Jungen bemerkte und Karla bei Vater verpfiff, war der Teufel los. Das durfte Karla nicht zulassen. Sie musste herausfinden, was diese Stephanie vorhatte.

Karla lehnte ihr Fahrrad an einen Baum, duckte sich in den Schatten, schlich zu dem Wagen und klopfte ans Beifahrerfenster. Stephanie starrte sie voller Entsetzen an, stieß einen Schrei aus und drehte besessen am Zündschlüssel, dann jagte der Mini mit durchdrehenden Reifen davon.

Zweiunddreißig

Am nächsten Tag fand Karla keine Gelegenheit, den Jungen zu fragen, ob er sich an seine kroatische Herkunft erinnerte – falls diese Annahme überhaupt richtig war. Als Ivana und Karla den Dachstuhl betraten, drang ein verhaltenes Wimmern aus seiner Ecke. Besorgt schauten die beiden Mädchen sich an.

»Na, geh schon«, ermunterte Karla die Freundin. Sie selbst musste erst noch den Eingang von innen verriegeln, und Ivana schien unsicher, ob es in Ordnung war, wenn sie allein zu dem Jungen ging.

Bis Karla die Tür endlich zukriegte, dauerte es. Der Rahmen war verzogen, die Türe klemmte. Hatte jemand versucht, sie gewaltsam zu öffnen? Ivana saß neben dem Jungen auf dem Sofa. Prüfend betastete sie seine Stirn. Sein Haar war verschwitzt, er atmete schwer. Ab und zu schien der Junge zu blinzeln, ansonsten hielt er die Augen geschlossen.

»Er hat Fieber«, sagte Ivana.

Karla beugte sich zu einem Kasten am Fußboden, in dem sie brauchbaren Krimskrams verstaut hatte – von Batterien bis zu Q-Tipps, von Stiften bis zu Streichhölzern –, und kramte nach einem Thermometer.

In der Zwischenzeit füllte Ivana den Eimer mit Wasser und wischte den Holzboden sauber, auf dem an drei Stellen Erbrochenes klebte, das zum Teil schon eingetrocknet war.

Jetzt erst stieg Karla der saure Gestank in die Nase, und sie eilte zu der Dachgaube, die zum Waldrand hinaus lag. Ein Fenster zu öffnen, war heikel. Viebahn könnte auffallen, wenn es offenstand. Unbedenklicher war das nur bei dieser Gaube, die von den anderen Schulbauten aus nicht zu sehen war, nicht mal vom Pausenhof oder vom Marktplatz.

»Puh«, sagte Karla, als sie auf das Thermometer starrte, »er hat richtig hohes Fieber.«

Ivana ließ den Wischlappen ins Schmutzwasser klatschen und kam aus der Hocke hoch, um ihr über die Schulter zu schauen. »Knapp 40«, versetzte sie finster, »das ist zu gefährlich, wir müssen einen Arzt holen.«

»Einen Arzt holen? Wie stellst du dir das vor?«, wehrte Karla ab. »Soll der Herr Doktor zu einem Patienten kommen, der im Dachboden einer Schule haust? Glaubst du nicht, das findet er merkwürdig? Ist doch klar, dass er umgehend Meldung erstatten wird.«

»Könnten wir Dudek nicht zu mir nach Hause bringen? Meine Eltern verraten uns nicht, das ist sicher.«

»Kommt nicht in Frage«, entgegnete Karla, »ich kümmere mich schon seit Monaten um den Jungen und er hatte es immer gut bei mir.«

Natürlich werden Ivanas Eltern den Doktor rufen, dachte sie im Stillen, und am Ende wird das Jugendamt informiert und Dudek kommt ins Heim. Das darf ich auf keinen Fall zulassen!

Ivana erwiderte nichts mehr. Sie wandte sich um, wrang den Putzlappen über dem Eimer aus und kippte das dreckige Wasser ins Waschbecken. Karla wühlte verdrossen im Kasten nach Aspirin. Was sie jetzt nicht brauchen konnte, pfefferte sie vor Matratze und Landkartenständer. Sie konnte die Medikamentenpackung nicht finden und sprang auf ihre Füße, um zur Apotheke zu radeln.

Karla holte das Mittel beim Laden am Marktplatz, besorgte Orangen und Honig im Supermarkt, der drei Kilometer vom Ortskern entfernt war, und in der Abteilung mit Haushaltswaren eine Zitronenpresse. Sie war dreißig Minuten unterwegs.

»Und?«, fragte Karla, als sie vor Ivana stand, die neben der Couch auf dem Holzboden kniete, Dudek zu trinken gab und seine schweißnasse Stirn mit dem Waschlappen kühlte.

Die Freundin blieb stumm, führte nur ihren Finger zum Mund, um ein »Psst« anzudeuten. Sie wirkte abwesend, in sich gekehrt. Karla riss sich zusammen, sie platzte vor Ungeduld, wollte endlich erfahren, was los war. Ein Lächeln erschien auf Ivanas Gesicht. »Sve će biti u redu«, sagte sie heiser zu dem Jungen, der sie aus einem Augenspalt musterte.

»Sve će biti u redu«, antwortete er. Es war eher ein kraftloses Raunen als ein Sprechen.

Karla starrte von dem Jungen zu Ivana und wieder zu dem Jungen. »Sve će biti u redu – was heißt das?«, fragte sie matt.

»Alles wird gut, heißt das«, sagte die Freundin und lief zum Waschbecken, wo sie den Lappen neu anfeuchtete.

Karla folgte Ivana und packte die Sachen aus, die sie in der Apotheke und dem Laden besorgt hatte. »Mit anderen Worten: Er spricht deine Sprache?«

»Manche Dinge versteht er und andere Dinge nicht.«

»Vielleicht hat er sein Kroatisch verlernt.«

»Mhm«, machte Ivana und wiegte den Kopf.

Nachdem er heißen, mit Honig gesüßten Orangensaft plus zwei Aspirin getrunken hatte, ging es Dudek bald besser. Das Thermometer zeigte nur noch 37 Grad. Karla musste dem Jungen aus dem Tommy-Buch vorlesen. Es schien, als ob Dudek Geschmack daran fände, von zwei Mädchen behütet, gepflegt und gefüttert zu werden. Vergnügt hockte er auf dem Sofa, bis er vor Schwäche und Müdigkeit einschlief.

Bei Anbruch der Dunkelheit zogen Ivana und Karla beruhigt ab. Unten am Nebeneingang, wo ihre Räder versteckt waren, vereinbarten sie, wie es weitergehen sollte. Karla wollte den Jungen am nächsten Vormittag zur großen Pause im Dachboden aufsuchen, um sich zu vergewissern, dass alles in Ordnung sei. Und Ivana versprach, ihm zur Mittagszeit leckeres Essen aus dem Restaurant zu bringen.

Am darauffolgenden Tag war der Junge wieder munter, auch wenn er noch Temperatur hatte. Als Karla den Dachstuhl betrat, lehnte er an einem Balken beim Fenster und linste zum Pausenhof, auf dem sich rund zweihundert Schulkinder tummelten. Stimmen drangen zu dem Speicher hoch.

»Warum daff ich nicht mitspielen?«, quengelte er.

»Bald spielen wir wieder«, versicherte sie und warf zwei Aspirin in ein Wasserglas. Beide schauten den sprudelnd zergehenden Tabletten zu. »Am Mittag bekommst du Besuch von Ivana. Ist dir das recht?«, wollte Karla wissen.

»Ja«, sagte er ernsthaft, »Ivana ist nett.«

Seine Antwort versetzte Karla einen Stich. Den Jungen mit Ivana zu teilen, war ungewohnt. Dudek und sie waren ja in der Vergangenheit immer miteinander allein gewesen. »Und du hast Abwechslung«, sagte sie schluckend.

Dudek trank langsam das Glas leer und nickte. »Ja, Ivana ist lustig«, bemerkte er mit einem Strahlen und ließ sich aufs Sofa plumpsen.

Dreiunddreißig

Um Punkt drei Uhr stand der Wagen von Mutter vor dem Haus. Sie hupte, stieg aus dem Auto und schlenderte zu Karlas Vater, der gerade die Hecke im Vorgarten stutzte. Das war natürlich kein Zufall, er wollte unbedingt einen Blick auf den Freund seiner Ehefrau werfen. Doch der Freund zog es vor, im Wagen zu bleiben.

Karla beeilte sich, um die Eltern vor Reibereien zu bewahren. Allerdings war sie stark im Verzug. Weder ihr Haar noch die Nägel, die sie sich lackiert hatte, waren richtig trocken. Vor Eile warf sie das Nagellackfläschchen um, dessen Inhalt sich raspberryrot auf ihr Bett ergoss, und stolperte über das Haartrocknerkabel, das sich zwischen Schreibtischstuhllehne und Steckdose spannte.

Es hupte erneut, und sie konnte von oben sehen, dass es Mutter war, die wieder im Wagen saß und sie mit der Hupe zur Eile antrieb. Als Karla ins Freie lief, schielte ihr Vater beim Schneiden der Hecke ins Auto am Bordstein. Er tat ihr leid. Absichtlich rannte sie über den Rasen, um ihm einen Kuss auf die stachlige Wange zu drücken, was die beiden im Wagen ruhig mitbekommen sollten. Verwirrt streichelte er seine Backe und lächelte.

»Alles okay?« wollte Mutter wissen. »Hat das Schuljahr erfolgreich begonnen?« Sie lenkte den Wagen zum Schlossweiher, bog auf die Hauptstraße ein und beschleunigte. Es war klar, dass sie Karla, die stumm auf der Rückbank saß und aus dem Fenster sah, zum Sprechen bringen wollte. Auch der Mann auf dem Beifahrersitz gab sich wortkarg. Er machte keine Anstalten, sich zu ihr umzudrehen und eine Frage zu stellen. Eigentlich fand Karla ihn nicht mehr so abstoßend wie vor der Eisdiele vor ein paar Monaten, trotz seiner Segelohren und dieser fuchsroten Haare. Er hatte zumindest freundliche Augen. In der Sonnenblende, die er heruntergeklappt hatte, befand sich ein Spiegel, in dem er sie heimlich betrachtete. Wenn Karla zurückblickte, schaute er schnell weg. Diese Unsicherheit und der Kranz kleiner Lachfältchen um seine Augen gefielen ihr.

Endlich waren sie am Ziel, dem Lokal auf der Burg. Sie setzten sich an einen Tisch am Fenster, von dem aus man weit über die bewaldeten Berge sehen konnte.

»Wie schön, dass du mit uns ausfliegen wolltest«, sagte Mutter, als sie bei der Kellnerin Kaffee, Schokolade und Kuchen bestellt hatten.

Karla lächelte schief. Sie hatte ja einen Plan. Dass sie den Forstamtsfreund jedoch sofort nach seiner Arbeit ausfragte, verbot sich natürlich. Zunächst ging es um Mutters Laden, mit dem sie in größere Geschäftsräume umziehen wollte, dann um Vaters Freundin, über die ihre Mutter sie ausfragte. Ihrem Freund war dieses Thema sichtlich unangenehm, er rührte unentwegt in seiner Tasse.

Karla wandte sich an ihn: »Wie viele Forstmeistereien gibt es eigentlich im Westerwald?«

Vor Überraschung hörte er auf zu rühren. Trotzdem schien er sich über die Frage zu freuen.

»Seit wann interessiert dich der Forstbetrieb, Karla?«, fragte Mutter mit einem verwunderten Lachen.

Das war eine Frage, die Karla vorhergesehen hatte. »Brauche ich für die Schule«, antwortete sie. »Unterrichtseinheit zum Forstbetrieb.«

Verständnislos schüttelte Mutter den Kopf.

»Wieso denn auch nicht?«, mischte sich ihr Freund ein, der das Kopfschütteln unpassend fand. »Auch von der Fortwirtschaft kann man was lernen.«

Karlas Mutter ergriff seine rötlich behaarte Hand, die groß auf der Tischplatte ruhte.

Mutters Freund, der mit Vornamen Michael hieß, schilderte, was er im Forstamt zu tun hatte. Karla beugte sich aufmerksam näher. Bis vor kurzem hätte sie diese Dinge stinklangweilig gefunden, jetzt waren sie hochspannend. Das merkte der Freund ihrer Mutter natürlich, was seine Redebegeisterung weiter steigerte.

»Könnte ich nicht eine Liste kriegen mit Adressen und Namen der Förstereien in der Umgebung?«, fragte sie, als er seinen Vortrag beendet hatte. Sie schluckte, weil die Liste der entscheidende Punkt war. Alles wurde nur verzwickter und mühsamer, wenn er nein sagte.

»Was meinst du mit ´in der Umgebung`?«, fragte er zurück. »Du weißt, unser Wald ist ein Gebiet von mehreren tausend Quadratkilometern. Wir sind nur für einen kleineren Teil der hier tätigen Forstmeister zuständig.«

Daran hatte Karla nicht gedacht.

Ihre Mutter, die schweigend ihren Kuchen verzehrt hatte, bemerkte halb belustigt, halb unwillig: »Was ist das nur für ein Lehrer, der euch solche Aufgaben stellt?« Das war eine berechtigte Frage. Auch Mutters Freund schien ein wenig erstaunt zu sein, dass sie um eine Liste mit Namen und Adressen bat.

Karla beeilte sich, keinen Verdacht zu erregen. »Na ja«, sagte sie mit gespielter Verlegenheit, »die Liste hat eigentlich nichts mit der Schule zu tun. Es geht um meine Freundin Ivana. Sie kommt aus Kroatien und sucht einen entfernten Verwandten, der hier irgendwo Förster sein soll.«

»Warum erzählst du nicht von deiner Freundin?«, erkundigte sich ihre Mutter erwartungsvoll. Karla war viel zu aufgeregt, um auf sie einzugehen.

Mutters Liebhaber schien sich den Kopf zu zerbrechen. Er wirkte abwesend und seine Lippen bewegten sich, als suche er fieberhaft nach einem Namen, der ihm nicht einfallen wollte. Und sie täuschte sich nicht, plötzlich hob er die Augen und versetzte: »Das muss Josip Vucović sein!«

Karla schwindelte es, als der Name fiel. Also hatte sie sich nicht geirrt! Irgendwo hier in der Gegend gab es einen Förster kroatischer Abstammung! Und mit Sicherheit war das der Vater von Dudek!

»Und wo ist sein Forsthaus?«

»Auswendig kenne ich seine Adresse nicht. Ich schicke dir eine SMS, wenn ich Montag im Forstamt bin, reicht das?«

Er ist echt nett, dachte Karla erleichtert. »Klar reicht das«, antwortete sie umso dankbarer.

Auch Mutter war sichtlich erfreut, dass sich ihr Freund und ihre Tochter anstrahlten. Sie winkte der Kellnerin. »Bitte zahlen!«

Als sie Karla am Abend bei Vater ablieferten, lud Mutters Freund sie zu einem Besuch in sein Forstamt ein.

»Und ich kann dich im Herbst auf die Jagd mitnehmen, wenn du willst.«

Karla schwirrte der Kopf von den Dingen, die sie erfahren hatte. »Ja«, stammelte sie, »danke … danke«, und klinkte die Pforte zum Vorgarten auf. Sie musste sofort Ivana anrufen.

Vierunddreißig

Mit dem Handy am Ohr lief Karla vor dem Haus auf und ab. Ihr war schleierhaft, warum Ivana nicht antwortete. Sie ließ es klingeln und klingeln – vergeblich. Rasch schloss sie die Haustür auf, streifte im Gehen die Schuhe ab und schleuderte sie in die Ecke. Alles lag im Dunkeln, nur mattes Laternenlicht drang von der Straße ins Haus.

Karla eilte ins Bad, hockte sich auf die Klobrille und rief ein zweites Mal bei ihrer Freundin an. Als die Voicemail ansprang, erschrak Karla. Warum hatte Ivana ihr Telefon ausgeschaltet? Beim ersten Mal sprach sie nichts auf den Anrufbeantworter, sie war zu verwirrt und entsetzt. Erst beim dritten Anruf hinterließ sie eine Nachricht. »Ivana, was ist bei euch los, warum stellst du dein Telefon aus?«, keuchte sie in ihr Handy. »Du musst doch meine Nummer erkannt haben … Ich hoffe, es ist nichts Schlimmes passiert. Ich wollte nur sagen, dass ich erfolgreich war. Bist du noch im Dachstuhl? Wo steckst du, zum Teufel? Melde dich bitte, damit ich beruhigt bin.«

Sie riss ein Blatt von der Rolle, bediente die Klospülung und zog die Hose hoch. Dabei fiel ihr das Mobiltelefon aus der Hand und knallte auf die Fliesen. Als Karla es aufhob, sah sie, dass sich ein Sprung quer über das ganze Display zog, doch glücklicherweise schien das Gerät noch zu funktionieren.

Dreißig Minuten vergingen ohne eine Reaktion von Ivana. Und Karla landete wieder auf der Mailbox. Sie war zu beunruhigt, um auf ihrem Zimmer zu bleiben. Zum Glück war sie nun allein zu Hause und musste niemandem Rechenschaft ablegen. Sie holte ihr Rad aus der Garage und jagte im Dunkeln zur Schlossschenke. In der Gaststube waren alle Tische besetzt und die Luft war zum Schneiden. Die Matijevics hatten bei diesem Betrieb keine Zeit für sie.

»Wo Ivana ist? Weiß nicht«, schrie Vater Matijevic, der an der Theke stand und frisches Bier zapfte, gegen den Lärm in der Gaststube an. Sorgen schien er sich keine zu machen. »Sie wollte den Abend mit Ivo verbringen, ich glaube, sie hatten vor, ins Kino zu gehen«, rief Mutter Matijevic, die einen Stapel mit Tellern auf ihren Armen balancierte und sich eine Haarsträhne aus dem Gesicht blies.

Karla rannte hinaus und klingelte Ivo an, der verschlafen klang, als er sich meldete: »Ja, was ist, Karla?«

»Nichts Besonderes«, sagte sie mit falscher Munterkeit, »ist deine Schwester bei dir?«

»Nee«, murrte Ivo, »ich bin im Bett ... Erreichst du sie nicht? ... Die ist sicher daheim.«

»Okay«, sagte Karla und verschwieg, was sie von seiner Mutter erfahren hatte. Der Kinoausflug mit dem Bruder schien nur ein Schwindel gewesen zu sein, mit dem Ivana ihre Eltern beruhigen wollte, wenn es spät werden sollte. Das bedeutete, dass sie noch immer im Dachstuhl war … falls nicht Hausmeister Viebahn den Jungen und sie entdeckt und die Polizei alarmiert hatte.

Karla jagte zur Schule. Zwischen Holunder- und Schneebeerensträuchern beim Seiteneingang lehnte sie das Rad auf einen Ständer, lief zum Dachboden hoch und rüttelte an der Tür. Nichts zu machen, die Tür war verschlossen, genau wie sie es von Ivana verlangt hatte.

Sollte sie etwas rufen? Oder »Yellow Submarine« pfeifen? Karla zögerte. Erstens durfte sie das nicht zu laut tun, sonst kriegte das am Ende der Hausmeister mit. Und wenn Ivana nicht mehr im Dachboden und Dudek allein war, beunruhigte sie ihn nur.

Wieder rief sie die Freundin an und horchte – im Innern war kein Klingeln zu hören.

Karla verließ das Schulgebäude. Atemlos setzte sie sich auf das Podest vor der Glastür und überlegte. Sie fühlte die Feuchte des Steins, als sie den x-ten Versuch unternahm, Ivana telefonisch zu erreichen. Wieder meldete sich nur die Box.

Erneut sprang sie auf und eilte zur Hausmeisterwohnung, die im Erdgeschoss des Schulgebäudes lag. Küche und Wohnzimmer waren hell erleuchtet. Viebahn, der breitbeinig in einem Sessel saß, starrte glasig zum Fernsehbildschirm in der Ecke. Er hatte eindeutig viel getrunken. Sein Kopf sackte schwer auf die Brust. Viebahns Frau stand am Spülbecken und wusch Teller ab. Nein, der Hausmeister wusste offenbar immer noch nichts von dem Jungen im Dachboden.

Karla holte ihr Fahrrad und fuhr nach Hause, wo zu ihrer Erleichterung immer noch alles dunkel war. Sie schnappte sich den Feldstecher vom Regal, hetzte hoch zum Waldrand, glitt vom Sattel und starrte durch das Fernglas auf die Dachbodenfenster der Schule. Nur sie konnte den gelblichen Lichtschein hinter dem Leintuch erahnen, mit dem sie die Gauben verhängt hatte. Nur sie wusste, dass er von der Lampe stammte, die auf Dudeks Schemel stand.

Karla spürte einen schmerzhaften Stich in der Brust, als sie den kaum sichtbaren Lichtschein erkannte. Sie setzte den Feldstecher ab und ließ sich auf die Holzbank fallen, an die sie ihr Fahrrad gelehnt hatte. Wieder griff sie zu ihrem Mobiltelefon und rief bei Ivana an. Sie wartete fiebrig, bis der Signalton erklang. »Was soll das, Ivana? Du musst auf dem Dachstuhl sein«, sagte sie atemlos und dem Weinen nah. »Seit Mittag bist du jetzt schon da oben … was treibst du Stunden um Stunden bei Dudek? Und kannst du mir sagen, wieso du mich aussperrst … und wieso du nicht antwortest, wenn ich dich anrufe? Melde dich, melde dich endlich, Ivana!«

Karla radelte wieder zur Schule zurück. Sie hockte vorm seitlichen Eingang auf dem Podest und wehrte sich gegen den Kloß im Hals. Sie fühlte sich betrogen und hilflos – ausgeschlossen. Benommen lehnte sie ihren Kopf an die Mauer, schlief nach einigen Minuten ein, kippte nach vorne, wachte auf und schlief bald wieder ein.

Im Halbschlaf hatte sie immer wieder verquere Gedanken und komische Vorstellungen. In einem Traum kam der Forstmeister Vucović aus Umag und war ein Verwandter von Ivana, der seiner Nichte den Auftrag erteilt hatte, den Jungen aus der Schule ins Forsthaus zu bringen. Stunde um Stunde sprach sie auf den Jungen ein, bis er bereit war, ihr zu folgen und sein Versteck im Dachstuhl zu verlassen. Karla sah, wie die beiden aus der Schule kamen, Josip Vucović Dudek zum Pick-up zerrte, der vor dem Eingang parkte, und seinen Sohn auf die Pritsche des Wagens stieß, wo die knurrenden Hunde den Jungen umringten.

In einem anderen Traumfetzen schmiegten sich Ivana und Dudek eng aneinander. Als sie die Nummer von Karla auf ihrem Display sah, kicherte Ivana: »Sie hat nicht kapiert, dass sie nervt. Oder willst du mit ihr reden?« Der Junge verneinte kopfschüttelnd, »Karla nerven. Ich mit Ivana ans Meer dampfen, ja?« – »Ja, wir fliegen zu mir an die Adria«, sagte sie lachend und presste dem Jungen einen Kuss auf die Stirn.

Als sie aus dem Halbschlaf erwachte, merkte Karla, dass sie weinte. Mit dem Handrücken wischte sie über die Wangen, zog den Rotz hoch und sprang auf die Beine. Es hatte keinen Sinn, auf Ivana zu warten. Und sie wollte auch nicht zum Dachboden hoch, an der Tür rütteln und etwas rufen.

Niedergeschlagen radelte Karla heim, wo ihr Vater und Stephanie Heimann im Wohnzimmer tanzten, schleppend langsam und eng aneinandergeschmiegt. Sie bekamen nicht mit, dass sie sich den Korridor entlang und die Treppe hinauf in ihr Zimmer schlich.

Um in den Pyjama zu steigen, war Karla zu erschöpft. Sie warf sich in den Kleidern aufs Bett, ohne sich um die Nagellackflecken zu scheren, die im Dunkeln wie Blutflecken aussahen. Ein scharfer Geruch hing im Zimmer. Stundenlang konnte Karla nicht einschlafen, bis sie gegen

Morgen in tiefe Bewusstlosigkeit sank. Benebelt und unsicher schreckte sie hoch, als im Morgengrauen das Telefon klingelte.

Fünfunddreißig

Es war Ivana, die sie aus dem Tiefschlaf riss. »Ach Karla ... ach Karla ... es tut mir entsetzlich leid«, sagte sie fahrig und heiser.

Karla strampelte sich aus der Wolldecke und setzte sich auf. Sie fühlte sich mutlos und niedergeschlagen. Dann kam die Erinnerung zurück ...

»Kannst du dir nicht vorstellen, wie es mir ergangen ist? Dein Telefon abschalten und dich nicht melden – was hast du dir dabei gedacht? Ich hatte Angst, es sei etwas Schlimmes passiert.«

»Ja, das war falsch von mir«, sagte Ivana schuldbewusst, »aber ich habe erst vor zwei Minuten gemerkt, dass mein Telefon stundenlang ausgeschaltet war.«

»Und das soll ich dir glauben?«, entgegnete Karla ruppig.

»Bitte glaub mir! Das erste Mal, als du mich anriefst, hat sich Hausmeister Viebahn vor dem Dachstuhl herumgetrieben. Ich hab ihn an seinem krächzenden Husten erkannt, der durch das Treppenhaus hallte. Und die Klinke hat sich bewegt. Bestimmt wollte er sehen, ob alles abgeschlossen ist.«

Ja, das tat Viebahn immer.

»Und genau in dem Moment fing mein Handy an zu klingeln, ausgerechnet da. Mir ist das Herz in die Hose gerutscht!«

»Und da hast du das Telefon ausgestellt, logisch!«

»Ja«, sagte Ivana erleichtert.

Das klang alles einleuchtend – trotzdem war Karla nicht wirklich beruhigt. »Und warum nistest du dich im Dachboden ein? Ich meine, immerhin bist du bis heute Vormittag bei dem Jungen gewesen!«

Diese Aussage musste Ivana verunsichern. Sie konnte nicht wissen, dass Karla zwei Stunden, bis gegen halb eins, vor dem Eingang verbracht hatte. Bestimmt würde sie einfach leugnen, dass sie die ganze Nacht auf dem Dachboden geblieben war, sich in Lügen verstricken – und sich verraten.

Ohne zu zaudern und mit einer Stimme, die fest und bestimmt klang, sagte Ivana: »Ja.«

Diese Antwort verwirrte Karla.

»Ja … und?«, fragte sie eine Spur schwankender.

»Dudeks Fieber … ich meine, es ist wieder angestiegen … um sieben waren es knapp vierzig Grad. Ich musste sein Fieber senken, ihm Tee geben, Aspirin, Wadenwickel, da hab ich nicht mehr an das Handy gedacht.«

Karla war alarmiert. »Geht es Dudek jetzt besser?«

»Ja, heute Morgen war er wieder fieberfrei.«

Karla holte tief Luft, rollte sich aus dem Bett und wanderte mit ihrem Handy am Ohr auf und ab. Sie war wieder halbwegs beschwichtigt. Und sie kam sich kindisch vor wegen ihres Verdachts in der letzten Nacht. Sie schämte sich für ihre Eifersucht und verzieh ihrer Freundin im Stillen bereits. »Mach das nie wieder mit mir!«, sagte sie.

»Was denn?«, fragte Ivana mit kleinlauter Stimme.

»Dich nicht melden, wenn's brenzlig wird. Es ist doch klar, dass du mir Bescheid sagst, wenn Dudek vierzig Grad Fieber hat.«

»Ich wollte … ich weiß nicht … ich wollte nicht, dass du dir Sorgen machst.«

Karla merkte, Ivana verhedderte sich, und das hieß, sie verheimlichte etwas.

»Und ich war abgelenkt, muss ich gestehen.«

Jetzt also kam sie von sich aus zur Sache. Karla tappte ans Fenster und starrte zu dem Raubvogel hoch, der am Hang in der Luft kreiste.

»Er hat gesprochen im Fieber … ich meine, Dudek hat wieder Kroatisch gesprochen. Und anders als sonst … vorher hat er ja immer nur nachgesprochen, was ich ihm vorgesagt habe, aber gestern Nacht hat er reihenweise Worte benutzt, die er bei mir nicht gelernt hat.«

»Und was hat er gesagt?«

Der Raubvogel stürzte vom Himmel ins Feld, hatte etwas im Schnabel, als er wieder aufstieg, und flog in weitem Bogen ins Tal, bis er nicht mehr zu sehen war.

»Es waren keine richtigen Sätze ... ich glaube verstanden zu haben ...«, sie zögerte kurz, »dass er irgendwann mit seiner Mutter am Meer war. Und in einem dunklen Schuppen gewesen ist ... vor seiner Flucht in den Wald.«

»Ja, nach und nach setzt sich das Puzzle zusammen. Ich habe vom Freund meiner Mutter erfahren, dass es bei uns in der Gegend tatsächlich einen Förster gibt, der aus Kroatien stammt. Er heißt Josip Vucović. Sagt dir der Name was?«

»Nein«, meinte Ivana, »aber ich werde mich bei meinen Eltern erkundigen, ob sie einen Forstmeister Vucović kennen. Vielleicht kommt er manchmal als Gast in die Schlossschenke.«

»Gute Idee. Und wir brauchen einen Plan, wie wir weiter vorgehen wollen. Wir treffen uns in einer Stunde bei dir, okay? Und gehen zusammen zu dem Jungen in den Dachstuhl.«

Karla steckte den Kopf aus dem Zimmer – die Luft war rein – und tappte ins Bad, um zu duschen. In ein Handtuch gewickelt, ging sie hinunter zum Kühlschrank. Sie hatte Lust auf ein Glas kalte Milch.

Doch Karla lag falsch mit der Annahme, Vater und Stephanie befänden sich im Schlafzimmer. Vaters Freundin saß bleich und verstrubbelt am Küchentisch, mit nackten Beinen und nichts als einem Nachthemd an. Sie kam Karla verletzlicher vor, was vielleicht an den fehlenden unechten Wimpern lag. Stephanie schaute sie auffallend bittend an.

»Hallo, Karla.«

»Hi.«

»Alles in Ordnung?«

Karla nickte nur, machte den Kühlschrank auf und nahm die Milch aus dem Fach. Beide schwiegen, als sie sich ein Glas holte, es vollgoss und sich an den Vorratsschrank lehnte. Karla verschränkte die Arme vor ihrer Brust.

»Es ist sagenhaft peinlich, ich weiß ...«, sagte Stephanie. Karla leerte das Glas in zwei Zügen und wischte sich mit ihren Fingern den Milchbart ab. Ihr war klar, wovon Stephanie sprach – von dieser Ausspioniererei, bei der sie sie neulich erwischt hatte. »Bitte sag deinem Vater nichts!« Sie bekam feuchte Augen, was Karla verwirrte.

Um Zeit zu gewinnen, entgegnete sie zerstreut: »Was soll ich meinem Vater nicht sagen …?«

»Dass du mich … im Auto entdeckt hast, als ich deinen Vater … ich meine, beobachtet habe.«

»Meinen Vater?«, erkundigte Karla sich staunend. Eigentlich war sie sicher gewesen, dass Vaters Freundin sie beobachtete! Es drehte sich bei ihr seit Wochen alles um den Jungen, sein Versteck, seinen Forstmeistervater … das alles trieb sie in eine Art von Verfolgungswahn.

»Ja, wen sonst?«, sagte Stephanie kratzig, »ich war total niedergeschlagen und misstrauisch …«

Karla goss sich ein zweites Glas Milch ein. »Misstrauisch, wieso?«

»Ich war mir sicher, er hat eine andere Freundin …« Sie schnäuzte sich laut in ein fusseliges Taschentuch, das sie schon die ganze Zeit mit ihren Fingern zerpflückt hatte.

Karla stand kurz vor einem Lachanfall. Sie musste sich richtig zusammenreißen. Ihr Vater, der trockene Direktor, ein Frauenheld!

»Ich sage bestimmt nichts«, beteuerte sie und stellte den Milchkarton wieder zurück in den Kühlschrank. Diesmal tat ihr Stephanie leid. Sie musste an sich, an ihre kindische Eifersucht in der vergangenen Nacht vor dem Schulhaus denken …

»Du wirst deinem Vater nichts sagen?«, versicherte sich Stephanie erleichtert.

»Er wird nichts erfahren«, wiederholte Karla fest.

»Danke. Du ahnst nicht, wie mich das beruhigt. Ich kenne deinen Vater ja erst seit zehn Wochen ... er ist mir nicht richtig vertraut, und da kann man auf dumme Ideen kommen, nicht wahr?«

Sie verstummte, als Karlas Vater ins Erdgeschoss schlurfte. Er rieb sich den Schlaf aus den Augen und musterte Tochter und Freundin, halb neugierig, halb besorgt, ob sie sich angifteten oder vertrugen.

»Kleine Frauenversammlung?«, bemerkte er scherzhaft und schien erstaunt, dass er sich keinen Anraunzer einhandelte.

Karla wehrte sich nicht, als er sie in den Arm nahm, und bekam keinen Peinlichkeitsschluckauf, als er seiner Freundin einen Kuss auf die Stirn presste. Doch sie hatte nicht vor, mit den beiden zu frühstücken.

»Warum bleibst du nicht und leistest uns Gesellschaft? Du bist den ganzen Tag nur außer Haus, Karla«, sagte ihr Vater beleidigt.

Es war Stephanie, die sie in Schutz nahm. »Karla hat sicher spannendere Dinge vor, als mit uns Kaffee zu trinken.« Sie zwinkerte Karla zu, was er bemerkte.

»Ah, da haben sich zwei miteinander verschworen«, erwiderte er mit breitem Grinsen. Er war nicht mehr verstimmt, nur erleichtert.

Sechsunddreißig

Als Ivana und sie auf dem Pausenhof standen und ihre frostigen Finger anhauchten, die rissig und rot aus den Anoraks ragten, schickte der Forstamtsfreund eine SMS.

»Liebe Karla, das ist die Adresse von Vucović. Er stammt aus Dubrovnik und lebte in Zagreb, bevor er Kroatien verließ. Als Forstmeister wurde er bei uns vor knapp zwanzig Jahren angestellt.« Es folgten Postleitzahl, Straße und Hausummer. »Lass mich gelegentlich wissen, ob ich deiner Freundin behilflich sein konnte. Dein Michael.«

»Bergstraße 14 – das klingt nicht nach einer Adresse im Wald«, sagte Karla zu ihrer Freundin, die neben ihr auf die Mitteilung starrte. »Und wann suchen wir Vucović auf? Heute Nachmittag?« Sie fragte das eher beklommen als energisch.

»Das haben wir doch gestern verabredet, oder nicht?«

»Mhm«, machte Ivana und wiegte den Kopf. »Sollen wir nicht erst einen Plan schmieden, was wir tun, wenn es bei diesem Vucović brenzlig wird?«

»Sag mir lieber«, entgegnete Karla ärgerlich, »ob du dich bei deinen Eltern erkundigt hast.«

»Erkundigt …?« Ivana schaute sie verständnislos an.

»Ob sie Vucović kennen. Hast du das vergessen?«

»Nein, nein«, gab sie eilig zur Antwort, »sie kennen keinen Vucović. Nur einen in Kroatien ... das bringt uns aber nichts.«

Als es um zehn Uhr zum Unterricht klingelte, hielt Ivana die Freundin am Anorak fest. Karla schimpfte verhalten: »Was ist mit dir los heute?«

»Es geht um den Jungen. Auf dem Dachboden darf er nicht bleiben.«

Im Strom der Kinder, die den Schulhof verließen, knallte ein Ellenbogen in Karlas Rippen. Sie musste tief Luft holen und zog Ivana beiseite.

»Er darf nicht auf dem Dachboden bleiben ...? Was soll das heißen?«

»Er ist von Tag zu Tag niedergeschlagener«, sagte Ivana und schluckte, »merkst du das nicht? Wir sperren den Jungen auf dem Dachboden ein. Man könnte meinen, er ist unser Gefangener.«

Das war ein Vorwurf, der Karla ins Mark traf. »Du hast ja keine Ahnung«, entgegnete sie. »Ein besseres Versteck als der Dachboden ließ sich nicht finden. Du hast Dudeks Panik nicht mitbekommen, als er bei mir auftauchte, verfolgt von seinem Vater. Ich musste einen Platz finden, an dem er sicher ist.«

»Das war doch keine Kritik«, sagte Ivana und wies auf den Pausenhof, der gähnend leer war. Sie trennten sich hastig am Treppenabsatz, um rechtzeitig in ihre Klassen zu kommen.

Karla kriegte nichts mit von der Mathestunde – Ivanas Bemerkung ließ sie nicht mehr los. Sie hatte recht, ewig konnte man Dudek nicht einschließen. Sonst wurde er ernsthaft krank. Seit dem Aufkreuzen des gefährlichen Mannes beim Baumhaus waren bereits mehr als zehn Wochen vergangen. Mehr als zehn Wochen im Dachstuhl und meistens allein – das war grauenhaft lang. War es ein Fehler gewesen, von Anfang an, nicht zur Polizei zu gehen, als sie den Jungen entdeckt hatte? Falsch und bescheuert, auf eigene Faust klarkommen zu wollen? Gut, zu Beginn hatte sie mit dem Jungen im Wald nichts als spannende Ferien verbunden, Abenteuer und Abwechslung. Sie war egoistisch gewesen, sie hatte den Jungen mit niemandem teilen wollen.

»Karla, komm bitte zur Tafel!«

Herr Dietrich, der hagere Mathelehrer, musste ihre Zerstreutheit bemerkt haben. Blitzschnell packte sie Schulbuch und Schreibzeug ein.

»Karla! Was ist? Hast du mich nicht verstanden?« Er

grinste, als Karla von ihrem Platz in der Ecke beim Fenster zur Stirnseite schlenderte. Dass sie den Anorak auf dem Arm trug und ihren Ranzen mitschleppte, merkte er nicht.

»Leider habe ich keine Zeit«, sagte sie frech. Seine Hand mit der Kreide hing dumm in der Luft. Dietrich blaffte: »Und was soll das heißen?«

»Dass ich gehe.«

Sie wandte sich um.

»Du meinst wohl, als Tochter des Direktors kannst du dir alles erlauben, was?«, tobte der Mathelehrer, der sie auf den hallenden Schulflur verfolgte. »Ich werde mich bei deinem Vater beschweren ...«

Karla lief aus dem Schulhaus und eilte zum Fahrradständer. Sie dachte an den Jungen, der im Dachstuhl allein war. Sie wollte endlich den Unmenschen kennenlernen, der Dudek misshandelt und eingesperrt hatte, sie musste diesen Forstmeister finden.

Sie konnte Vucović mit einer Anzeige drohen, falls er nicht bereit war, den Jungen in Ruhe zu lassen. Oder den Mann erpressen. Er sollte bezahlen, und zwar richtig! Dudek und sie würden mit dem Geld zum Meer reisen, schwimmen und faulenzen. Und der Mann sollte zahlen, damit Dudek ohne ihn leben konnte.

Als sich Karla all das ausmalte, stieg ihre Laune wieder. Sie radelte nach Hause, wo sie ein Butterbrot verdrückte, dann tippte sie den Namen des Ortes in ihr Mobiltelefon. Es handelte sich um ein entlegenes Kaff ohne Bahnhof und Autobuslinie, mit dem Rad rund eine Stunde entfernt.

Im Handumdrehen fand sie das Vucović-Haus auf der Karte. Es lag nur am Ortsrand, nicht tiefer im Wald.

Bevor Karla sich aufmachte, tippte sie eine SMS in ihr Handy und schickte sie ab. Prompt summte das Telefon in ihrem Anorak. »Du darfst nicht allein fahren«, keuchte Ivana am anderen Ende. »Wenn er dir etwas antut …«

»Mach dir keine Sorgen, er wird mir nichts tun.«

»Du bist es, die unsere Vereinbarungen bricht. Wir wollten gemeinsam zu Vucović fahren.«

»Entspann dich, Ivana«, erwiderte Karla, »ich nehme nur ernst, was du vorhin verlangt hast. Du hast recht, Dudek kann nicht auf dem Dachboden bleiben. Folglich muss ich mich beim Forstmeister beeilen. Und um einen richtigen Plan zu entwickeln, brauchen wir Informationen zu Haus und Umgebung, den Gewohnheiten Vucović s und was weiß ich. Ich werde dem Mann nicht zu nahe kommen, versprochen. Und du leistest Dudek Gesellschaft, okay?«

»Gut«, seufzte Ivana, »ich heitere Dudek auf. Und du sagst mir Bescheid, wenn du Hilfe brauchst.«

»Ja«, entgegnete Karla, verstaute das Handy und schwang sich aufs Rad.

Siebenunddreißig

Trotz der feuchtkalten Mittagsluft war sie schweißnass, als sie endlich den Ortsrand erreichte. Auf der einsamen Hauptstraße ging es bergab und sie ließ sich bequem in die Dorfmitte rollen. Sonderlich einladend wirkte das Dorf nicht, aber es war auch nicht schäbig oder völlig verfallen. Den Hausmauern, Hoftoren und Garteneinfriedungen fehlte nichts als ein frischerer Anstrich.

Erst im Ortskern, der aus einer Kreuzung mit Ampel bestand, wurde Karla unheimlich. Sie hielt vor dem leeren, mit Brettern verrammelten Lebensmittelmarkt. Die Scheiben waren schmierig verstaubt. Weit und breit war niemand zu sehen, als ob das Dorf überhaupt nicht bewohnt wäre. Karla schob ihr Fahrrad bis zur Bergstraße, die rechts von der Hauptstraße abbog und in Serpentinen steil bis zum Waldrand anstieg.

Sie vergewisserte sich auf dem Handy. Um nicht aufzufallen, wollte sie lieber die Straße nehmen, die parallel zu dem bewaldeten Berghang hochführte, und dann vom Wald aus das Vucović -Forsthaus beobachten. Karla schloss ihr Fahrrad an einen Laternenpfahl und schlenderte zu der Parallelstraße. Als sie zum Waldrand hinaufwanderte, schlugen hinter einem Hoftor zwei Hunde an.

Im Erdgeschossfenster des Hauses am Ende der Straße bewegte sich eine Gardine. Nach dem Haus führte eine mit Unkraut bewachsene Steintreppe weiter bergauf.

Um links in den Wald auszuweichen und sich Richtung Vucović-Bleibe zu stehlen, war der Hang zu steil. Karla blieb keine andere Wahl, als der Treppe zu folgen. Nach zweihundert Stufen stieß sie auf einen Pfad, der sich glitschig am Abhang entlang schlängelte.

Sie musste einen Moment verschnaufen, ehe sie weiter bis zu der Stelle stapfte, von der aus das Forstmeisterhaus zu erkennen war. Es war ein Fachwerkbau mit einer Scheune und anderen, neueren Anbauten um einen Hof aus Beton. Wachsam tastete Karla sich zu einem Stamm, lehnte sich an die Rinde, streifte den Rucksack ab und zog den Feldstecher heraus. Auf dem Hof konnte sie Unmengen von Zeug erkennen, das sich überall stapelte: Kanister und Autoersatzteile aller Art, ein Regenfass, Haufen aus Brettern und Y-Ton-Steinen, einen verrosteten Grill, leere Flaschen … Das alles erinnerte sie an das Bild, das Dudek vom Mann auf dem Schrottplatz gemalt hatte, auch wenn es nicht eigentlich ein Schrottplatz war.

Bei dem kaputten VW-Bus, der nur noch auf Felgen stand, schliff ein hagerer Mann mit weißgrauen Haaren und Schnurrbart einen Fensterrahmen ab, den er offenbar neu anstreichen wollte. Er schien um die sechzig zu sein. Ob das Josip Vucović war? Sie hatte sich beim Vater des Jungen einen Mann um die vierzig Jahre vorgestellt und keinen runzligen Alten.

Er kam aus der Hocke hoch, streckte sich mit schmerzverzerrtem Gesicht und lief mit der Hand im Kreuz um den VW-Bus. Zwei Minuten blieb er hinter dem Wagen verborgen. Was Karla die Sicht auf den Menschen versperrte, war der verwaschene Vorhangstoff, der in den Busfenstern hing.

Ihre Stellung am Abhang war nicht gerade vorteilhaft. Sie musste sie unbedingt wechseln, sonst drohte ihr ein Krampf in den Beinen. Das war bei der Steilheit des Hangs aber heikel. Als sie Stand- und Spielbein tauschte, trat Karla aus Versehen einen Stein los, der kollernd hinab in den Hof rollte. Sie presste den Feldstecher an ihre Augen. Der Mann eilte um seinen VW-Bus herum, um zu sehen, was am Hang war. Er kniff seine Augen zusammen und starrte zum Wald hoch.

Karla konnte sich nicht rechtzeitig hinter einem Baum verstecken. Und als sie auf die Seite sprang, knallte sie voll auf ihren Hintern und rutschte bis zu der brusthohen Hofmauer hinunter. Weglaufen ging nicht, Vucović brauchte nicht mehr als drei Schritte, um sie zu erreichen.

Er gab ihr die Hand, um sie auf seinen Hof zu ziehen. Karla ergriff sie gezwungenermaßen.

»Dir ist doch nichts passiert, oder?«, wollte der Forstmeister wissen und musterte sie von Kopf bis Fuß.

»Nein«, sagte sie schluckend und beugte sich vor, um den Schmutz von der Hose zu klopfen.

Er wirkte kein bisschen bedrohlich, offenbar war er ein verdammt guter Schauspieler. Vucović betrachtete Karla, als sie ihre Haare verstrubbelte und neu zusammenband. »Wenn du ins Bad willst …« Er streckte den Arm aus, was eine Einladung in sein Haus war.

»Nein, danke«, entgegnete sie schnell. Karla wechselte von einem Bein auf das andere und fragte sich, ob sie nicht besser verschwinden sollte. Von Vucovićs Hunden war nichts zu entdecken, trotz Fressnapf und Trinkschale, die in der Hofecke standen.

Der Forstmeister schien keine Eile zu haben. Aus der Brusttasche seines karierten Hemds zog er ein Feuerzeug und Zigaretten. »Und wieso der Umweg?«, wollte er wissen. »Eigentlich ist es bequemer, zu klingeln …« Vucović bleckte die Zähne, die alles andere als ansehnlich waren. Das Grinsen ließ sie erschauern.

Karla musste scharf nachdenken, um keinen Fehler zu machen. Offenbar hatte der Mann sie erwartet. Mit Sicherheit brachte es nichts, wenn sie alles abstritt und sich einen albernen Schwindel ausdachte. Am Ende würde sie nur in eine Falle tappen …

Vucović schaute sie unverwandt an und blies seinen Rauch in die feuchtkalte Luft. »Bist du vielleicht Karla?«

Dass er ihren Namen wusste, machte sie sprachlos. Ob er das Baumhaus durchsucht und dort irgendwo ihren Namen entdeckt hatte? Seit er den Jungen gefunden und verscheucht hatte, war Karla nicht mehr dort gewesen … Sie wollte auf einmal nur noch wegrennen und sich in Sicherheit bringen!

»Herr Gollrad hat mir deinen Namen verraten«, sagte Vucović und sog an der Kippe.

»Herr Gollrad …? Und wer soll das sein?«

»Na, Michael Gollrad vom Forstamt«, versetzte er. Karla wurde schwindlig, sie konnte sich nicht mehr auf den Beinen halten.

»He, was hast du?«, rief Vucović, als sie zusammensackte. Der Mann legte sich ihren Arm um die Schulter, packte sie in den Kniekehlen und trug sie ins Haus.

»Nicht«, keuchte sie, »nein, lassen Sie … lassen Sie … bitte …«

»Du musst dringend etwas trinken«, beruhigte er sie.

Karla erkannte nichts mehr außer Nebel und Sternchen. Schritte auf Holzbrettern, quietschende Angeln, ein müffelndes Sofa, auf dem er sie vorsichtig ablegte.

Vucović ließ sie allein, um Wasser zu holen. Karla mühte sich, auf die Beine zu kommen, um abzuhauen, ehe der Forstmeister zurückkam. Aber sie sackte sofort wieder in sich zusammen. Zum Weglaufen war sie zu schwach.

»Kreislaufkollaps.« Er setzte ein Wasserglas an ihre Lippen. »Wird bald wieder besser.«

Vucović hatte Unmengen Zucker ins Wasser gerührt. Sie trank einen Schluck, dann einen zweiten und hustete. Bald konnte sie wieder klarer und ruhiger denken. Michael Gollrad – das war Mutters Liebhaber, den Nachnamen hatte sie nicht gekannt … bis heute. Und dieser Mann musste den Förster benachrichtigt haben, dass Karla Allenstein seine Adresse erfragt hatte, um ihrer kroatischen Freundin zu helfen, die auf der Suche nach einem Verwandten war.

Das wiederum hieß, dass er Karla nichts antat, um keinen Verdacht zu erregen. Weder bei Gollrad, noch bei der kroatischen Freundin, von der er nicht wusste, ob sie vielleicht in der Nähe war. Andererseits wirkte der Forstmeister eigentlich harmlos.

»Wieder besser?« Als Karla sich aufrichtete, schob er ihr ein Kissen ins Kreuz, damit sie bequemer sitzen konnte.

»Und deine kroatische Freundin?«

»Ivana …?«

»Sie wollte nicht mitkommen?«

»Sie hat keine Zeit.«

»Hm, keine Zeit«, wiederholte er grunzend.

Was sie sagte, klang wirklich nicht gerade sehr glaubhaft. Es war ja Ivana, die angeblich einen entfernten Verwandten auskundschaften wollte. »Matijevics«, fügte sie eilig hinzu, »haben bei uns im Ort ein Lokal und kommen aus Umag.«

»Tut mir leid«, sagte Vucović, »ich bin mit keiner Familie verwandt, die Matijevic heißt. Und in Umag bin ich noch nie gewesen.« Er griff wieder zu Feuerzeug und Zigaretten. Karla hustete absichtlich los, als der Mann seinen stinkigen Tabak anbrannte.

»Sicher, sicher«, versetzte er, sprang auf die Beine, ging zum Fenster und riss es sperrangelweit auf. Nein, den Eindruck, ein grausamer Mensch zu sein, machte er nicht.

Selbst wenn es leichtsinnig war – Karla wollte sich Klarheit verschaffen und gab sich einen Ruck. Sie betrachtete Vucović aufmerksam, der jetzt an der Heizung stand und seinen Rauch in den Hof blies. »Haben Sie einen Jungen, der in meinem Alter ist?« Sie konnte in seinem Gesicht keine Spur von Erregung entdecken. Der Mann wirkte lediglich etwas verdutzt.

»Einen Jungen? Warum?«, wollte Vucović wissen.

»Na, Ivanas Verwandter, der hatte einen Jungen …«

Er machte den Vorschlag, zusammen etwas zu essen, bevor sie nach Hause fuhr. Der Mann richtete einen Salat an und deckte den Esstisch im düsteren Wohnzimmer. Karla erfuhr, wann er Kroatien verlassen hatte, um in Deutschland mehr Geld zu verdienen als in Zagreb. Das Geld schickte er seiner Familie, seinen Eltern und seiner Frau. Er erzählte auch von seiner Tochter, die schon Mitte dreißig war und mit zwei Kindern in Washington lebte. »Im Mai waren sie hier zu Besuch.« Er zeigte Karla Fotos von seinen beiden Enkeln, die sich im Hof mit einem Gartenschlauch nass spritzten. Halb stolz, halb versonnen kraulte Vucović seinen Bart. Und Karla bedauerte, diesen freundlichen Menschen beschuldigt zu haben.

Bei ihrem Aufbruch erkundigte sie sich noch, ob er in der Umgebung einen anderen kroatischen Forstmeister kenne. »Ich bin der einzige«, sagte er grinsend und trat neben ihr auf die Straße.

Als sie sich auf dem Gehweg verabschiedeten, verriet Karla nicht, dass sie noch ihren Rucksack holen musste, der sich oben am Hang befand. Vucović winkte ihr von seiner Schwelle nach. »Wenn deine Freundin und du mich besuchen wollt … herzlich gern!«, rief er noch, ehe er im Hausflur verschwand.

Achtunddreißig

Am anderen Tag sank Karlas Stimmung auf null. »Du wirst dich bei Dietrich entschuldigen. Vor der versammelten Klasse«, verlangte ihr Vater, als er ihr Teller und Tasse bereitstellte, zwei Eier abschreckte und Brot in den Toaster schob. Gott sei Dank war ihr Mathelehrer, dessen Unterricht sie in der letzten Stunde einfach verlassen hatte, an diesem Tag krank, und die Klasse schlug sich die Freistunde mit einer Aufsichtsperson um die Ohren.

Karla stierte in Nebel und Regen vor dem Fenster, kaute an ihrem Stift und zermarterte sich das Hirn, was sie mit dem Jungen auf dem Dachboden anstellen sollte. Vucović war ein Fehlschlag gewesen, sie wusste nicht weiter.

Um die Mittagszeit traf sie sich mit Ivana vor dem Seiteneingang. Auch Ivana war deprimiert. Dass Vucović eine falsche Fährte gewesen war, hatte die Freundin bereits am vergangenen Abend erfahren.

Als sie auf den Dachboden kamen, lief der Junge den beiden mit Jauchzern entgegen. Drei Schritte vor ihnen blieb er stehen und zauderte, wen er als erstes umarmen sollte. Er entschied sich für Karla, umarmte sie eilig und machte sich wieder los, umhalste Ivana und drückte sie fest an sich. Die beiden begannen kroatisch zu sprechen.

»Du hast sicher Hunger, stimmt's?«, sagte Karla zu Dudek, der mit einem Nicken bejahte. »Los, los!«, scheuchte Karla beide zur Dachbodenecke und nahm Ivana den Rucksack mit dem Essen ab. Sie packte die Warmhalteboxen aus Styropor, die Pakete in Silberfolie und die Frischhaltebeutel aus und stellte alles auf den Schemel.

Ivana und Dudek beachteten sie nicht mehr. Sie standen vertieft vor der Karte mit Kreisen und Pfeilen, die Tommys Weg an die Ostsee zeigten.

»Was ist los?«, wollte Karla wissen. »Worum geht es?« Plötzlich hatte sie große Lust, aus dem Dachstuhl zu rennen und die beiden allein zu lassen! Sollte sich doch Ivana um den Jungen kümmern! Offenbar war er kroatischer Abstammung – sie passten ohnehin besser zusammen! Sollte Ivana doch dieses Monster alleine zur Strecke bringen!

»Worum geht es?«, fragte sie erneut.

»Ach, nichts Besonderes«, sagte Ivana, »er will nur von mir wissen, wie es an der See ist, ich meine, am Mittelmeer, bei mir daheim … jeden Tag fragt er mich wieder aus.«

»Ans Meer dampfen«, sagte der Junge entschieden mit einem verbissenen Gesicht.

»Du wirst zum Meer reisen«, erwiderte Karla.

»Nein. Du mich nur einsperren«, sagte er grimmig.

Sie war zu entsetzt, um dem Jungen zu antworten, und schaute Ivana an, die sich schnell abwandte und sich über die Fressalien beugte.

»Hat er das von dir?«, fragte Karla verbittert.

Kreideweiß im Gesicht und mit zuckenden Mundwinkeln, sagte Ivana: »Das darfst du nicht denken.«

Verwirrt stierte der Junge von einer zur anderen. »Ich werde nichts essen«, erklärte er heiser. »Ich werde erst wieder am Meer essen …«

»Du machst mich schlecht vor dem Jungen!«

»Das stimmt nicht, das stimmt nicht!«, wehrte Ivana sich schwach.

Sie sank auf den Sessel, verbarg das Gesicht in den Händen und fing an zu weinen. Im Nu sprang der Junge vom Sofa auf, um sich im Schneidersitz vor sie zu setzen. Er lehnte sich gegen sie, Stirn an Stirn, legte einen Arm um Ivana und redete auf sie ein. Karla verstand nichts von dem, was er sagte, und hasste die kroatische Sprache.

Sie kam sich elend vor, einsam und ausgeschlossen. Das alles erinnerte sie an ihre Eltern, die sich trennten und neue Partner fanden, egal, was Karla von all dem hielt. Sie blieb ausgeschlossen und hatte das Nachsehen.

Und erneut zweifelte sie an der Freundin. Hatte Ivana den Jungen und Karla nicht entfremdet? Hatte sie nicht von Anfang an das Ziel verfolgt, sich an Karlas Stelle zu setzen – ein Ziel, das sie ohne großen Aufwand jetzt auch erreicht hatte? Er mochte sie eindeutig mehr. Karla war in seinen Augen schuld an Ivanas verzweifeltem Schluchzen, das konnte sie an seinem Gesicht ablesen.

»Warum du … warum du nichts tun?«

»Und was?«, fragte Karla verstimmt.

»Sagen, du wolltest Ivana nicht wehmachen …«

»Du meinst, ich soll mich bei Ivana entschuldigen?«

»Ja«, sagte er nickend, »Ivana ist lieb.«

»Ich weiß ja, ich weiß, sie ist lieber als ich.«

Sie ging zum Dachfenster, stierte in Nebel und Regen, die den Waldrand und die Berge verwischten. Karla sehnte sich plötzlich weit weg. Wenn sie sich erinnerte an diese Leichtigkeit, als sie dem Jungen am Baggerseeufer begegnet war, diese heiteren Wochen in Sonne und warmer Luft, die sie zusammen im Baumhaus verbracht hatten, verkrampfte sich ihr Herz.

Seufzend drehte sie sich zu den beiden um. Ivana trocknete sich das Gesicht mit den Fingern ab. Sie hatte offenbar ein schlechtes Gewissen.

»Bitte«, wandte sie sich an den Jungen, der wieder Kroatisch sprach. »Wenn wir mit Karla zusammen sind, reden wir Deutsch, okay?«

»Lass mal«, entgegnete Karla, »das muss nicht sein. Wenn er lieber Kroatisch spricht, soll er es tun. Sprichst du lieber Kroatisch?«

Er nickte.

Klar, sagte sich Karla, er braucht mich nicht mehr. Sie streckte sich, wanderte wieder zum Sofa. »Und heute Nacht machen wir einen Ausflug. Ich werde das Fahrrad von Mutter mitbringen und wir radeln im Dunkeln zum Baggersee.« Nein, sie hatte nicht vor, auf den Jungen zu verzichten. Mit einem Mal war sie wild entschlossen, sich selbst und Ivana zu zeigen, dass sie nicht klein beigab.

Der Junge betrachtete sie mit einem Strahlen. »Ja ...«, stammelte er, »ja ... ich fahren ... wieder fahren ...«. Er rannte zu Karla, umschlang sie mit beiden Armen. »Wir fahren ... wir Rad fahren!«, jubelte Dudek und tanzte um Sessel und Sofa, »wir fahren in den Wald ... heute Nacht.«

Ivana beobachtete seinen Übermut mit einem versonnenen Schmunzeln.

Plötzlich brach der Jubel ab. »Und Ivana? Ivana kommt mit, nicht wahr?«, wollte er wissen.

»Ja. Ja«, sagte Karla mit kratziger Stimme und schluckte, »Ivana kommt mit.«

Als er das hörte, sprang er wieder um Sessel und Sofa.

Neununddreißig

Der Junge war wieder sehr niedergeschlagen, als es bei Anbruch der Dunkelheit platschte und prasselte und der heftige Regen keinen Ausflug erlaubte. »Wir fahren morgen Nacht, wenn es trocken ist!« Es war ein Versprechen, das Dudek nicht aufmuntern konnte. Reglos starrte er aus dem Dachfenster.

Am nächsten Vormittag war es nur kalt und der Himmel von Wolken verhangen. Auf Karlas Stundenplan standen drei Stunden Schulchor am Nachmittag, sie konnte erst abends wieder zum Dachboden hochsteigen. Mittags solle Ivana dem Jungen sein Essen bringen, hatten die Mädchen vereinbart.

Als sie zur Chorprobe radelte, summte das Handy im Anorak. Auf dem Display war eine Nummer, die Karla nicht kannte. Am anderen Ende der Leitung war Forstmeister Vucović, der sich umständlich entschuldigte. »Michael Gollrad … ich meine, der Mann aus dem Forstamt, hat mir deine Nummer gegeben … er war sich nicht sicher, ob du das erlaubst …« Josip Vucović hustete krachend ins Telefon, »tut mir leid, Karla … Karla? … ich wollte nur sagen … du hast doch gefragt, ob ich einen anderen kroatischen Forstmeister kenne, nicht wahr? …

Und heute fiel mir dieser deutsche Kollege ein, der mit einer Kroatin verheiratet war ... er heißt Fritz Mettenbrink und wohnt im Forsthaus bei Eulenfeld ... ja, die beiden sind seit einer Ewigkeit nicht mehr zusammen, seine Frau litt an Heimweh und wollte nach Hause ... an ein Kind kann ich mich nicht erinnern.«

Entschlossen, das Chorsingen sausen zu lassen und diesem Mettenbrink einen Besuch abzustatten, machte Karla auf der Hauptstraße kehrt. Eulenfeld war auf der Hinfahrt, bei der es zum Großteil bergab ging, nur vierzig bis fünfzig Minuten entfernt.

Als Karla den Rand von Eulenfeld erreichte, rissen schlagartig die Wolken auf und die Sonne strahlte. Freihändig ließ sich Karla bis in die Straße rollen, in der sich angeblich das Forstmeisterwohnhaus befand. Von der Hausnummer zwanzig war allerdings nichts zu entdecken.

Sie fuhr die Straße ein zweites Mal ab, um sicher zu gehen, dass sie sie kein Haus übersehen hatte. Aus einem krummen, spitzgiebeligen und mit schwarzgrauen Eternitplatten verkleideten Fachwerkhaus lehnte eine Frau um die Vierzig. Sie war wasserstoffblond, hatte bläuliche Lippen und lag mit den Ellenbogen auf einem Kissen.

»Ich bin auf der Suche nach Hausnummer zwanzig«,

rief Karla zum Fenster hoch. »Können Sie mir helfen?«

Statt zu antworten, schnippte die Frau, die in Nachthemd und Morgenrock steckte und rauchte, Asche aufs Fensterbrett. Endlich sagte sie kehlig: »Das Forstmeisterhaus«, als beantworte das Karlas Frage.

Karla blieb stur: »Und wo ist es?«

Die Frau zog an der Kippe: »Im Wald. Wo denn sonst? Es ist ziemlich versteckt. Schwer zu finden.«

Das war eine Auskunft, bei der es Karla schauderte. Monatelang hatte sie vermutet, dass das Zuhause des Jungen eine entlegene, einsame Behausung im Wald war. Ob sie es bei Forstmeister Mettenbrink tatsächlich mit seinem Vater zu tun hatte?

Karla zuckte zusammen, als das Hoftor aufging und ein Mann auf den Gehsteig trat, der an Ohrläppchen, Nase und Lippen gepierct war. Er trug eine Kappe aus Leder, die er in den Nacken schob. »He«, schnauzte er, »gegen einen Zehner, okay?«

»Was gegen einen Zehner?«

»Na, wo du das Haus findest… und wenn ich dich bringen soll, kostets zwanzig.«

Vom Fensterbrett schimpfte es: »Menne, verpiss dich!«, eine Aufforderung, der die Frau Nachdruck verlieh, indem sie die brennende Kippe ins Freie warf, wo sie auf der schmuddeligen Daunenjacke landete, die der Mann anhatte.

»Du gibst Menne kein Geld«, rief die wasserstoffblonde Frau, »der kauft sich nur Drogen … kein Geld! Ist das klar?«

Karla nickte, was den Mann wütend machte. »Halt deine Fresse!«, schrie er seine Mutter an, »sonst brech' ich dir sämtliche Knochen.«

Er zog Karla beiseite. »Linkshalten am Waldrand, ja? Bis du den Forstweg erreicht hast, okay? Anschließend zwei Kilometer geradeaus …«

Er kam Karla dabei entschieden zu nah. Sie roch seinen widerlich fauligen Atem und drückte sich zur Seite weg, wo ihr Fahrrad an der Hausmauer lehnte. Wenn er seine zehn Euro verlangte, musste sie schleunigst verschwinden.

»Bleib stehen!«, bellte Menne, »wir haben vereinbart …«

»Vereinbart? Wir haben nichts vereinbart …«, erwiderte Karla, »und außerdem habe ich nur ein paar Cent dabei.«

Mit rotem Gesicht packte er sie am Kragen. »Ich kriege den Zaster, hast du mich verstanden?« In diesem Augenblick bog eine Streife um die Ecke und der Junge verschwand auf den Hof, trat das Eisentor zu und verriegelte es von der anderen Seite. Seine Mutter, die alles von oben verfolgt hatte, brach in ein wieherndes Lachen aus.

Das Polizeiauto stoppte am Bordstein. »Wenn Menne was anstellt, muss er wieder einfahren«, sagte der Polizist auf dem Beifahrersitz, »eine Anzeige reicht, und er wandert ins Loch.«

»Nein, alles in Ordnung«, versicherte Karla, setzte sich auf den Sattel und strampelte los.

Mennes Beschreibung erwies sich als sehr genau. Trotz zweier verwirrender Abzweigungen konnte Karla das Forstmeisterhaus bald erkennen. Mit dem Rad lag es knapp zehn Minuten von Eulenfeld entfernt. Ihr blieb schleierhaft, warum das so abgelegene Gebäude dennoch eine Adresse im Ort hatte.

Kurz vor der Zufahrt zur Forstmeisterbleibe, stoppte Karla auf dem weichen, von Baumnadeln übersäten Weg, der sich durch den Fichtenwald schlängelte. Sie stieg nicht ab, lehnte sich mit einer Hand an einen Baumstamm, mit der anderen hielt sie den Feldstecher.

Sie erkannte einen Mann, der gerade auf seine überdachte und mit kleinen Holzpfeilern versehene Veranda trat. Er wirkte sehr kräftig und massig, vor allem um seine Schultern und den wuchtigen Brustkorb herum. Ein Zweimeter-Riese mit schütterem blondem Haar und eckigem Schädel mit Pferdegesicht. Diesen Eindruck verstärkten seine fliehende Stirn und die vorstehenden Zähne.

Der Mann nahm seine Flinte, die an einem Holzpfeiler lehnte, hängte sie sich mit dem Lauf nach oben um die Schulter und blieb auf den Stufen der Holztreppe stehen, in der Hand den Hut mit dem Gamsbart. Eine Weile bewegte er sich nicht, dann legte er den Kopf in den Nacken, beschirmte die Augen und sah in den Himmel. Als er sich den Hut auf den Kopf setzte, wusste sie es.

»Ich habe Ottack entdeckt«, sagte sie zu sich selbst, halb entsetzt, halb triumphierend. »Ich habe den Vater des Jungen gefunden.«

Fassungslos ließ sie den Feldstecher sinken. Sie durfte jetzt nichts falsch machen! Nichts! Ein winziger Fehler und Ottack erwischte sie.

Karla überlegte, ob sie nicht besser Ivana Bescheid geben sollte, und kramte bereits das Mobiltelefon aus ihrem Anorak, als der Mann, der offensichtlich Mettenbrink war, seine Veranda verließ und zu dem Pick-up vor dem Haus schlenderte. Er verstaute die Flinte im Innern, kam wieder zum Vorschein und stapfte zu einer von Fichten verborgenen Ecke der Einfahrt. Die Einfahrt war ein großer gerodeter Platz voller schlammiger Spuren, in den Furchen stand blaues, den Himmel mit Sonne und Wolkenzug spiegelndes Wasser.

Lautes Hundegebell brachte Karla von ihrem Vorhaben ab. Eilig steckte sie Handy und Feldstecher ein, sprang vom Fahrrad, versteckte es zwischen den Fichten und lief in den Wald, um den Platz vor dem Haus besser einsehen zu können. Sie kletterte auf eine Buche, die ihr freie Sicht gewährte.

Gut verborgen vom gelblichen Herbstlaub, fand sie in einer Astgabel Halt. Das heisere Bellen der Hunde im Ohr, zog sie den Feldstecher aus ihrem Anorak, um zu sehen, was los war. Doch ihre Befürchtung, der Kerl könnte sie bemerkt haben und seine Jagdhunde auf sie hetzen, erwies sich als falsch.

Sie erkannte die sechs Hunde wieder, hochbeinig, mit Schlappohren und fleckigem Fell waren sie ihr von den Zeichnungen des Jungen vertraut. Mettenbrink, der in den Zwinger trat, legte die Tiere an Leinen und lief mit der zerrenden Meute zum Wagen, wo sie auf die Pritsche sprangen und er sie festband.

Dann setzte er sich hinter das Lenkrad, startete den Motor und gab Gas, bis sich der Wagen aus den schlammigen Rinnen befreite. Beim Anfahren fielen seine Jagdhunde um, sprangen wieder auf und fielen beim nächsten starken Ruck erneut auf ihre geifernden Schnauzen.

Mettenbrinks Wagen rollte ruckelnd vom Vorplatz und bog auf den hellbraunen Waldweg ein. Er war jetzt nur noch rund dreißig Meter von Karla entfernt. Ob seine Jagdhunde anschlugen, wenn sie sie witterten?

Sie hoben zwar schnuppernd die Schnauzen und bellten los, als sie Karlas Buche passierten, doch der Forstmeister schien den Alarm nicht zu registrieren. Ohne den Pick-up zu verlangsamen, holperte er bergab, bis sich der Motorenlärm in der Ferne verlor.

Karla blieb eine Weile lang sitzen und lauschte. Sie wollte auf Nummer sicher gehen. Sie zauderte, ob es richtig war, das Haus aus der Nähe alleine zu untersuchen. »Er wird stundenlang wegbleiben«, sagte sie sich. »Warum sonst nimmt er seine Jagdhunde mit? Bestimmt nicht, um Brot zu kaufen oder zu tanken.«

Sie hatte den richtigen Zeitpunkt erwischt: Mit sechs Hunden im Zwinger, die außer sich wären, sobald Karla sich näherte, hätte es Nerven gekostet, das Haus in Augenschein zu nehmen – jetzt ließ es sich in aller Stille erledigen. Bis Mettenbrink wiederkam, würde sie bereits auf dem Heimweg sein.

Trotzdem beeilte sich Karla, zu ihrem Fahrrad zurückzukommen. Dann preschte sie die sechshundert Meter zum Einfahrtstor, das sperrangelweit offen stand, und schwang sich vom Sattel, um nicht mit dem Rad im Schlamm zu versinken. Um Mettenbrinks Anwesen zog sich kein Zaun, es war der Wald, der die Grenze markierte.

Karla legte ihr Fahrrad ins kniehohe Gras und lief in weitem Abstand um das Gebäude. Das zweistöckige Forstmeisterhaus schien komplett aus Holz zu bestehen. Alles wirkte vergammelt und armselig. Außer dem Zwinger rechts neben dem Forsthaus entdeckte sie mehrere Schuppen und Anbauten, die Werkzeug und anderen Forstkram enthielten. Sie erkannte Kaninchenfangnetze und Weidmesser, Futterstellen, die wohl repariert werden mussten, etliche Flinten, Feldstecher und Munitionskisten, Maschendrahtrollen, Geweihe und Schutzhelme.

Beim Seiteneingang stieß sie auf einen Abtritt aus Brettern. Das Klo mit dem Balken um das Loch in der Mitte stand, von der Sonne beschienen, weit offen. Als sie sich vorsichtig anpirschte, stieg ihr ein scharfer Geruch in die Nase. »Puhh«, machte Karla und hielt sich die Nase zu. Sie schlug einen Bogen um das Plumpsklo und lief zum Fenster, um ins Innere des Forstmeisterhauses zu spähen.

Plötzlich drang ein seltsames Klappern an Karlas Ohren, das vom seitlichen Hauseingang neben dem Abtritt zu kommen schien. Mettenbrink hatte das Haus nicht verschlossen, Tür und Fliegendrahtgitter waren lediglich angelehnt und klapperten bei jedem Luftzug.

Eine innere Stimme ermutigte sie: »Das ist deine Chance! Du kannst alles erfahren, was du wissen willst, wenn du den Mut hast, das Haus zu betreten!« »Lass es lieber! Wer weiß, was im Haus auf dich wartet ... ein bissiger Hund, der die Bude bewacht! Oder vielleicht eine Falle? Mit Fallen kennt sich Mettenbrink aus«, widersprach eine andere.

Karla schloss die Augen, um eine Entscheidung zu treffen – und lief auf den Eingang zu.

Vierzig

Karla trat in einen niedrigen Korridor, der zu beiden Seiten mit Sachen vollgestellt war: Hundefutter in Dosen, zwei Teppichrollen, mehrere vergessene Beutel mit Abfall und leere Kartons. Links und rechts gab es zwei Türen, die beide verschlossen waren. Der Korridor endete vor einem Zimmer, das sich vom vorderen Eingang, der auf die Veranda ging, bis zu den hinteren Fenstern zog. Vorne erkannte sie eine Garderobe, ein Heer von Schuhen und Stiefeln, die kreuz und quer durcheinander standen, Hundeleinen, eine Hutsammlung und einen klobigen Bauernschrank, der bis an die Holzdecke reichte.

In der Mitte des Zimmers führte eine Treppe zum oberen Stockwerk, rechts, nahe beim Flur, stand ein Eichentisch, der an drei Seiten von je einer Holzbank mit Lehne umgeben war. Auf der Tischplatte lagen Mandarinenschalen, zerdrückte Bierdosen, Teebeutel, Lotteriescheine und tote Insekten. Außerdem gab es einen leeren Teller mit Ketchup- und Senfresten und ein halbvolles Bierglas mit darin ertrunkenen Fliegen.

An der Stirnseite erspähte Karla einen Ofen, Regale mit mehreren Reihen beschrifteter Leitzordner, einen Schreibtisch mit Telefon, ein Faxgerät, Stapel von Briefen, einen Computer und einen Drucker. Karla beugte sich zu dem Kalender aus Leder, der aufgeklappt auf dem Keyboard lag. An diesem Nachmittag war kein Termin notiert.

Drei Fotos in goldenen Rahmen, die hinter dem Telefon standen, zogen ihre Aufmerksamkeit auf sich. Auf zweien erkannte sie Forstmeister Mettenbrink mit wesentlich dichterem Haarschopf als heute. In Hausschuhen und Boxershorts saß er auf einer Terrasse. Sie musste zu einem Lokal am Meer gehören, im Hintergrund war ein Sandstrand mit Gischtwellen zu erkennen.

Auf der anderen Seite des Tischs saß eine Frau. Sie streckte den Arm aus, um Mettenbrinks Hand zu ergreifen, die locker auf Feuerzeug und Zigaretten lag. Sie hatte ein weiches Gesicht, schwarze Haare, die glatt bis zur Taille fielen, schwungvolle Lippen, zarte Brauen und Wimpern, die auffallend lang waren. Zum Zeitpunkt der Aufnahme musste sie Anfang zwanzig gewesen sein, der Forstmeister ungefähr vierzig. Fast vollständig verdeckt von der Frau, die sich vorbeugte und dem Mann liebevoll ins Gesicht sah, während er mit einer brennenden Kippe im Mundwinkel starr in die Kamera grinste, saß ein Kleinkind und wedelte mit seinen pummeligen Armen.

Das Kind musste Dudek sein. Das zeigte ein anderes Foto. Es zeigte den Kleinen auf den Knien seiner Mutter.

Beide hockten in der Sonne auf einem Felsen am Meer und blinzelten in Richtung des glitzernden Wassers. Die schwungvolle Form seiner Lippen, die zarten Brauen und langen Wimpern, das schwarze, ins Bläuliche spielende Haar – alles passte exakt. Und er hatte deutliche Ähnlichkeit mit seiner Mutter. Auf dem letzten Foto in goldenem Rahmen, auf dem sie vor einem Waldrand und graublauen Bergen saß, hatte sie eine Gitarre im Schoß und sang und spielte dem am Daumen lutschenden Kind etwas vor.

Karla stellte die Aufnahme wieder zurück und zog an der mittleren Schublade, die nicht verschlossen war. Erneut sprang ihr ein Foto ins Auge. Es lag in der Mitte der Schublade zwischen einem Packen mit Briefpapier, Banksachen, Ausweisen und einer Dose mit Geld. Wieder war auf dem Foto das Meer zu erkennen. Das Bild zeigte einen Parkplatz an einem felsigen Steilufer mit kroatisch beschrifteten Werbeplakaten, dazu Mettenbrink, der an seinem Pkw lehnte. Neben dem Mann Frau und Kind. Was Karla entsetzte: Den beiden fehlten die Köpfe, sie waren herausgeschnitten.

Karla stieß auf weitere Fotos mit Kind und Frau. Auch auf ihnen fehlte beiden der Kopf. Auf einem weiteren Foto hatten sie keine Gesichter mehr, weil sie mit einem Kugelschreiber unkenntlich gemacht worden waren.

In einer Mappe, die Karla aus der Schublade zog, fand sie einen Trauschein, ein Familienbuch und den Taufschein des Jungen, den sie mit zitternder Hand vor ihr Gesicht hob, um Dudeks richtigen Namen zu lesen: Marko Friedrich Augustin Mettenbrink. Karla legte den Schein in die Mappe zurück. Das hieß: Mettenbrink war Dudeks Vater. Dieser Mann, der den Jungen mit seinen Hunden verfolgte, als wenn er ein Tier wäre, war Dudeks Vater.

Was war mit der Mutter passiert? Vucović hatte gemeint, sie habe den Förster aus Heimweh verlassen. Aber warum hatte sie Marko nicht mitgenommen? Auf den Fotos wirkte sie überaus liebevoll …

Und was war mit dem Unterschied zwischen den Aufnahmen vor dem Telefon und denen in der Schublade? Die einen steckten in goldenen Rahmen, auf den anderen waren Mutter und Kind getilgt. Mettenbrink gab sich offenbar vor Besuchern als leidender Vater und Ehemann aus, der die Trennung von Mutter und Kind nie verwunden hatte. Aber in Wahrheit kannte er nichts als Hass und Vergeltung. Er nimmt Rache an dem Jungen, dachte Karla, seine Frau ist weg und Mettenbrink zahlt es dem Jungen heim.

Sie zuckte zusammen. Waren das Schritte vor dem

Haus – oder war es nur wieder der klappernde Seiteneingang? Sie vergewisserte sich auf der Armbanduhr. Es ging auf halb sechs zu, sie musste dringend aufbrechen!

Schnell stopfte Karla Urkunden, Taufschein und Fotos in Mettenbrinks Mappe und schloss die Schublade. Als sie zum Flur lief, stieß sie mit der Kniescheibe an die Holzbank beim Esstisch und musste vor Schmerzen die Zähne zusammenbeißen. Humpelnd eilte sie zu dem seitlichen Eingang und spähte ins Freie: kein Mensch weit und breit.

Sie holte tief Luft und rannte in Richtung Wald, um ihr Rad zu holen, das neben der Einfahrt im Gras lag.

Sie schaffte nur wenige Schritte, als plötzlich Mettenbrinks Hunde mit rasendem Bellen um das Haus bogen. Karla drehte sich um und rannte los, von den Bestien verfolgt, die vor Jagdeifer jaulten. Den Hunden zu entkommen, war aussichtslos. Sie würden sie einholen, das war absolut sicher, sie würden sie anspringen, bis sie nur noch eine hilflose Beute war.

Trotzdem rannte sie verzweifelt in Richtung Wald. Doch schon bemerkte sie das erste Tier an ihrer Seite. Der Hund sprang hoch, um sich in ihren Arm zu verbeißen. Karla versuchte auszuweichen, trat dem jaulenden Hund in die Seite. Das zweite Tier abzuwehren, schaffte sie nicht mehr. Es hechtete Karla ins Kreuz, sie stolperte und fiel auf den Boden. Sie stellte sich vor, von den Bestien zerrissen zu werden, als sie aus der Ferne einen gellenden Pfiff hörte. Die Hunde ließen von ihr ab, setzten sich auf die Hinterpfoten und bildeten – sprungbereit, jaulend – einen Kreis um sie.

Atemlos lehnte sie sich auf die Ellenbogen und erkannte den Forstmeister, der auf sie zu schlenderte. In seinem kantigen Gesicht voller Sommersprossen erkannte sie seinen Triumph. »Na, Kleine, ziemlicher Schreck, was?«, meinte er. »Du verdankst es nur mir, dass sie dich nicht zerfleischt haben.«

Was Karla als erstes befremdete, war seine Stimme. Bei einem so kraftvollen Menschen von beinahe zwei Metern hatte sie eine tiefe, durchdringende Stimme erwartet. Diese hingegen war hoch und metallisch.

Breitbeinig baute sich der Forstmeister vor ihr auf. »Einfach bei anderen Leuten ins Haus eindringen … tss tss tss«, sagte er schnalzend und musterte Karla. »Mich bestehlen … dich an meinem Bargeld vergreifen?«

Glaubte er wirklich, sie wollte sein Geld stehlen? Falls er sie für eine Diebin hielt, bestand Aussicht, dass er sie vielleicht bald wieder gehen ließ. »Soll nicht wieder vorkommen«, sagte sie schuldbewusst.

»Soll nicht wieder vorkommen«, echote er kichernd, »okay, Kleine, gib mir mein Geld zurück und du kannst abhauen.« Er hielt seine Hand auf, die unförmig groß war und voller Bläschen, als würde er an einem Hautausschlag leiden.

Mettenbrink schien sich nur schwer zu beherrschen. Seine Gesichtsmuskeln zuckten, er war kurz davor, in einen Lach- oder Wutanfall auszubrechen. Doch Karla hatte kein Geld bei sich, absolut nichts. Nur zum Schein kramte sie in den Taschen. »Ich muss es verloren haben«, sagte sie schließlich heiser.

»Schlecht, das ist schlecht«, meinte Mettenbrink blinzelnd, mit dieser blechernen Stimme, die Karla bis ins Mark ging. »Oder schwindelst du schon wieder? Wolltest du Mettenbrink ausspionieren? Deine Nase in seine Privatsachen stecken … ob du nicht etwas findest, womit du mir schaden kannst? Sag's schon, Kleine, du wolltest mir schaden, stimmts? Du willst mich vernichten, nicht wahr?«

Er streckte den Arm aus und streichelte Karlas Haar, während er weiter wie irrsinnig kicherte. Sie hatte entsetzliche Angst. Er hatte sie offenbar nie ernsthaft einfach für eine Diebin gehalten. Das Ganze war von Anfang an nur ein grausames Spiel für ihn gewesen.

Aus Verzweiflung, Ekel und rasender Panik biss sie ihm in die Hand. Endlich brach dieses hohe, irrsinnige Kichern ab. Karla schmeckte sein Blut. Seine Hunde sprangen auf, scharrten unruhig im Dreck und erwarteten seinen Befehl. Sie rochen das Blut, das von Mettenbrinks Handgelenk tropfte.

Trotzdem ließ Karla nicht ab von der unförmig großen und blasigen Pranke. Und aus dem Mann stieg ein Schrei zwischen Schmerz und Wut, der an den Schrei eines Tiers erinnerte. Er hob seine freie Hand, die er zur Faust ballte, und holte aus. Ein Hieb auf ihren Kopf, ein glühender Schmerz –

Einundvierzig

Als sie wieder aufwachte und sich bewegte, rasselte es. Ein schweres Gewicht zerrte an Karlas Hals. Sie lag im Dunkeln auf glitschigen Steinen. Und das feuchtkalte Dunkel roch unangenehm. Offenbar befand sie sich in einem Stall oder Schuppen mit zwei Fenstern, die jedoch mit Brettern vernagelt waren. Nur ein Spalt in der Mauer ließ einen schmalen Streifen Tageslicht herein. Vor diesem Mauerriss stand Mettenbrinks Wagen. Karla spürte etwas Schweres, Kaltes an ihrem Hals und tastete mit ihren Händen danach. Er hatte ihr einen Eisenring um den Hals geschlossen! Er war mit einer schweren, an einem Ring in der Stallwand befestigten Kette verbunden.

Karla tastete nach ihrem Handy, um Hilfe herbeizurufen. Sie fand es nicht mehr, hatte es auf Mettenbrinks Schreibtisch liegengelassen. Oder er hatte es ihr abgenommen, während sie bewusstlos gewesen war. Verzweifelt wühlte sie in ihren Taschen. Bei jeder Bewegung bewegte sich die Kette, klirrte und rasselte auf dem Zementboden.

Das laute Klirren scheuchte die Hunde auf, sie begannen zu bellen. Das wiederum war ein Signal für den Forstmeister. Er machte sich am Riegel des Schuppens zu schaffen, trat ein und schloss die Holzpforte hinter sich. Dann stellte er sich auf die Zehenspitzen und drehte die Birne, die von einem Balken der Stalldecke baumelte, fester in die Fassung hinein. Ein greller Lichtschein stach Karla in die Augen. Sie legte einen Arm vor ihr Gesicht.

»'tschuldigung«, sagte Mettenbrink feixend, »das war nicht aufmerksam. Ich sollte mich netter benehmen, nicht wahr? Und ich verspreche dir, netter zu werden, wenn du dich nicht dumm stellst und mir meine Fragen beantwortest.« Seine metallische Stimme war voller Hohn. Er fasste das Kabel an, das von der Decke hing, um den blendenden Lichtschein auf Karla zu richten. »Spuck's schon aus. Wo steckt Marko?«, verlangte er zu wissen.

»Wer?«, fragte sie schluckend. »Ich kenn keinen Marko.«

Mettenbrink schwieg eine halbe Minute, dann trat er plötzlich voller Wut gegen einen leeren Eimer, der sie haarscharf verfehlte. »Du bist nur ein Dreck«, schrie der Forstmeister gellend, »und von einem Dreck lasse ich mich nicht anschwindeln! Selbst wenn du Karla heißt, bist du nur Dreck!« Als der Mann Karlas Namen aussprach, wurde ihr schlecht. »Ja, ich weiß, wer du bist«, keuchte Mettenbrink giftig, »das hat mir deine Freundin verraten.«

»Ivana? … Sie kennen Ivana?«

Einen Augenblick lang hatte sie den Verdacht, Ivana und Mettenbrink wären Komplizen. Nein, nein, das war Unsinn, er wollte sie nur verwirren … verwirren, bis sie nicht mehr klar denken konnte und sich verquatschte.

Schlagartig wurde ihr klar: Mettenbrink hatte ihr Handy. Und er hatte als erstes die Liste mit Anrufen kontrolliert. Und mit wem sprach ein Mädchen am meisten, wenn nicht mit der Freundin? Ja sicher, das war es, Mettenbrink hatte von Karlas Handy einfach die meistgewählte Nummer angerufen. Er hatte sich gar nicht mit Namen melden müssen. Karla stellte sich vor, dass Ivana gleich zu reden angefangen hatte. »Was ist los, Karla? Karla, wo steckst du, um Himmelswillen?« oder so. Hatte sie bei ihrem Wortschwall den Jungen erwähnt? Das war leider wahrscheinlich. Wo sie Dudek (nein, Marko) versteckt hielten, hatte der Forstmeister aber wohl nicht erfahren.

»Hilfe zu holen, das kannst du dir abschminken«, sagte er boshaft, »ich habe dein Telefon im Fluss versenkt. Selbst wenn dich deine Eltern bei der Polizei als vermisst melden – es ist jetzt nicht mehr zu orten. Kapiert? Kein Mensch wird dich finden.« Wieder ein hohes und boshaftes Kichern. »Und wenn du nicht in diesem Schuppen versauern willst, solltest du mir verraten, wo Marko steckt.«

»Denken Sie, ich bin losgefahren, ohne meinen Eltern zu sagen, wo ich hin will?«, entgegnete Karla verbissen.

Mettenbrink wirkte belustigt. »Hm«, machte er, »nur komisch, dass niemand kommt, um dich bei mir abzuholen. Sollten sie sich nicht beeilen, was meinst du? Hast du nicht Hunger, knurrt dir nicht der Magen?«

Oh ja, sie war hungrig, sehr sogar! Aber Karla war zu verzweifelt, als dass das jetzt wichtig war. Doch plötzlich war sie sehr durstig. Ein Eimer mit Wasser stand erreichbar in ihrer Nähe. Das Wasser schmeckte schal und abgestanden … doch das war nicht schlimm, wenn sie nur ihren Durst löschen konnte.

Mit einem Kichern ging Mettenbrink auf den Eimer zu, packte den Henkel und kippte den Wasserschwall schwungvoll in Karlas Gesicht. »Das war dringend«, wieherte er, »riechst du es nicht? Du stinkst, du stinkst widerlich, sage ich dir. Du bist nur Dreck und das riecht man, zum Teufel! Und eins sollst du wissen: Du kriegst erst zu essen, wenn du mir sagst, wo mein Junge ist. Ich bin der Vater von Marko, ich habe ein Recht auf den Jungen, er ist mein Fleisch und Blut. Mir verdankt er sein Leben ich entscheide, was aus diesem Leben wird, klar?«

»Sollte mir etwas zustoßen, kommen Sie ins Gefängnis«, nahm Karla ihren Mut zusammen.

»Machst du dir Sorgen um mich?«, höhnte Mettenbrink und schmetterte den Blecheimer gegen die Wand, der mit lautstarkem Scheppern zu Boden knallte. »Rechne erst wieder am Abend mit mir. Ich werde Essen mitbringen, von dem du was bekommst, wenn du brav bist und auspackst.«

Mettenbrink stiefelte pfeifend ins Freie, wo er wieder den Riegel vorschob und den Wagen anließ. Mit durchdrehenden Reifen verließ er den Platz vor dem Haus. Als alles still war, fing Karla an zu weinen.

»Du musst stark bleiben. Du darfst ihm nicht sagen, wo Marko ist«, ermahnte sie sich. Sie wollte sich lieber nicht ausmalen, was Mettenbrink machen würde, wenn Marko wieder in seiner Gewalt war. Und was würde er mit ihr anstellen? Er brauchte sie dann zwar nicht mehr, doch ihr war klar, dass er sie nicht einfach gehen ließe.

»Mettenbrink braucht mich«, sagte sie sich immer wieder. Der Gedanke beruhigte sie etwas. Bis der Hunger überhandnahm und sich ihr Magen verkrampfte. Wieder und wieder zerrte Karla an der Kette. Irgendwann schien sich der Eisenring zu lockern. Karla kroch zur Wand, um den Ring aus der Mauer zu brechen. Sie zog und zerrte, aber sie war zu schwach. Sie gab auf, legte sich flach auf den Boden und wimmerte.

Bei Anbruch der Dunkelheit klackte der Riegel am Eingang. Karla kauerte sich vor die Mauer und schnupperte. In einer Pfanne, die er in den Schuppen trug, brutzelten Eier und Speck. Mettenbrink drehte das Licht an und setzte sich breitbeinig auf einen wackligen Stuhl. Er holte ein Stück Brot aus seiner Jacke, das er ins Fett tauchte. »Na«, sagte er kauend, »alles Ordnung, du Dreck? Oder willst du was abhaben? Du würdest nicht mal eine Brotkruste ablehnen, was? Selbst wenn sie voll Speichel und Dreck wär …« Er spuckte auf die Kruste, warf sie zu Boden und trat mit seinem lehmigen Stiefel darauf herum. Dann kickte er sie in die Ecke, wo Karla saß. Gierig kroch sie zu dem Brotstück. Sie riss an der Kette, die aber zu kurz war und streckte verzweifelt den Arm aus. Mettenbrink schlug sich auf seinen Schenkel. »Ach, tut mir das leid, Kleine«, sagte er feixend und schmatzend. »Wenn du mir sagst, wo er ist, kannst du was abhaben.« Er stocherte mit seiner Gabel im Essen und ließ einen Teil auf die Erde fallen. »Schade um die guten Sachen, was?«

»Ich werde … ich werde es sagen.«

»Hm«, grunzte der Forstmeister, der seine triefenden Mundwinkel abwischte. »Gut, dann mal los!«

»Erst will ich etwas zu essen bekommen.«

Seine Kiefer begannen bedrohlich zu mahlen. Mit einem Aufschrei nahm er seine Pfanne und schleuderte sie gegen die Wand, wo das Essen teils kleben blieb, teils auf den Boden platschte. Karla, die auf der anderen Seite des Schuppens saß, wimmerte vor Angst.

»Du willst mir Bedingungen stellen?«, schrie Mettenbrink. Sein Gesicht war jetzt feuerrot angelaufen, seine Stirnadern schwollen an. »Nur ich darf das, Dinge verlangen, kapiert? Ich bin hier der Herr im Haus, du bist nur Dreck! Nur Dreck, wie Ljubica, die den Herrn im Haus einfach im Stich lassen wollte. Die Hure war sicher, ich lasse sie ziehen, haha … nichts als Dreck, wie das Balg, das sie mir hinterlassen hat, dieses schwachsinnige Kind, das seine Mami vermisst hat. Ewig wollte es wissen: ‚Wo ist meine Mami? Ich will zu meiner Mami!', bis ich den Dreck in den Schuppen gesperrt hab, weil er nicht aufgehört hat.«

Karla presste sich gegen die Mauer, als er auf sie zukam. Er beugte sich vor, hob die Kette vom Boden auf. Karla hörte sie klirren. »Wo steckt er?«, schrie er sie an. »Sag es mir endlich!«

»In einer Grotte …«, versetzte sie atemlos, »… es gibt eine Grotte im Wald«. Stammelnd beschrieb sie den Ort zwischen den zackigen Felsen, verborgen von Brombeerenhecken und Brennnesseln, wo sie den Jungen am Anfang versteckt hatte. Sie wollte nur Mettenbrinks Kette entgehen. Den Jungen wirklich zu verraten, das schaffte sie nicht.

Mettenbrink hastete wortlos ins Freie, wo er sich die kläffenden Hunde im Zwinger schnappte und auf seinen Pick-up trieb. In der Stille, die folgte, als er weg war, sackte Karla in sich zusammen.

Zweiundvierzig

Mehr als einen Aufschub, wusste Karla, hatte sie sich nicht verschafft. In der feuchtkalten Finsternis verlor sie jedes Zeitempfinden. Sie war zu kraftlos, um sich einen Plan auszudenken, mit dem sie ihn außer Gefecht setzen konnte. Beherrscht von Verzweiflung, Hunger und Durst versank sie in dumpfer Bewusstlosigkeit.

Irgendwann kam Mettenbrink zurück. Selbst als er mit seinen Hunden den Stall betrat, blieb ihr Entsetzen stumpf. Teilnahmslos kauerte sie in ihrer Ecke. Sie machte sich klein, umschlang sich mit ihren Armen und starrte den Forstmeister leer und benommen an, der breitbeinig vor ihr stand und sie beschimpfte.

»Du Dreck«, schrie er wieder und wieder: »Du Dreck!«

Warum konnte der Alptraum nicht endlich vorbei sein? Sie wollte aufwachen ... an einem normalen Tag ... in ihrem Zimmer zu Hause. Was machte sie in diesem schmutzigen Stall? Mettenbrinks Brüllen und Keifen hallte in Karlas Ohren ... sie wollte ausruhen, wollte nur Ruhe, und sagte es, um ihren Frieden zu haben ... »Er ist auf dem Dachboden«, murmelte sie erstickt, »auf dem Dachboden in meiner Schule ...«

Mettenbrink machte drei Schritte auf Karla zu. Sie roch seinen Schweiß, seinen fauligen Atem. Nannte stockend den Ort, wo sie wohnte, den Namen der Schule, mit matter, versagender Stimme.

Er packte sie hart an den Schultern: »Sprich lauter, verdammt!«

Sie strengte sich an, wiederholte: »Er ist auf dem Dachstuhl der Schule.« Und hustete.

Mettenbrink streichelte kurz Karlas Wange. »So ist brav, Kleine, brav von dir«, sagte er heiser, »mich aufs Kreuz legen zu wollen, macht alles nur schlimmer. Meine arme Ljubica hat das nicht kapiert. Deine Auskunft war ehrlich, ich wittere das … und wenn ich meinen Jungen auf dem Dachboden finde, hast du dir eine Belohnung verdient …«

Mettenbrink richtete sich wieder auf, um die Leinen der jaulenden Meute vom Rohr loszubinden. Und Karla weinte vor Kummer und Scham. Sie hatte versagt und den Jungen verraten.

Was in den nächsten Stunden geschah, erlebte sie durch einen dichten Schleier der Benommenheit. Irgendwann drangen Stimmen in den Stall zu ihr, sie schienen vom Platz vor dem Forstmeisterhaus zu kommen. Karla wusste nicht, ob sie im Schuppen um Hilfe gerufen hatte oder sich ihr Rufen nur einbildete.

Mit einem Schlag flog der Eingang zum Schuppen auf. Gelbe Lichtkegel blendeten sie. Dann war sie von Stimmen umgeben, ungreifbaren Stimmen, die Karla vertraut vorkamen. Es waren die Stimmen von Ivo, Stinkie und Dennis.

Sie holten Wasser und ließen sie trinken, schlugen mit einem Hammer den Eisenring aus der Wand, trugen sie aus dem Schuppen behutsam ins Freie, bedeckten sie mit dicken Jacken, benachrichtigten Ambulanz, Polizei, Karlas Vater … es heulten Sirenen in der Ferne, im Wald konnte man ein gespenstisches Flackern erkennen … Karla wollte sich fallen lassen, einfach nur fallen lassen … und zwang sich zum Wachbleiben, musste ja sagen … sie musste ja unbedingt sagen: »Marko … der Junge … er will sich den Jungen holen … Mettenbrink will sich den Jungen holen …!«

»Ruhig«, meinte Ivo, der Karla zu trinken gab und sie beschwichtigend streichelte.

»… aber er wird Marko … er wird dem Jungen etwas antun …«

»Von wem sprichst du? Ich kenne keinen Jungen, der Marko heißt.«

»Von nehma straha«, versetzte sie keuchend.

»Ah, du meinst diesen Dudek.«

»Ja, Dudek.« Sie nickte.

»Und wo ist er?«

»Im Dachstuhl ... der Schule ... Ivana weiß ...«

»Dudek im Dachstuhl der Schule?«, schrie Ivo, verdrehte die Augen und sprang auf die Beine. Er rannte zu seinem Motorrad, das mit ohrenzerreißendem Heulen in den Wald davonbrauste.

»Was ist los?«, wollte Stinkie von Dennis wissen, der Karla jetzt anstelle von Ivo zu trinken gab.

»Ich weiß nicht, angeblich war jemand im Dachstuhl der Schule.«

»Im Dachstuhl der Schule? Der ist doch total verkohlt!«

Karlas Hand verkrallte sich in Stinkies Arm. »Was sagst du, verkohlt? ... Feuer? ... Im Dachstuhl? .... Dudek und Ivana ... sind sie ... sind sie beide verbrannt?«

Sie bekam nicht mehr mit, was der Lulatsch erwiderte. Sie war zu schwach, der Schock zu groß. Sie war schuld an allem. Sie hatte den Jungen verraten.

Dreiundvierzig

Als Karla erwachte, war alles weiß, Bettzeug und Wand, die Zimmerdecke und die Wolken vorm Fenster. Sie erkannte einen Blumenstrauß, der auf dem Nachttisch stand und das flimmernde Weiß bunt bekleckste. Sie schloss ihre Augen, die schmerzten, und wandte sich langsam der Stimme am Bettrand zu. »Bist du wach, Karla?«, fragte die Stimme leise.

Auf der Kante, zum Greifen nah, hockte Ivana. »Sind wir tot?«, wollte Karla wissen. Zu sprechen war anstrengend, sie kriegte nicht mehr als ein heiseres Hauchen zustande.

Ivana ergriff Karlas Hand. »Unsinn«, versetzte sie lachend, »wir leben!« Karla musste sich von der qualvollen Ungewissheit befreien. »Bist du nicht mit Marko im Dachstuhl verbrannt?«

»Marko? Wer ist Marko?«

»Der Junge, sein richtiger Name …«

Ivana stand auf und ging um das Bett herum zu den Blumen. »Wir sind nicht verbrannt.« Sie hob den Strauß aus der Vase, gruppierte die Blumen um.

»Auch Dudek … ich meine, auch Marko ist nicht verbrannt?«

»Auch Marko nicht«, sagte Ivana.

»Und warum besucht er mich nicht?«

Karlas Freundin biss sich auf die Lippen. »Niemand weiß, wo er ist. Er ist spurlos verschwunden.«

»O Gott. Mit seinem Vater, dem Forstmeister?«

Ivana beeilte sich, sie zu beruhigen. »Nein, den hat man verhaftet.« Sie ließ sich erneut auf der Bettkante nieder und streichelte Karla am Arm. »Der wird niemandem mehr etwas antun.«

Karla spürte, wie sich alles wieder anfing zu drehen. Die neuen Nachrichten waren verwirrend. Sie spähte zu dem Ständer mit der Infusionsflasche, der neben dem Nachttischchen stand. Kleine Blasen bewegten sich in einem dünnen Schlauch, der in ihrem Unterarm endete. »Du willst mich nur schonen, nicht wahr?«

Ivana betrachtete sie mit einem Stirnrunzeln. »Was meinst du mit ›schonen‹, ich versteh dich nicht.«

»Er ist verbrannt und ich darf es erst wissen, wenn ich gesund bin.«

»Nein«, sagte Ivana entschieden, »du irrst dich, es steht in der Zeitung, ich kann sie dir zeigen. Man hat keine Leiche im Dachstuhl entdeckt. Und ich weiß, dass er schon weg war, ich weiß es. Er hat unsere Schule rechtzeitig verlassen. Lange vor Ausbruch des Feuers.«

Karla stützte sich auf den Ellenbogen. »Ich will wissen. Warum bist du sicher, dass er schon weg war, Ivana?«

Sie ließ sich in allen Details von der Freundin berichten, was in den vergangenen zwei Tagen passiert war.

Ivana hatte den Jungen mittags im Dachstuhl versorgt. Ihr fiel auf, dass er sich anders benahm, fremder, verschlossener, beinahe abweisend. Er war hungrig und verputzte den Inhalt des Rucksacks im Nu. Erst später begriff sie, dass er seine Schnitzel und andere Fressalien versteckt hatte, um sich einen Proviant anzulegen.

Als Ivana den Dachstuhl verließ, hatte Marko sie mit »Nema straha« verabschiedet, was Ivana verwirrend und sonderbar fand, aber sie redete sich ein, es habe nichts zu bedeuten. Erst am Abend begann sie unruhig zu werden. Karla und sie hatten vereinbart, dass Karla ins Gasthaus kommen und sich bei Ivana die Schlüssel für Schule und Dachstuhl holen würde – aber sie war nicht erschienen. Da in der Schlossschenke Ruhetag war und die Eltern Ivana zu einem Geburtstagsfest mitnehmen wollten, raste sie mit dem Fahrrad zu Karla nach Hause, doch dort traf sie niemanden an.

Als sie mit den Eltern im Auto saß, erhielt Ivana einen Anruf von Karla. Doch Karla blieb stumm, trotz aller Aufforderungen von Ivana, zu sagen, wo sie sei. Umso beunruhigter war sie, als Karla am darauffolgenden Tag nicht zur Schule kam. Was war passiert? Karla beantwortete ihre Anrufe nicht, war nicht zu Hause, blieb dem Unterricht fern ... Ivana stieg zum Dachboden hoch, um zu sehen, ob bei Dudek alles in Ordnung war. Doch als sie dort ankam, sah sie mit Entsetzen, dass die Tür zum Speicher offenstand. Ivana war sich absolut sicher, dass sie wie immer den Eingang beim Weggehen abgeschlossen hatte. Sie wusste es nicht zuletzt auch deshalb, weil es ihr immer wehtat, wenn sie den Jungen wieder einsperren musste.

Da ahnte sie, dass Marko den Dachboden verlassen hatte. Sie eilte voller Verzweiflung in Dudeks Ecke, rief seinen Namen, doch keine Antwort. Sie fing an zu weinen und suchte den ganzen Dachstuhl ab, ließ keinen Winkel aus, aber der Junge war verschwunden.

Außer sich lief Ivana zu Karlas Vater, um mit ihm zu reden. Dudek war weg, Karla kam nicht zur Schule, es musste etwas Schlimmes passiert sein. Wie viel Karlas Vater von Ivanas stammelndem Wortschwall verstand, war nicht klar. Er überließ sie den Frauen im Vorzimmer, die sich um »die kleine Matijevic« kümmerten, während er heimbrauste und, als er Karla da nicht fand, fuhr er aufs Polizeirevier, um seine Tochter als vermisst zu melden.

»Du hattest den Dachbodeneingang wirklich verschlossen?«, fragte Karla, die kraftlos ins Kissen zurücksank.

»Ja«, versetzte Ivana, »er ist es gewesen, der Junge hat sich aus dem Dachstuhl befreit … den Ausbruch des Feuers hat er nicht mehr miterlebt.«

»Ich versteh das nicht … hat sein Vater den Brand gelegt? Wollte er, dass der Junge verbrennt?«

»Nein, Karla, das Feuer brach vorher aus. Stunden, bevor dich mein Bruder mit Dennis und Stinkie im Forsthaus gefunden hat. Es war keine Brandstiftung, sondern ein Kurzschluss, ein Kurzschluss im Heizstrahler, meldet die Zeitung. Und der lief, das ist wahr, als ich Dudek … ich meine … den Jungen im Dachboden suchte. Ich war zu benommen, um das Ding auszuschalten … aber eins ist sicher: Als Mettenbrink nach dem Jungen suchte, war der Dachstuhl bereits eine schwarze Ruine.«

Ivana und Karla schwiegen sich jetzt an, scheu, verlegen und unsicher. Etwas war anders als vor den Ereignissen, etwas zwischen ihnen hatte sich verändert.

In der Verwirrung, die Karla erlebte, kam sie sich umso schuldiger vor. Sie konnte sich nicht mehr beherrschen.

»Nicht weinen, nicht weinen, Karla«, sagte Ivana, die sich vorbeugte und sie umarmte.

Karla schluchzte: »Ich habe den Jungen verraten«, wiederholte sie pausenlos. »Ich bin schuld«, wimmerte sie.

Ivana kam mit ihrem Trost gegen den Weinkrampf der Freundin nicht an.

Eine Pflegerin trat ins Zimmer und beeilte sich, Karla eine Beruhigungsspritze zu geben. »Sie muss schlafen, du solltest dich besser verabschieden«, sagte sie zu Ivana, die Karla mit traurigen Augen betrachtete.

Karla sank in einen traumlosen Schlaf.

Auch am Tag darauf blieb sie benommen. Als sie Besuch von den Eltern bekam, die mit grauen Gesichtern bei ihr auf der Bettkante saßen, fiel Karla das Sprechen zu schwer.

Ein Mann trat ins Zimmer, der sich als Kriminalkommissar vorstellte und fragte, ob sie sich zutraue, auf seine Fragen zu antworten. Er sah sie mit rehbraunen Augen, die eher freudlos als forschend und scharf wirkten, durch seine staubig verschmierte Nickelbrille an. Der Mann mit der gelben, faltigen Haut ließ sich auf dem Besucherstuhl nieder und holte ein Taschentuch aus dem karierten Jackett. »Lass dir ruhig Zeit, Karla«, sagte er. Umständlich putzte er sich die Nase und legte ein schwarzes Notizbuch auf seine Knie. »Und sag mir Bescheid, wenn du Schluss machen musst.«

Er wollte alles erfahren, von Anfang an: von Karlas erster Begegnung mit Marko, den Wochen im Baumhaus, von der Nacht, als er vor seinem Vater floh, und der Zeit, als der Junge im Dachstuhl versteckt war. Und wie sie auf den richtigen Einfall mit dem Forsthaus in Eulenfeld kam.

Während sie seine Fragen beantwortete, erinnerte sich Karla wieder an die Tage und Wochen mit Marko, der anfangs nur stammelte, nichts von der Welt wusste, aber wissbegierig und zutraulich, heiter und kindlich war, bis er sich mehr und mehr in sich verschanzt und von Tag zu Tag fremder benommen hatte. Sie riss sich zusammen, um nicht wieder loszuweinen.

»Darf ich Sie etwas fragen?«

»Ja, sicher«, erwiderte der Kommissar, der sein Notizbuch zuklappte, die Brille absetzte und sie in seine Hemdtasche steckte.

»Wo ist er?«

»Der Junge?«

Sie nickte.

»Das wissen wir nicht.«

»Ist er tot?«

»Warum sollte er tot sein? Marko Mettenbrink ist nicht verbrannt …« Es entstand eine Pause, in der er an einem Daumennagel knabberte. »Selbst wenn es leichtfertig war, auf dem Dachstuhl einen uralten Heizstrahler laufen zu lassen. Als Erziehungsberechtigter wird dein Vater den Brand zu verantworten haben. Umso mehr, als er auch noch Direktor der Schule ist ...«

Karlas bebende Lippen warnten den Kommissar, der sich unterbrach und sie treuherzig anschaute. »Wir finden den Jungen, das verspreche ich dir.« Mit Mühe erhob er sich von dem Besucherstuhl und schlurfte zum Fensterbrett, um in den Garten zu sehen. Sie schwiegen, bis Karla sich aufrichtete.

»Und was ist mit Mettenbrink? Streitet er alles ab?«

Der Kommissar ließ die Gardine los, drehte sich zu ihr um. »Bei den Beweisen, die wir in der Hand haben, bringt es dem Forstmeister nichts, wenn er leugnet. Und das weiß er. Der Mann ist verschlagen, ein falscher Hund.« Er seufzte. »Das Drama begann vor acht Jahren, als sich Markos Mutter von ihm trennen wollte ... Sie ist die Tote, die wir an der Kiesgrube gefunden haben.«

Karla wurde schwarz vor Augen. »Das war Markos Mutter?«

Der Kommissar nickte: »Ja, leider. Und aus Sorge, von Marko verraten zu werden, und aus Hass auf Ljubica, die hatte weggehen wollen, hat er seinen Jungen in dem Schuppen gefangen gehalten ...«

»Und das ist niemandem aufgefallen?«

»Oh, Mettenbrink konnte sich blendend verstellen. Er spielte den armen verlassenen Ehemann und machte uns weis, seine Frau würde mit dem Kind in ihrer Heimat Kroatien leben. Keiner von uns ging von einem Verbrechen aus. Mutter und Kind waren weg, das war alles.«

»Und als man die Tote im Baggersee fand?«

»... brachte das niemand mit Mettenbrinks Fall, dieser Trennungsgeschichte vor langer Zeit, in Verbindung. Sie war ja auch äußerlich nicht mehr erkennbar.«

»Mehr will ich nicht wissen«, entgegnete Karla, die plötzlich spürte, dass sie keine Kraft mehr besaß.

»Ja, das reicht«, sagte der Kommissar, »und ich danke dir.« Er nahm seinen Mantel vom Haken und streckte die Hand aus, um sich zu verabschieden. »Und ein andermal erzählst du mir, warum du uns nicht benachrichtigt hast, als dir Marko begegnet ist. Nicht zur Polizei zu gehen, war ziemlich fahrlässig.« Er hielt Karlas Hand fest und zwinkerte ihr zu. »Aber jetzt erhol dich erst mal und komm wieder zu dir. Dem Jungen zu helfen, war mutig von dir. Du bist sehr in Ordnung, das will ich dir sagen.«

Karla konnte nur schlucken. Ihre Empfindungen waren zu schwankend. Sie ertrug es nur schwer, nicht zu wissen, wo Marko war. Sie vermisste den Jungen und warf sich vor, Fehler um Fehler begangen zu haben, bis zum Verrat seines Aufenthaltsorts an den Vater. Was machte er jetzt ohne ihre Hilfe? Wie schlug er sich durch, wie kam er an Essen? Sie machte sich große Sorgen, ob er nicht an die falschen Personen geriet. Wenigstens konnte er jetzt nicht mehr von seinem Vater eingefangen werden, das immerhin hatten Ivana und sie erreicht.

Seufzend drehte sie sich im Bett auf die Seite. Wenn sie aus dem Krankenhaus wieder nach Hause kam – was sollte sie anfangen ohne den Jungen? Ihr Leben schien ihr sinnlos und leer.

Ivo kam zu Besuch, in Begleitung von Stinkie und Dennis, die stolz in ihr Zimmer spazierten und Karla die Zeitung aufs Bett legten, wo sie mit Foto und Namen auf dem Titelblatt standen. Im Zeitungsbericht wurden beide, zusammen mit Ivo, als »selbstlose Retter« bezeichnet.

»Und wer hatte den Einfall mit Mettenbrink?«, wollte sie wissen.

»Hm«, meinte Stinkie und kraulte seinen Haarwirbel.

»Na ja …«, meinte der picklige Dennis, »das war halt …« und brachte seinen Satz nicht zu Ende, weil Ivo erklärte: »Es war einfach logisch. Wir waren als erstes bei Forstmeister Vucović, den du zwei oder drei Tage vorher besucht hattest, das hatte ich von meiner Schwester erfahren. Doch auch bei Vucović warst du nicht. Er war anfangs ratlos, es dauerte, bis er sich wieder erinnerte, dich an das Forsthaus in Eulenfeld verwiesen zu haben. Mettenbrink sei ein harmloser Sonderling, meinte er. Aber vielleicht seist du ja mit dem Rad in der Gegend von Eulenfeld verunglückt …«

An einem Nachmittag saßen die Eltern am Krankenbett und unterhielten sich leise. Karla schlief noch und nahm nichts als fernes Gemurmel wahr, das auch von einem Fluss stammen konnte. Erst bei den Worten ihrer Mutter: »Sie hat mir nichts anvertraut und keine Silbe von dem Jungen verraten«, wurde sie wach.

»Hat sie mir etwas anvertraut? Nein!«, meinte Vater erstickt, »und ich hatte sie Tag für Tag um mich. Ich kann ja verstehen, am Anfang der Junge, ich meine, da schien es noch nicht gefährlich … aber als dieser Mettenbrink Marko im Baumhaus entdeckte …? Warum hat sie uns nicht um Hilfe gebeten?«

Karla stellte sich weiterhin schlafend und lauschte. Es tat ihr weh, dass die beiden sich Vorwürfe machten und meinten, sie hätten versagt. Aber sie fand es erleichternd, dass sie sich wenigstens mal nicht stritten. Anders als oft in der Vergangenheit machten sie sich gegenseitig nicht schlecht oder hielten dem anderen vor: »Das ist deine Schuld!«

Sie verstummten, als Karla die Augen aufschlug.

»Geht es dir gut?«, fragte Mutter.

»Ja«, antwortete Karla. »Und wann darf ich endlich nach Hause?«

»In ein paar Tagen«, erwiderte Vater, »Eben habe ich mit dem Arzt gesprochen.«

»Und was hast du vom Schulamt gehört? Wirst du deine Stelle als Direktor verlieren … wegen mir?«

»Das ist noch nicht entschieden«, entgegnete er, »aber ich denke nicht, dass mich das Schulamt bestrafen wird. Ich bin ja dein Vater – und du bist eine Heldin!« Er wies auf den Zeitungsstapel neben dem Bett.

Mutter ergriff Karlas Hand. »Soll ich nicht wieder zu euch ziehen?«, fragte sie. »Ich kann meine Stadtwohnung jederzeit aufgeben.«

Karla musste erst Luft holen, bevor sie verneinte. »Nein, ich möchte nur einfach, dass ihr euch versteht und vertragt. Und außerdem, was sollen Michael und Stephanie sagen, wenn ihr wieder zusammenzieht? Das geht nicht.«

Sie betrachteten Karla erleichtert und nickten.

Vierundvierzig

Am ersten Ferientag war Karla bereits um halb sieben wach. Sie tappte ins Bad und wusch sich den Schlaf aus den Augen. Schon munterer kehrte sie in ihr Zimmer zurück, wo sie Sonnencreme, Badetuch, Sprachführer, Landkarte (Kroatien und adriatisches Meer) und mehr im Rucksack verstaute. Mit den Sandalen in der Hand schlich sie ins Erdgeschoss, um Vater und Stephanie nicht zu wecken, die erst tief in der Nacht nach Hause gekommen waren.

Sie nahm den Kellerausgang zur Garage, wo ihr Rad in der Ecke beim Waschbecken lehnte, und lenkte es um Vaters Cabrio – die anderen Oldtimer waren inzwischen verkauft –, öffnete das Tor und machte es hinter sich vorsichtig wieder zu.

Als Karla von der westlichen Hangseite heranfegte, schwang sich Ivana aufs Rad. Beide strampelten Seite an Seite zum Waldrand hoch, wo sie sich atemlos auf eine Bank fallen ließen.

»Bist du fertig mit Packen?«

»Ja, alles erledigt.«

Morgen würden sie zusammen mit Ivo in die kroatische Hauptstadt fliegen, um bei den Verwandten in Umag zu wohnen und Marko zu suchen. Ivo sollte sie bei der

Suche begleiten – und nebenbei dem zudringlichen Cousin auf die Finger sehen. »Hast du Markos Karte dabei?«, fragte Ivana. Karla nickte und kramte sie aus ihrem Rucksack.

Wie oft hatten sie schon zusammen Markos Postkarte betrachtet, ein Foto mit Meer, hohen Wellen und weißer Gischt, um zu verstehen, wo er steckte und was er trieb. Diese Postkarte ohne Adresse und Postleitzahl, nur mit dem Ortsnamen und den zwei Worten »Schule« und »Karla« versehen, hatte tatsächlich das Sekretariat ihrer Schule erreicht.

Das war im Januar gewesen. Karla ging es noch immer nicht gut seit dem Schulhausbrand und den grauenhaften Stunden bei Mettenbrink. Doch nichts, absolut nichts von dem Jungen zu wissen, ja, Zweifel zu haben, ob Marko überhaupt noch lebte, war das Allerschlimmste für sie gewesen. Mit seinen Zeilen in krakeliger Schrift war ihr Lebensmut wieder zurückgekehrt.

»Alles gut sein am Schluss, Karla«, stand auf der Karte, »ich mich nicht mehr verstecken muss vor fiese Mann. Nehma straha. Bald endlich ans Meer dampfen. Danke. Dankedanke. Und grussen Ivana, Dein Dudek.«

Den Absender hatte der Junge vergessen, nur der Zagreber Stempel war gut zu erkennen.

»›Endlich ans Meer dampfen‹«, sagte Ivana, »weißt du was? Ewig hockte er vor dieser Landkarte …«

»… du meinst, vor der Karte von Deutschland, auf der Tommys Weg bis zur See eingetragen war?«

»Ja, und er hatte sich außerdem noch eine andere Karte verschafft. Alte Karten von Deutschland, Europa und was weiß ich gab es im Dachstuhl ja massenhaft. Ich denke, er hat sie jedes Mal eingerollt und versteckt, wenn wir auf den Dachboden kamen.«

»Du meinst, er hatte auch eine Karte, die von Deutschland bis ans adriatische Meer reichte?«

»Hm«, machte Ivana und nickte.

»Auf der er seinen Weg bis Kroatien geplant hat?«

Wieder bejahte Ivana mit einem »Hm«.

»Warum hast du mir das bis heute verschwiegen?«

»Ich hab es dir nicht verschwiegen«, versetzte Ivana, »es fiel mir erst vor kurzem wieder ein, Ehrenwort … einmal, als ich auf dem Dachboden auftauchte, war er in eine andere Karte vertieft, die er blitzartig mit einem Fuß unters Sofa schob.«

Sie drehten die Postkarte abwechselnd in den Fingern.

»Es ist klar, er wollte wieder ins Land seiner Mutter …« sagte Karla, »doch wie hat er es nur geschafft, dorthin zu kommen, so ganz allein?«

»Er hat sich an seine Kindheit erinnert, als seine Mutter und er an der Adria waren, ja ... Aber warum sagst du: so ganz allein? Vielleicht hat er ja einen anderen Menschen gefunden, der ihm geholfen hat«, versuchte Ivana sich an einer Erklärung.

»Das könnte sein«, erwiderte Karla, »es gibt noch andere Menschen als uns, die einem lieben und hilflosen Jungen beistehen.«

Das sagte sie mit einem Zwinkern, allerdings merkte sie, innerlich traurig zu sein. Doch was machte sie traurig, fragte sie sich: dass sich der Junge vielleicht noch einem anderen Menschen anvertraut hatte?

Am wichtigsten war doch, dass es ihm gut ging! Bei einem Wiedersehen würde sie sicher einem viel reiferen Dudek begegnen als dem, den sie an der Kiesgrube kennengelernt hatte. Und das konnte möglicherweise eine viel schönere Begegnung werden.

Karlas Gedanken irrten ab. Und auch Ivana schien in Gedanken versunken. Dann fragte sie: »Karla, was meinst du – ob er wohl glaubt, dass seine Mutter noch lebt?«

»Kann sein«, sagte Karla und schluckte. In einer Mischung aus Schwermut und Vorfreude betrachtete sie den Rathausturm, den Weiher, das Schloss und das Schulhaus mit seinem neuen Dachstuhl.

»Und er wollte frei sein!« Sie sprang von der Bank auf und schlenderte zu ihrem Rad.

»Ja, los an den Baggersee«, sagte Ivana, »wir brauchen einen Plan, wie wir vorgehen wollen.«

»Meinst du, wir finden den Jungen?«

»Mit Sicherheit!«

Und ohne noch ein Wort zu wechseln, sausten sie nebeneinander zur Kiesgrube, mit der niedrigstehenden Morgensonne im Gesicht, die sommerlich weiß auf den Forstweg schien. Sie waren voller Unruhe, Spannung – und Zuversicht.